CHAPITRE PREMIER

I

L'affaire débuta un après-midi du mois de juillet, par une chaleur torride, sous un ciel implacablement bleu et de brûlantes rafales de vent et de poussière.

Au carrefour de la route qui va de Fort Scott au Nevada et de la nationale 54, qui relie Pittsburg à Kansas City, se trouvent une gargote et un poste d'essence. La baraque en bois a pauvre apparence et ne possède qu'une seule pompe, exploitée par un veuf d'un certain âge et sa fille, une blonde bien en chair.

Il était un peu plus d'une heure de l'après-midi lorsqu'une Packard poussiéreuse s'arrêta devant le restaurant. Il y avait deux hommes dans la voiture; l'un d'eux dormait.

Bailey, le conducteur, sortit de la voiture. C'était un homme court et trapu, au lourd visage brutal, aux yeux noirs, vifs et inquiets, et à la mâchoire striée d'une longue et pâle cicatrice. Son complet, poudreux et fripé, était usé jusqu'à la corde, et les poignets de sa chemise sale étaient effrangés. Bailey n'était pas dans son assiette. Il avait beaucoup bu la nuit précédente et la chaleur l'incommodait

Il s'arrêta un instant pour jeter un coup d'œil sur son compagnon endormi, le vieux Sam, puis, haussant les épaules, il pénétra dans le restaurant et laissa le vieux Sam ronfler dans la voiture.

La blonde accoudée au comptoir lui sourit. Elle avait de grandes dents blanches qui le firent penser à des touches de piano. Elle était trop grosse pour son goût et il ne lui rendit pas son sourire.

— Salut, fit la fille d'une voix enjouée. Bouh ! Quelle chaleur ! J'ai pas fermé l'œil de la nuit.

— Scotch, commanda sèchement Bailey en repoussant son chapeau sur sa nuque et en essuyant son visage avec un mouchoir douteux.

La fille posa sur le comptoir une bouteille de whisky et un verre.

— Vous feriez mieux de prendre une bière, dit-elle en secouant ses boucles blondes. Le whisky, c'est pas bon par cette chaleur.

— Mettez-y une sourdine, rétorqua Bailey.

Il emporta la bouteille et le verre, et alla s'asseoir à une table, dans un coin de la salle. La blonde fit une grimace, puis elle prit un livre broché, haussa les épaules d'un air indifférent, et se mit à lire.

Bailey but un grand verre d'alcool et se renversa contre le dossier de son siège. Il avait des soucis d'argent. « Si Riley n'accouche pas rapidement d'une idée, pensait-il, on va être forcés de braquer une banque. » Il fit la grimace. Cette perspective ne lui disait rien. Il y avait trop de fédés dans le coin et c'était risqué. Il regarda par la fenêtre : le vieux Sam dormait dans la voiture ; Bailey renifla d'un air de mépris. Le vieux Sam n'était plus bon qu'à conduire une bagnole. Il était trop vieux pour ce racket. Il ne pensait qu'à bouffer et à roupiller. « C'est à Riley ou à moi de ratisser du fric, se dit-il. Mais comment ? »

Le whisky lui donna faim.

— Des œufs au jambon, et que ça saute ! cria-t-il à la blonde.

— Et lui, il en veut aussi ? demanda-t-elle en désignant le vieux Sam.

— Comme s'il en avait l'air ! Grouillez-vous, j'ai faim !

JAMES HADLEY CHASE

COLLECTION JAMES HADLEY CHASE

Parutions du mois

1. PAS D'ORCHIDÉES
POUR MISS BLANDISH

2. EVA

3. LA CHAIR DE L'ORCHIDÉE

4. VIPÈRE AU SEIN

5. LA PETITE VERTU

6. ALERTE AUX CROQUE-MORTS

JAMES HADLEY CHASE

Pas d'orchidées pour Miss Blandish

TRADUIT DE L'ANGLAIS
PAR NOËL CHASSÉRIAU

GALLIMARD

NOTE DE L'ÉDITEUR

Il n'est pas exagéré d'affirmer qu'il serait difficile de trouver un seul adulte au monde qui ne soit au courant des malheurs de Miss Blandish. *Pas d'orchidées pour Miss Blandish* est devenu un classique du roman noir et Miss Blandish une héroïne familière. Ce livre a maintenant passé le cap des deux millions d'exemplaires.

James Hadley Chase écrivit *Pas d'orchidées pour Miss Blandish* à la fin de l'été 1938, en l'espace de six week-ends. C'était son premier livre.

L'édition actuelle a été réécrite et remaniée par l'auteur qui a estimé que le texte original, avec son ambiance 1938, ne serait plus acceptable pour ceux des lecteurs de la nouvelle génération qui avaient envie de lire le roman noir le plus controversé et le plus célèbre qui ait jamais été publié.

Titre original :

NO ORCHIDS FOR MISS BLANDISH

Par la vitre, il aperçut une Ford couverte de poussière qui s'arrêtait. Un gros homme grisonnant en descendit.

« Heinie ! se dit Bailey. Qu'est-ce qu'il fiche par ici ? »

Le gros homme entra dans le restaurant et salua Bailey du geste.

— Salut, gars, dit-il. Ça fait une paye. Comment ça va ?

— Salement mal, grogna Bailey. Cette chaleur, ça me crève.

Heinie s'approcha de sa table, prit une chaise et s'assit. Il était informateur pour le compte d'un torchon à prétentions mondaines qui vivait de chantage. Il passait son temps à glaner des renseignements un peu partout, et il lui arrivait souvent, moyennant rémunération, de fournir aux petits malfrats opérant autour de Kansas City des tuyaux sur des coups possibles.

— A qui le dis-tu ! répliqua Heinie en humant le fumet du jambon qui grillait. La nuit dernière, j'étais à Joplin. Un compte rendu d'un mariage à la noix ; j'ai failli crever de chaud. Tu t'imagines, une nuit de noces par un temps pareil ?

Voyant que Bailey ne l'écoutait pas, il demanda :

— Et les affaires, ça boume ? T'as pas l'air bien brillant.

— Pas un seul coup de pot depuis des semaines, répondit Bailey en jetant son mégot à terre. Jusqu'à ces sacrés bourrins qui me laissent tomber.

— Tu veux un tuyau de première ? proposa Heinie en se penchant en avant et en baissant la voix. Pontiac, dans un fauteuil.

Bailey renifla avec dédain.

— Pontiac ? C'est une bique échappée d'un manège de chevaux de bois.

— Tu te goures, affirma Heinie. Ils viennent de faire dix mille dollars de frais sur ce canasson, et il a l'air drôlement en forme.

— Moi aussi, j'aurais l'air en forme, si des gars claquaient dix mille tickets pour ma santé, ricana Bailey.

La blonde lui apporta ses œufs au jambon, qu'Heinie renifla quand elle les posa sur la table.

— La même chose pour moi, beauté, dit-il, et un demi.

Elle repoussa sa main baladeuse, lui sourit et retourna à son comptoir.

— Moi, c'est comme ça que je les aime, déclara Heinie en la suivant des yeux. Là, au moins, t'en as pour ton argent. C'est comme si t'en avais deux pour le prix d'une seule.

— Faut que je me fasse un peu de fric, Heinie, dit Bailey, la bouche pleine. T'aurais pas une idée, des fois?

— Rien. Si j'entends parler de quelque chose, je te ferai signe, mais en ce moment, je vois rien qui soit dans tes cordes. Ce soir, j'ai un boulot sérieux. Je me tape le pince-fesse Blandish. Je touche que vingt dollars, mais les consommations sont à l'œil.

— Blandish? Qui c'est?

— D'où tu sors? fit Heinie d'un air dégoûté. Blandish est un des types les plus bourrés des Etats-Unis. Paraît qu'il vaut cent millions de dollars.

Bailey planta rageusement sa fourchette dans son jaune d'œuf.

— Et moi des dollars, j'en vaux cinq, aboya-t-il. C'est la vie! Pourquoi il s'intéresse à lui, ton canard?

— Pas à lui. A sa fille. Tu l'as déjà vue? Quel morceau! Je donnerais dix ans de ma vie pour l'enviander.

Bailey n'eut pas l'air intéressé.

— Je les connais, ces filles pleines de fric. Elles savent même pas à quoi elles peuvent servir.

— Je parie que celle-là le sait, fit Heinie avec un soupir. Son vieux donne une réception pour son anniversaire. Elle a vingt-quatre ans... l'âge idéal, quoi! Il lui offre les diamants de la famille. (Il roula des yeux.) Mince de collier! On dit qu'il vaut cinquante mille tickets.

La blonde lui apporta son repas en prenant bien soin de rester hors de portée. Elle s'en fut; Heinie approcha sa chaise et se mit à manger bruyamment. Bailey, qui avait terminé, s'adossa à son siège et entreprit de se curer les dents avec une allumette. « Cinquante sacs ! songeait-il. Est-ce qu'il y a une chance de mettre la main sur ce collier ? Est-ce que Riley aurait assez d'estomac pour tenter le coup ? »

— Où ça se tient, cette sauterie ?... Chez eux ?

— Tout juste, répondit Heinie qui s'empiffrait. Ensuite, la gosse va finir la soirée avec son petit ami — Jerry MacGowan — à l'Hostellerie du Chausson d'Or.

— Avec le collier ? demanda négligemment Bailey.

— Je te parie qu'une fois qu'elle l'aura autour du cou, elle aura pas envie de le retirer.

— Tu dis ça, mais t'en es pas sûr.

— Puisque je te le dis ! Les journaux seront là.

— A quelle heure qu'elle arrive à l'Hostellerie ?

— Vers minuit. (Heinie s'arrêta, la fourchette en l'air.) A quoi tu penses ?

— A rien. (Bailey le regarda, parfaitement impassible.) Elle y sera seulement avec ce mec, MacGowan ? Personne d'autre ?

— Non. (Heinie posa brusquement sa fourchette. Il paraissait ennuyé.) Ecoute-moi voir : arrête de gamberger à propos de ce collier. Tu t'attaquerais à une chose que tu pourrais pas finir. Riley et toi, vous faites pas le poids pour un boulot pareil. T'énerve pas. Je te dégotterai une combine idoine, mais zéro pour le collier Blandish.

Bailey grimaça un sourire. Heinie trouva qu'il ressemblait à un loup.

— T'excite pas, dit Bailey. Je sais ce que je peux faire et ce que je peux pas faire. (Il se leva.) Il est temps que je me tire. N'oublie pas : si t'entends parler d'un turbin, tu me fais signe. Salut, ma vieille.

— T'as l'air bien pressé, tout d'un coup ? remarqua Heinie en fronçant les sourcils.

— Je vais trisser avant que le vieux Sam se réveille. Je me suis juré de plus jamais y payer à bouffer. *Ciao.*

Il régla son addition à la blonde et se dirigea vers la Packard. La chaleur le frappa comme un coup de poing. Venant après le whisky, ça lui fit un peu tourner la tête. Il s'assit au volant et prit le temps d'allumer une cigarette. Il réfléchissait.

Dès que l'affaire du collier allait se savoir, tous les demi-sels du coin allaient se mettre à gamberger. Est-ce que Riley aurait l'estomac de se le farcir ?

Il réveilla le vieux Sam d'un coup de coude.

— Secoue-toi un peu, fit-il brutalement. Qu'est-ce qui t'arrive ? T'es plus bon qu'à roupiller ?

Le vieux Sam, un grand sec qui frisait la soixantaine, se redressa lentement en clignant des paupières.

— On va bouffer ? demanda-t-il d'un air d'espoir.

— J'ai déjà mangé, répondit Bailey en démarrant.

— Ben, et moi alors ?

— Si t'as du pognon, vas-y, grogna Bailey, mais c'est pas moi qui régale.

Le vieux Sam soupira. Il resserra sa ceinture d'un cran et rabattit son feutre graisseux et cabossé sur son grand nez rouge.

— Qu'est-ce qui cloche dans notre bande, Bailey ? interrogea-t-il tristement. On n'a plus jamais le rond. Dans le temps, on se défendait bien, tandis que maintenant, nib. Tu sais ce que je crois ? Eh bien, je crois que Riley passe trop de temps au pieu avec sa greluche. Il s'intéresse plus aux affaires.

Bailey ralentit et se rangea devant un drugstore.

— Mets-y une sourdine, fit-il.

Il descendit de voiture, pénétra dans le drugstore et s'enferma dans une cabine téléphonique. Il composa un numéro sur le cadran ; après une attente assez longue, Riley lui répondit.

Bailey entendit la radio qui tonitruait et Anna qui beuglait une rengaine. Il commença à raconter à Riley ce que lui avait appris Heinie, mais il y renonça presque aussitôt.

— T'entends pas ce que je te dis, hein ? brailla-t-il. Tu peux pas arrêter ce boucan, non ?

Riley semblait à demi mort. Bailey l'avait laissé au lit avec Anna ; il était surpris qu'il ait pris la peine de décrocher le téléphone.

— Quitte pas, dit Riley.

La musique s'arrêta et Anna se mit à râler. Bailey entendit la voix de Riley beugler une injure, puis le bruit d'une claque retentissante. Il hocha la tête et renifla un bon coup. Riley et Anna passaient leur temps à se bagarrer. Quand il était avec eux, ça le rendait cinglé.

Riley revint à l'appareil.

— Ecoute, Frankie, fit Bailey d'un ton excédé. Je suis en train de rôtir tout vivant dans cette putain de cabine. Tu m'écoutes, oui ? C'est sérieux.

Riley se mit à en faire tout un plat à propos de la chaleur.

— Je sais, je sais, coupa Bailey. Tu m'écoutes ? On a l'occasion de piquer un collier qui vaut cinquante sacs. La fille Blandish portera ce collier ce soir. Elle va au Chausson d'Or avec son coquin... tous les deux tout seuls. C'est Heinie qui m'a refilé le tuyau. Qu'est-ce que t'en penses ?

— Combien t'as dit ?

— Cinquante mille tickets. Blandish... le milliardaire. Ça t'intéresse ?

Riley parut brusquement revenir à la vie.

— Qu'est-ce que t'attends ? Rapplique ! s'exclama-t-il, tout excité. Faut qu'on discute de ça. Reviens tout de suite !

— On y va, répondit Bailey et il raccrocha.

Il alluma une cigarette. Ses mains tremblaient d'émotion. Riley n'était pas aussi dégonflé qu'il avait cru. S'ils s'y prenaient bien, c'était la fortune !

Il regagna rapidement la Packard.

Le vieux Sam leva sur lui des yeux endormis.

— Réveille-toi, la Globule, fit Bailey. Y a du lait sur le feu.

II

Dans la grande salle du Chausson d'Or, Bailey suivait la rangée des tables. Il avait l'impression que tout le monde l'observait. Heureusement, l'éclairage était très discret. Anna avait eu beau lui laver sa chemise et lui nettoyer son complet, il savait qu'il avait toujours l'air d'une cloche et craignait de se faire repérer et flanquer à la porte.

Mais l'Hostellerie était bondée, c'était le coup de feu, et le personnel était trop occupé pour faire attention à Bailey. Il se réfugia dans un coin sombre d'où il pouvait examiner toute la salle, et s'adossa au mur.

Le brouhaha des voix qui s'efforçaient de dominer le tintamarre de l'orchestre l'assourdissait. Il regardait continuellement sa montre, qui indiquait maintenant minuit moins dix. Il fit des yeux le tour de la salle. Près de l'entrée, trois ou quatre photographes faisaient le pied de grue, flashes en main. Bailey supposa qu'ils attendaient la fille Blandish. Comme il ne l'avait jamais vue et qu'il aurait été incapable de la reconnaître, il surveilla les photographes.

Ça ressemblait à Riley de jouer les caïds et de l'envoyer dans le cabaret, pendant que, lui, il attendait dehors, dans la Packard, avec le vieux Sam. C'était toujours Bailey qui se tapait les sales boulots. Eh bien, quand ils se seraient partagé l'argent, il plaquerait la bande. Il en avait marre, de Riley et d'Anna. Avec le fric que lui rapporteraient les diamants, il se paierait un élevage de poulets. Il était d'une famille de paysans ; s'il n'avait pas eu la poisse et n'avait pas tiré trois ans de taule, jamais il ne se serait associé avec Riley.

Le cours de ses pensées fut brusquement interrompu. L'orchestre s'était arrêté au milieu d'un refrain pour attaquer une version jazzée de *Bon Anniversaire... Nos vœux les plus sincères.*

« La voilà », se dit Bailey en se dressant sur la pointe des pieds pour regarder par-dessus les têtes. Tout le monde s'était arrêté de danser et regardait en direction de l'entrée. Les photographes se bousculaient, cherchant l'angle le plus favorable.

Un projecteur éblouissant s'alluma au moment où Miss Blandish fit son entrée, escortée par un beau garçon bien bâti, en smoking.

Bailey n'avait d'yeux que pour Miss Blandish. Sa vue lui coupa le souffle. Jamais il n'avait vu une fille aussi belle. Elle ne ressemblait à aucune de celles qu'il connaissait. Elle avait tout ce qu'elles avaient, et un tas de choses en plus. La lumière crue faisait scintiller ses cheveux d'or roux et se reflétait sur sa peau blanche. Bailey la regarda saluer gaiement de la main la foule qui l'acclamait bruyamment. Figé sur place, il ne la quittait pas des yeux, et il ne se détendit que lorsque le tapage se calma et qu'elle s'assit avec MacGowan à une table éloignée.

La beauté de la jeune fille l'avait tellement impressionné qu'il en avait oublié le collier ; mais, une fois surmontée l'émotion causée par le charme de Miss Blandish, il remarqua le collier et siffla entre ses dents.

Cette éblouissante rivière de diamants le fit transpirer d'excitation. En contemplant ces pierres, il comprit brusquement l'effervescence qu'allait causer leur disparition. C'était vraiment un gros morceau. Toute la flicaille du pays allait se mettre en chasse. Il avait peut-être eu tort de conseiller à Riley de s'en emparer, songea-t-il en essuyant ses mains moites. Une fois qu'ils tiendraient le collier, ça barderait drôlement.

Bailey regarda du côté de la table de Miss Blandish. Il remarqua que MacGowan était très rouge. Il buvait sans arrêt ; comme il remplissait une nouvelle fois son verre, Miss Blandish posa sa main sur la sienne, comme pour l'empêcher de boire. MacGowan se contenta de lui sourire, vida son verre, se leva et entraîna Miss Blandish sur la piste de danse.

« Ce gars-là est en train de se cuiter, se dit Bailey. S'il

continue à pinter comme ça, il ne tiendra bientôt plus sur ses quilles. »

L'assistance se déchaînait. Tout le monde semblait plus ou moins soûl. Bailey renifla d'un air de mépris. « Dès que les gens ont du pognon, songea-t-il amèrement, ils se conduisent comme des cochons. »

Il repéra Miss Blandish que la foule semblait happer. Elle s'écarta brusquement de MacGowan et se fraya un passage vers leur table. MacGowan la suivit en protestant. Ils s'assirent et MacGowan se remit à boire.

A une table proche de Bailey, une fille blonde se querellait avec son cavalier, un gros homme d'âge mûr qui paraissait salement éméché. Brusquement, la blonde se leva, prit une bouteille de champagne dans le seau à glace et en vida le contenu sur la tête de son compagnon, qui se contenta d'abord de la regarder, bouche bée, tandis que le champagne ruisselait sur son crâne et dégoulinait sur son smoking blanc.

La blonde remit la bouteille dans le seau et se rassit. Du bout des doigts, elle envoya un baiser au gros homme. Les gens qui les entouraient s'étaient tous retournés pour regarder la scène et quelques-uns des hommes riaient. Le gros homme se leva lentement. Son visage rougeaud était convulsé de rage. Il balança le contenu de son assiette de soupe au visage de la jeune femme, qui se mit à pousser des hurlements stridents. Un jeunot bondit sur ses pieds et décocha un coup de poing au gros homme, qui partit à la renverse et percuta la table voisine, dans un fracas de verres et de vaisselle cassés. Les deux femmes assises à cette table se dressèrent en glapissant.

« Des cochons ! » se dit Bailey. Son regard se reporta de l'autre côté de la salle, sur Miss Blandish. Elle était debout et secouait le bras de MacGowan d'un air impatient. Ce dernier se leva péniblement et la suivit vers la sortie.

La fille qui avait reçu l'assiette de soupe à la figure hurlait toujours. Une bagarre s'était déclenchée entre le jeunot et deux poivrots. Les combattants refluèrent jusqu'à Bailey, l'empêchant de suivre Miss Blandish. Il se dégagea à coups de poing, repoussa les trois hommes et gagna rapidement la sortie.

Il passa devant MacGowan, qui attendait Miss Blandish, adossé au mur du vestibule, courut le long de l'allée et regagna la Packard. Le vieux Sam était au volant et Riley était assis à côté de lui.

— Ils vont sortir dans une minute, annonça Bailey en s'asseyant derrière Riley. C'est la fille qui conduira. Son mec est complètement gelé.

— Décarre, dit Riley au vieux Sam. On s'arrêtera devant la ferme qu'on a vue en venant. On laisse la fille passer, on la rattrape, et on la coince sur le bas-côté.

Le vieux Sam passa en première et la Packard démarra silencieusement. Bailey alluma une cigarette et tira son revolver de son baudrier d'épaule. Il posa l'arme sur la banquette, à côté de lui.

— Elle a les diams ? demanda Riley.

— Ouais.

Riley était plus grand et plus mince que Bailey, et il avait cinq ou six ans de moins. S'il n'avait pas louché, il aurait été assez beau garçon, mais son strabisme lui donnait un regard fuyant et veule.

Le vieux Sam fila pendant un kilomètre, puis, en approchant de la ferme, il ralentit, rangea la voiture sur le bas-côté et s'arrêta.

— Descends et va faire le pet, ordonna Riley.

Bailey prit son revolver, jeta sa cigarette et descendit de voiture. Il attendit au bord de la route. Il apercevait au loin les lumières de l'Hostellerie et percevait vaguement les flonflons de l'orchestre. Au bout de quelques minutes, il distingua les phares d'une voiture qui s'approchait.

Il courut à la Packard.

— Les v'là !

Le vieux Sam tira sur le démarreur au moment où Bailey

montait. Un cabriolet décapotable Jaguar les dépassa en trombe. C'était Miss Blandish qui conduisait. MacGowan semblait avoir tourné de l'œil.

— Fonce, dit Riley. Leur chignole est rapide. Les laisse pas filer.

La Packard bondit à la poursuite de la Jaguar.

La nuit était noire et sans lune. Le vieux Sam alluma ses phares, dont le pinceau illumina la Jaguar. La tête de MacGowan dodelinait.

— C'est toujours pas lui qui nous cherchera des crosses, déclara Bailey. Il est plein comme une outre.

Riley grogna.

Au virage suivant, ils pénétrèrent dans une région boisée. A cette heure-là, la route était absolument déserte.

— Au poil, dit Riley. Coince-la.

L'aiguille du compteur atteignit le cent dix, puis le cent quinze. La Packard tenait la route sans flotter. Le vent de leur course se mit à siffler et les silhouettes des arbres devinrent indistinctes. La distance entre les deux voitures ne changeait pas.

— A quoi tu joues ? demanda Riley au vieux Sam. Je t'ai dit de la coincer !

Le vieux Sam écrasa l'accélérateur au plancher. La Packard gagna quelques mètres, mais la Jaguar fit un bond en avant et la distance augmenta.

— Elle est trop rapide pour ce tacot, déclara le vieux Sam. On la rattrapera pas.

Les deux voitures roulaient maintenant à plus de cent trente, et la Jaguar augmentait régulièrement son avance.

Soudain, le vieux Sam s'aperçut que la route, devant eux, faisait un coude. Il eut une idée.

— Accrochez-vous aux branches ! cria-t-il.

Il freina brutalement et braqua. Les pneus gémirent sur l'asphalte, la Packard fit une embardée et dérapa sur le bas-côté. Bailey dégringola de son siège. La Packard tangua, puis les roues extérieures se soulevèrent et retombèrent brutalement sur la route. La voiture frémit lorsque le vieux Sam, lâchant le frein, accéléra à fond. Elle bondit par-dessus l'accotement herbeux, cahota follement dans la terre meuble, et déboucha de nouveau sur la route.

En coupant à travers champs, le vieux Sam avait réussi à doubler la Jaguar.

Bailey se hissa sur la banquette en jurant et chercha son revolver à tâtons.

— Beau boulot, fit Riley en se penchant à la portière pour regarder derrière eux.

Le vieux Sam, qui surveillait la Jaguar dans son rétroviseur, se mit à zigzaguer en travers de la route, en ralentissant progressivement, ce qui obligea la Jaguar à en faire autant. Les deux voitures finirent par s'arrêter. Bailey descendit de la Packard ; Miss Blandish ébauchait déjà un virage. Il atteignit la Jaguar à temps. Il se pencha par-dessus la portière, arracha la clé de contact, braqua son arme sur la jeune fille.

— Sortez de là ! beugla-t-il. C'est un braquage.

Miss Blandish le regardait fixement. Ses grands yeux s'écarquillaient de surprise. MacGowan leva les paupières et se redressa lentement.

Riley, qui n'avait pas bougé de la Packard, surveillait l'opération. Penché à la portière, il étreignait son revolver d'une main moite. Le vieux Sam ouvrit sa portière d'une main fébrile, prêt à descendre.

— Allons, vite ! aboya Bailey. Sortez de là !

Miss Blandish descendit de voiture. Elle ne paraissait pas effrayée ; stupéfiée, plutôt.

— ... C'qui s'passe ? marmonna MacGowan.

Il descendit à son tour ; il grimaçait et se tenait le front.

— Pas d'histoires, fit Bailey en le menaçant de son arme. C'est un braquage.

MacGowan reprenait ses esprits ; il se rapprocha de Miss Blandish.

— Envoyez le collier, la môme, ordonna Bailey. Vite !

Miss Blandish porta vivement les mains à son cou et se mit à reculer.

Bailey jura. Il s'énervait. Une voiture pouvait passer sur la route d'un moment à l'autre et ils seraient dans de beaux draps.

— Grouillez-vous, sinon vous dérouillez, tonna-t-il.

Comme Miss Blandish continuait à reculer, Bailey fit trois pas rapides dans sa direction; il dut passer à côté de MacGowan. Ce dernier revint brusquement à la vie et lui lança son poing au visage.

Bailey trébucha, perdit l'équilibre, tomba lourdement et lâcha son revolver.

Miss Blandish poussa un cri. Riley ne bougea pas. Il estimait que Bailey était assez grand pour se débrouiller tout seul et il ne tenait pas à ce que Miss Blandish ou MacGowan puisse l'identifier, si jamais l'affaire tournait mal. Il se contenta d'ordonner au vieux Sam d'aller surveiller la jeune fille.

Le vieux Sam se glissa près de Miss Blandish, qui ne parut pas s'apercevoir de sa présence. Elle regardait toujours Bailey, qui s'était dressé sur un genou et secouait la tête en jurant. Le vieux Sam s'arrêta près d'elle, l'air balourd; mais il était prêt à l'empoigner si elle tentait de s'échapper.

Bailey regarda MacGowan s'approcher en titubant, toujours soûl, mais très combatif. Bailey se releva à temps. Son poing atteignit MacGowan sous l'oreille, mais le coup manquait de puissance et n'arrêta pas MacGowan, qui lui décocha un direct du droit dans l'estomac. Bailey grogna et tomba à genoux. Ce salaud-là avait du punch, mais pourquoi Riley ne venait-il pas? Avant qu'il ait pu se relever, le poing de MacGowan l'atteignit à la tempe et il roula dans l'herbe.

Riley poussa un juron et sauta de voiture.

La main de Bailey se porta sur son revolver. Il s'en saisit. MacGowan fit un pas vers lui. Bailey leva son arme et appuya sur la détente.

La détonation fit hurler Miss Blandish qui se cacha les yeux.

MacGowan porta les mains à sa poitrine et s'écroula sur la route. Du sang apparut sur sa chemise blanche.

Bailey se releva comme Riley arrivait en courant.

— Enfoiré ! aboya Riley.

Il se pencha sur MacGowan, puis tourna les yeux vers Bailey qui s'était approché et contemplait MacGowan, le visage défait.

— Il est mort, peau de fesse ! Pourquoi tu l'as descendu ? Nous v'là bien !

Bailey passa un doigt dans son col et tira de toutes ses forces.

— Pourquoi tu m'as pas donné un coup de main ? bredouilla-t-il. Qu'est-ce que je pouvais faire d'autre ? J'y suis pour rien, moi.

— T'expliqueras ça au juge, fulmina Riley.

Riley était affolé. Ils allaient être recherchés pour meurtre. Ils étaient tous bons pour la poêle à frire. Si jamais ils se faisaient pincer...

Bailey se tourna vers Miss Blandish, qui ne quittait pas des yeux le cadavre de MacGowan.

— Va falloir l'effacer aussi, dit-il à Riley. Elle en sait trop.

— La ferme ! coupa Riley.

Il regardait fixement Miss Blandish. Une idée lumineuse lui était brusquement venue à l'esprit. C'était une occasion unique de palper la grosse galette. La père de la petite était riche à millions et paierait ce qu'on voudrait pour la récupérer.

— Elle vient avec nous, déclara-t-il.

Miss Blandish faussa brusquement compagnie au vieux Sam. Elle fit volte-face et s'enfuit en courant sur la route. Riley se lança à sa poursuite en l'injuriant. Elle l'entendit arriver et se mit à hurler. Il la rattrapa, l'empoigna par le bras, et, au moment où elle se retournait, l'assomma d'un direct au menton. Il la saisit au moment où elle s'effondrait, la souleva dans ses bras et la porta jusqu'à la Packard. Il la jeta sur la banquette arrière.

Bailey s'approcha.

— Hé! minute...

Riley lui fit face, l'air furieux, et l'agrippa par le devant de sa chemise.

— Te mêle pas de ça, toi! rugit-il. Tu nous as foutu un meurtre sur le dos. S'ils nous poissent, on y passe tous. A partir de maintenant, tu fais ce que je te dis. Tire-moi ce cadavre de la route et planque la bagnole. Compris?

Sa voix exprimait une telle haine que Bailey en fut suffoqué. Il hésita, puis, comme Riley le lâchait, il rejoignit le vieux Sam qui était resté pétrifié comme un bœuf qui vient de recevoir un coup de merlin.

Avec l'aide du vieux Sam, il remit le corps dans la Jaguar, prit le volant et s'en fut planquer la voiture dans le bois, à l'écart de la route.

Les deux hommes regagnèrent la Packard au pas de course.

— T'es dingue d'enlever cette môme, dit Bailey en s'asseyant à côté du vieux Sam. On va avoir les fédés au cul. On tiendra le coup combien de temps, à ton idée?

— La ferme! explosa Riley. Maintenant que t'as tué ce mec, plus question de fourguer le collier. Où tu crois qu'on va trouver du pèze, si c'est pas Blandish qui nous en refile? Il est bourré de millions. Il raquera ce qu'on voudra pour sa gosse. C'est notre seule chance. Et maintenant, boucle-la! Démarre, dit-il au vieux Sam. On va chez Johnny. Il nous planquera.

— T'es sûr de ce que tu fais? demanda le vieux Sam en lançant le moteur.

— A cause de cet enfoiré, on a plus rien à perdre, répondit Riley. Je sais ce que je fais. Fonce.

Pendant que la voiture prenait de la vitesse, Riley se tourna vers Miss Blandish, écroulée dans un coin. Il lui ôta le collier du cou.

— T'as une lampe ? demanda-t-il à Bailey.

Bailey tira une torche électrique de sa poche et l'alluma. Riley examina les diamants à la lueur de la torche.

— Faut reconnaître qu'ils sont chouettes, admit-il avec dépit. Mais je vais pas essayer de les fourguer. Si Blandish veut les récupérer, il n'aura qu'à payer pour. C'est moins risqué.

Bailey remua sa lampe, dont le pinceau vint éclairer Miss Blandish. Elle était toujours inconsciente. Malgré l'ecchymose due au coup de poing de Riley, c'était encore la plus jolie femme que Bailey eût jamais vue.

— Quel morceau ! fit-il exprimant tout haut sa pensée. Elle est pas blessée ?

Riley jeta un coup d'œil à la jeune fille évanouie et son regard se durcit.

— Elle a rien, affirma-t-il. (Il tourna les yeux vers Bailey.) Et fourre-toi bien dans la tête qu'il lui arrivera rien. Alors, commence pas à te monter le bourrichon, hein ?

Bailey éteignit sa lampe.

La voiture fonçait dans la nuit.

III

Deux kilomètres avant La Cygne, le vieux Sam annonça :

— Il nous faut de l'essence.

— T'aurais pas pu faire le plein avant de partir, non ? gueula Riley.

— Comment voulais-tu que je devine qu'on irait chez Johnny ? geignit le vieux Sam.

Bailey éclaira Miss Blandish avec sa lampe. Elle était toujours évanouie.

— Elle bougera pas, dit-il. Y a une station-service pas loin.

Passé le virage suivant, ils aperçurent les lumières de la station-service. Le vieux Sam se rangea devant les pompes. Un adolescent sortit du bureau ; il bâilla et se frotta les yeux.

Il se mit à remplir le réservoir. Riley s'était penché pour dissimuler Miss Blandish, mais il n'avait pas besoin de se tracasser : le gamin était abruti de sommeil et ne regarda pas une seule fois à l'intérieur de la voiture.

Des phares surgirent au tournant de la route. Une grosse Buick noire vint s'arrêter à côté de la Packard. L'arrivée de cette voiture inquiéta vivement les trois hommes, et Bailey posa la main sur son revolver.

Il y avait deux hommes dans la Buick. Le passager en descendit. C'était un grand type lourdement charpenté qui portait un feutre noir rabattu sur les yeux. Il examina la Packard avec un intérêt manifeste. Ayant remarqué le mouvement brusque de Bailey, il s'approcha.

— T'es nerveux, mon gars ? demanda-t-il d'une voix dure, agressive, en dévisageant Bailey.

Il faisait sombre, et les deux hommes se distinguaient mal.

— Tire-toi, mec, dit Riley. On est pas au cirque.

Le grand type se tourna vers lui.

— Mais ma parole, c'est Frankie, fit-il en riant. Moi qui croyais être tombé sur une grande gueule !

Les trois passagers de la Packard se pétrifièrent. Ils regardèrent la Buick. Le conducteur avait allumé le plafonnier pour qu'ils puissent le voir. Il tenait un fusil de chasse braqué sur eux.

— C'est toi, Eddie ? demanda Riley, la bouche sèche.

— Ouais, répondit le grand type. Et c'est Flynn qui manie l'artillerie, alors si vous voulez jouer aux petits soldats, ça va être votre fête.

— Mais on veut jouer à rien du tout, protesta vivement Riley, maudissant tout bas la guigne qui les avait fait tomber sur un membre de la bande à Grisson. Je t'avais pas reconnu.

Eddit secoua son paquet de cigarettes, en fit tomber une et gratta une allumette. Riley se pencha aussitôt pour dissimuler Miss Blandish, mais Eddie avait eu le temps de l'apercevoir.

— Une pétasse ? fit-il en allumant sa cigarette.

— Faut qu'on se taille, dit vivement Riley. A un de ces quatre, Eddie. Démarre, Sam.

Eddie posa la main sur la portière.

— Qui c'est, Riley ?

— Tu connais pas. Une copine à moi.

— Sans blague ? Elle a l'air un tantinet trop calme.

— Elle est soûle, bougonna Riley, le visage ruisselant de sueur.

— Tu m'en diras tant ! (Eddie affecta d'être profondément choqué.) Pas besoin d'être bien malin pour deviner qui c'est qui l'a cuitée. Voyons ça d'un peu plus près.

Riley hésita. Du coin de l'œil, il vit Flynn descendre de la Buick, son fusil braqué sur lui, et il s'écarta à contrecœur. Eddie sortit de sa poche une torche puissante et la braqua sur la jeune fille évanouie.

— Epatante, fit-il d'un ton admiratif. Tu devrais avoir honte, Riley, de flanquer une muflée pareille à une aussi jolie fille. Sa maman sait qu'elle est avec vous ? (Il recula en soufflant un nuage de fumée à la figure de Riley.) Où tu l'emmènes ?

— Chez elle, répondit Riley. Arrête de blaguer, Eddie, faut qu'on s'en aille.

— Bien sûr, dit Eddie en reculant davantage. J'aimerais pas être à la place de cette gosse quand elle se réveillera et qu'elle se retrouvera dans la bagnole avec trois macaques de votre accabit. Allez, tirez-vous.

Le vieux Sam embraya brutalement. La Packard bondit sur la route, accéléra et se perdit dans la nuit.

Eddie la regarda s'éloigner. Il retira son feutre et se gratta le crâne. Flynn reposa le fusil dans la voiture et s'approcha. C'était un petit homme au visage chafouin qui ressemblait à un rat particulièrement féroce.

— Qu'est-ce que t'en penses ? lui demanda Eddie, intrigué. C'est louche, cette histoire.

Flynn haussa les épaules.

— Faudrait la tirer au clair.

— Tu veux dire que c'est toi qui devrais la tirer au clair, précisa Eddie, mais que tu comptes sur moi parce que je suis plus malin que toi. Qu'est-ce que ces minables fricotaient avec une belle petite comme ça ? Qui c'est, cette môme ?

Flynn alluma une cigarette. Cette histoire ne l'intéressait pas. Ils roulaient depuis Pittsburg et il était fatigué. Il avait envie d'aller se coucher.

— Elle a reçu un pain sur le menton, continua Eddie. Me dis pas qu'elle s'est fait kidnapper par un gagne-petit comme Riley. Je croirai jamais qu'il a eu le cran de faire un truc pareil. Je vais en toucher un mot à M'man.

— Oh ! merde ! ronchonna Flynn. Si t'as pas sommeil, moi, j'ai envie de roupiller un peu cette nuit.

Eddie ne l'écoutait pas. Il se dirigea vers le gamin, qui les observait, les yeux dilatés par la peur.

— Où est le téléphone ?

Le gamin le conduisit au bureau.

— Ça va bien, p'tit, va voir dehors si j'y suis, fit Eddie en s'asseyant sur la table.

Le gosse parti, il composa un numéro et attendit. Au bout d'un certain temps, la voix de Doc se fit entendre.

— Je t'appelle de la station-service de La Cygne, chuchota précipitamment Eddie. Riley et sa bande viennent tout juste de décarrer. Ils avaient une fille avec eux, une gonzesse de la haute, et je sais ce que je dis. Absolument pas leur genre. Riley a prétendu qu'elle était schlass, mais elle avait l'air d'avoir dégusté. Au menton. J'ai l'impression que Riley l'a kidnappée. Préviens M'man, tu veux ?

— Quitte pas. (Après une assez longue attente, Doc revint en ligne.) M'man demande à quoi elle ressemblait et comment elle était habillée.

— C'est une rouquine, expliqua Eddie. C'est rien de dire qu'elle est jolie : y a pas mal de vedettes de cinoche qui peuvent s'aligner ! C'est la plus bath môme que j'aie jamais vue. Le nez fin, aristocratique, le front haut. Elle portait une robe du soir blanche et une cape noire, et c'était du super-luxe.

Il entendit Doc parler à M'man et attendit en rongeant son frein.

— M'man dit que ça pourrait bien être la fille Blandish, annonça Doc en reprenant l'appareil. Ce soir, elle devait aller au Chausson d'Or, à Pin Valley, et elle portait les diamants Blandish. Je vois mal Riley s'attaquer à un aussi gros morceau, et toi ?

Le cerveau d'Eddie travaillait à toute vitesse.

— M'man pourrait bien avoir raison. Je me disais bien que cette fille me rappelait quelque chose. J'ai vu des photos de la fille Blandish, et, en y repensant, cette môme lui ressemblait. Si Riley tient la gosse et les diamants, il en a plein les pognes.

La voix dure et acariâtre de M'man retentit brusquement dans l'écouteur.

— Allô, Eddie ? Je fais partir les gars tout de suite. Rejoins-les au carrefour du Grand Chêne. Si Riley tient la fille Blandish, il l'emmènera chez Johnny. C'est le seul endroit où il puisse la planquer. Si c'est bien elle, ramène-la ici.

— A vos ordres, M'man. Qu'est-ce que je fais de la bande Riley ?

— Il faut tout t'expliquer ? Fais travailler un peu tes méninges et magne-toi !

La communication fut coupée.

Eddie se hâta de regagner la Buick. Il lança un dollar au gamin et s'assit dans la voiture à côté de Flynn.

— Fonce, dit-il, tout excité. M'man envoie les autres à notre rencontre. Elle croit que Riley a kidnappé la fille Blandish !

Flynn grogna.

— Elle est dingue. Ces foies-blancs auraient les flubes de faucher un morlingue. Alors, tu penses, la fille Blandish ! Enfin... Où on va ?

— Au carrefour du Grand Chêne, et ensuite à la cabane de Johnny.

— Adieu, sommeil, fit Flynn qui râlait ferme. Ça fait pas loin de cent cinquante bornes.

La voiture s'élança sur la route. Eddie éclata de rire.

— Tu roupilleras un autre jour. Il me tarde de revoir cette poupée. Grouille-toi !

Flynn écrasa l'accélérateur au plancher.

— Tu penses qu'à ça... les femmes !

— A quoi tu voudrais que je pense ? demanda Eddie. Les femmes et le pognon, c'est ce qui fait tourner le monde.

IV

L'aurore pointait au-dessus des collines lorsque la Packard escalada la longue route escarpée qui conduisait à la planque de Johnny.

Le vieux Sam conduisait prudemment. Il était fatigué, mais il se refusait à l'admettre. Ces derniers temps, il avait toujours peur que Riley se débarrasse de lui sous le prétexte qu'il était trop vieux. Riley et Bailey surveillaient continuellement la route par la vitre arrière, pour s'assurer que personne ne les suivait. Ils étaient tous deux nerveux, exaspérés.

Miss Blandish s'était réfugiée le plus loin possible de Riley. Elle ignorait totalement où on la conduisait. Aucun des trois hommes ne lui avait adressé la parole depuis qu'elle avait repris connaissance et elle craignait d'attirer l'attention en posant des questions. Elle était certaine que son père avait maintenant alerté la police et qu'on s'était mis à sa recherche. Elle essayait de se persuader qu'on la retrouverait certainement, que ce n'était qu'une question de temps. Mais d'ici là, quel allait être son sort ? Cette pensée ne la quittait pas et l'emplissait d'épouvante. Elle ne se faisait aucune illusion sur les trois hommes qui l'accompagnaient. Elle voyait bien qu'ils étaient terrifiés ; c'étaient les deux plus jeunes qu'il fallait craindre.

Pendant cette longue randonnée, Riley n'avait pu détacher son esprit de la menace que constituait la bande Grisson. Eddie allait certainement parler de la fille à M'man Grisson. De toute la bande, c'était M'man la plus intelligente et la plus dangereuse. Elle allait sûrement deviner qui était la fille et comprendre le coup des diamants. Qu'est-ce qu'elle allait faire ? Très probablement, leur lancer sa bande aux trousses. Aurait-elle l'idée de les chercher chez Johnny ? Riley en doutait. Johnny ne bossait qu'avec les petits mecs. Un gang de l'envergure de la bande Grisson ne frayait pas avec les poivrots du genre de Johnny.

Il allait falloir faire vite. Dès qu'ils auraient mis la fille en lieu sûr, il allait contacter Blandish. Plus vite la rançon serait encaissée et la fille rendue à son père, mieux ça vaudrait.

Le vieux Sam engagea la Packard dans le raidillon qui aboutissait à la cabane de Johnny. Il ralentit, et, au bout d'un kilomètre à peu près, ils débouchèrent devant la baraque, une bicoque en bois à un étage dissimulée par les arbres. Un sentier rocailleux serpentait à travers les broussailles et menait à la porte.

Le vieux Sam arrêta la voiture et Bailey en descendit.

— Va voir s'il est là, dit Riley sans bouger de sa place.

Il tripotait son revolver en scrutant fébrilement le sous-bois.

Bailey gagna la baraque et frappa à la porte.

— Hé ! Johnny ! appela-t-il.

Au bout d'un instant, Johnny vint ouvrir. Il les regarda d'un air méfiant.

Johnny avait près de soixante-dix ans. C'était un vieux bonhomme grand et décharné, au visage bouffi par l'alcool, aux yeux éteints et larmoyants. Autrefois, bien des années auparavant, Johnny avait été un des perceurs de coffres-

forts les plus réputés de la profession, mais la boisson avait
eu raison de lui.

Il examina Bailey, puis la voiture, et aperçut Miss Blandish.

— Qu'est-ce qui vous arrive, les gars ? demanda-t-il. Des
ennuis ? T'es bien Bailey, non ?

Bailey voulut entrer, mais Johnny bloquait la porte.

— On vient passer quelques jours chez toi, Johnny,
expliqua Bailey. Laisse-nous passer !

— Qui c'est, cette fille ? demanda Johnny sans bouger.

Riley fit sortir Miss Blandish de la voiture et s'approcha,
suivi du vieux Sam.

— Allons, Johnny, sois pas méfiant comme ça, dit Riley.
Laisse-nous entrer. Ça va te rapporter un joli tas de pépètes.
Tu vas pas nous faire poireauter à la porte, non ?

Johnny s'effaça et Riley poussa Miss Blandish à l'intérieur
de la bicoque, qui se composait d'une grande pièce au rez-
de-chaussée et de deux chambres à l'étage, donnant sur une
galerie de bois qui dominait la salle.

La grande salle était d'une saleté indescriptible. Elle était
meublée d'une table, de quatre caisses en guise de sièges,
d'un vieux fourneau, d'une lampe tempête accrochée au mur,
d'un poste de radio sur une étagère, et c'était à peu près tout.

Le vieux Sam entra le dernier. Il referma la porte et s'y
adossa.

Miss Blandish se précipita sur Johnny et lui prit le bras.

— Monsieur, je vous en supplie, venez à mon secours !
hoqueta-t-elle. (Le relent d'alcool et de sueur aigre qui se
dégageait du vieillard lui donna la nausée.) Ces hommes
m'ont enlevée. Mon père...

Riley la tira en arrière.

— Vous allez la fermer, oui ? fulmina-t-il. Un mot de plus
et je vous fous sur la gueule !

Johnny observait Riley avec inquiétude.

— J'veux pas être mêlé à un kidnapping, protesta-t-il
mollement.

— Je vous en prie, téléphonez à mon père... commença Miss Blandish.

Riley se jeta sur elle et la gifla. Elle battit en retraite avec un cri d'effroi.

— Je vous avais prévenue ! beugla-t-il. Bouclez-la !

Elle porta la main à sa joue. Ses yeux lançaient des éclairs.

— Sale brute ! s'exclama-t-elle. Comment osez-vous me toucher ?

— Si vous ne la fermez pas, j'vais pas me contenter de vous toucher ! répliqua Riley. Asseyez-vous et qu'on ne vous entende plus, sinon vous ramassez une autre mandale !

Le vieux Sam s'approcha. Il avait l'air soucieux. Il ramassa une des caisses et la posa à côté de Miss Blandish.

— Calmez-vous, petite, dit-il. Faut pas l'énerver, cet homme.

Miss Blandish se laissa tomber sur la caisse et enfouit son visage dans ses mains.

— Qui c'est ? demanda Johnny.

— La fille Blandish, répondit Riley. Elle vaut un million de dollars, Johnny. On partage à égalité, entre nous quatre. On restera pas ici plus de trois ou quatre jours.

Johnny lui lança un coup d'œil furtif.

— Blandish... c'est un gars qu'a du fric, hein ?

— Des millions et des millions. Qu'est-ce que t'en dis, Johnny ?

— Ben... (Johnny gratta son crâne sale.) J'pense que c'est d'accord, mais pas plus de quatre jours, hein ?

— Où on la met ? demanda Riley. T'as une carrée pour elle ?

Johnny désigna une des portes donnant sur la galerie.

— Là-haut.

Riley se tourna vers Miss Blandish.

— Montez au premier.

— Faites ce qu'il vous dit, conseilla le vieux Sam. A quoi ça vous avance de chercher des crosses ?

La jeune fille se leva et monta l'escalier. Riley la suivit.

Arrivée sur la galerie, elle s'arrêta pour regarder les trois hommes qui l'observaient d'en bas.

Johnny s'approcha d'un air indifférent du râtelier à fusils accroché près de l'entrée, sur lequel reposaient deux fusils de chasse.

Riley ouvrit d'un coup de pied la porte que lui avait désignée Johnny.

— Entrez !

Miss Blandish pénétra dans la petite pièce obscure, suivie de Riley qui alluma la lampe à pétrole suspendue au plafond et jeta un coup d'œil sur les lieux.

Il y avait un lit garni d'un matelas repoussant, sans draps ni couverture. Une cruche d'eau, à la surface de laquelle flottait une mince couche de poussière, était posée à même le sol. Sur une petite caisse d'emballage, une cuvette en zinc. Une grosse toile à sac était clouée en travers de la fenêtre. La pièce sentait le moisi et le renfermé.

— Ça va vous faire du changement, ricana Riley. Comme ça, vous la ramènerez un peu moins. Restez là et tenez-vous tranquille, sinon je monte m'occuper de vous.

Miss Blandish, les yeux dilatés par l'épouvante, surveillait une grosse araignée noire qui grimpait le long de la cloison.

— Ça vous fait peur ? demanda Riley. (Il saisit l'araignée entre deux doigts. Les petites pattes velues de la bête s'agitaient frénétiquement.) Vous voulez que je la pose sur votre belle robe ?

Miss Blandish recula en frissonnant.

— Soyez mimi et il vous arrivera rien, fit Riley en souriant. Mais si vous m'emmerdez, vous le regretterez. (Tout en parlant, il écrasa l'araignée entre le pouce et l'index.) Si vous êtes pas mimi, je vous en fais autant. Et maintenant, tenez-vous peinarde.

Il sortit en refermant la porte derrière lui.

Bailey et le vieux Sam fumaient, assis sur des caisses. Riley descendit l'escalier.

— Y a quelque chose à briffer, Johnny? demanda-t-il, puis il se roidit.

Johnny brandissait un fusil et en menaçait les trois hommes. Riley ébaucha le geste de saisir son revolver, mais la lueur qu'il vit briller dans les yeux troubles de Johnny l'en dissuada.

— T'excite pas, Riley, dit Johnny. Cette pétoire te ferait un drôle de trou dans le buffet.

— Qu'est-ce qui te prend? demanda Riley, la bouche sèche.

— Ça me plaît pas, tout ça, répondit Johnny. Assieds-toi, j'ai à vous causer. (Riley s'assit à côté de Bailey.) Ils en ont parlé à la radio une demi-heure avant votre arrivée. Qui c'est qu'a descendu le gars?

— C'est lui, répondit Riley en pointant son pouce sur Bailey. Ce crétin-là a perdu les pédales.

— Des clous, que j'ai perdu les pédales! protesta Bailey. J'ai été forcé de le descendre. Ce dégonflé m'a laissé me débrouiller tout seul...

— Oh! écrase! coupa Riley. Qu'est-ce que ça y change? Il est mort et les flics nous recherchent pour meurtre, mais nous, on tient la fille. Si on arrive à soutirer du pognon à son vieux, on est parés.

Johnny secoua la tête. Après un instant d'hésitation, il abaissa son fusil.

— Je vous connais du temps que vous étiez mômes, dit-il. J'aurais jamais cru que vous deviendriez des tueurs. Ça me plaît pas. Un assassinat et un rapt... vous allez avoir les fédés au cul. Ça va barder pour votre matricule. Vous serez des ennemis publics. C'est pas un boulot pour des petits mecs comme vous.

— Tu toucheras deux cent cinquante sacs sur la rançon, déclara tranquillement Riley. Ça fait beaucoup d'argent, Johnny.

— Pense à la gnôle que tu vas pouvoir te payer avec tout ce pognon, lança Bailey. Tu nageras dans le whisky.

Johnny battit des paupières.

— Y a pas autant de fric dans le monde entier.

— Deux cent cinquante sacs, Johnny, pour toi tout seul.

Lentement, Johnny remit le fusil au râtelier. Les trois hommes se décontractèrent. Ils le regardèrent prendre des timbales en fer-blanc et une grosse cruche de faïence.

— Vous voulez boire un coup, les gars ?

— Qu'est-ce que c'est ? demanda Riley, méfiant. Le tord-boyaux que tu fabriques toi-même ?

— C'est de la bonne gnôle... ce qu'il y a de meilleur.

Johnny remplit les gobelets et les passa à la ronde.

Ils burent prudemment. Bailey faillit s'étrangler, mais Riley et le vieux Sam réussirent à faire descendre le liquide brûlant.

— Y a quelque chose à becqueter, Johnny ? demanda le vieux Sam en s'essuyant la bouche avec sa manche. Je la saute.

— Servez-vous, répondit Johnny. Y a la marmite qu'est sur le fourneau.

Le vieux Sam se dirigea vers le fourneau et Bailey dit à Riley :

— T'as eu tort de kidnapper la petite. On aurait dû l'effacer. Eddie va en parler à M'man Grisson et elle va nous foutre Slim sur le paletot.

— La ferme ! rugit Riley.

Johnny se redressa.

— De quoi ? Slim ? Il est pas dans le coup, non ?

— T'occupe pas, il déconne, dit Riley.

— Sans blague ? fit Bailey en se tournant vers Johnny. En venant, on est tombés sur Eddie Schultz. Il a vu la môme et il en parlera sûrement à M'man Grisson.

— Si Slim est dans le coup, moi, je m'en occupe plus, déclara Johnny en faisant un pas vers le râtelier à fusils.

Riley tira son 38.

— Laisse ce tromblon tranquille ! Slim Grisson me fait pas peur. Il nous gênera pas.

— Slim, c'est un poison, affirma Johnny, mal à l'aise. Vous autres, je vous connais tous. Je sais ce qu'il y a de bon en vous. Eh ben, y a rien de bon chez Slim Grisson. Il est pourri jusqu'à la moelle.

Riley cracha sur le fourneau.

— Il est fêlé, ce mec, dit-il. C'est un dingue, voilà tout.

— Possible, mais c'est un tueur. Au couteau, qu'il tue. Moi, j'aime pas les types qui se servent d'un couteau.

— T'occupe pas de ça, dit Riley. Mangeons.

Le vieux Sam servit le ragoût dans des assiettes de fer-blanc.

— Ça pue le chat, ce truc-là, grommela-t-il. (Il versa une louche de tambouille dans une écuelle.) Je vais monter ça à la petite. Faut qu'elle mange.

— Elle qu'a des goûts raffinés, ça va pas y plaire, ricana Riley.

— C'est toujours mieux que rien, répliqua le vieux Sam.

Il monta l'assiette au premier et entra dans la chambre chichement éclairée.

Miss Blandish était assise au bord du lit. On voyait qu'elle avait pleuré. Elle leva les yeux lorsque le vieux Sam entra dans la pièce.

— Tenez, v'là de quoi vous caler les joues, fit-il gauchement. Vous vous sentirez mieux quand vous aurez mangé un morceau.

L'odeur de la viande avariée donna la nausée à Miss Blandish.

— Non... merci. Je... je ne pourrais pas...

— Ça schlingue un peu, reconnut le vieux Sam d'un ton d'excuse, mais c'est mangeable. (Il posa l'assiette, regarda le matelas répugnant et hocha la tête.) V's avez pas été habituée à ça, hein ? J'vais tâcher de vous dégoter une couvrante.

— Merci, vous êtes gentil. (Elle hésita, puis poursuivit à voix basse :) Vous ne voulez pas m'aider ? Si vous téléphonez à mon père et que vous lui dites où je suis, vous toucherez une grosse récompense. Je vous en supplie, aidez-moi !

— Je peux pas, protesta le vieux Sam en reculant vers la porte. Je suis trop vieux pour ce genre d'histoire. Les deux types d'en bas sont des méchants. Je peux rien pour vous.

Il sortit et referma la porte derrière lui.

Riley et Bailey étaient en train de manger, et le vieux Sam se joignit à eux. A la fin du repas, Riley se leva.

— J'ai jamais aussi mal bouffé de ma vie, déclara-t-il. (Il regarda sa montre. Il était neuf heures cinq.) Vaudrait mieux que je passe un coup de fil à Anna. Elle doit se demander ce qui m'est arrivé.

— Tu te fais des illusions, dit Bailey. Toi et ton Anna! Tu t'imagines qu'elle s'inquiète de toi?

Il se leva et alla regarder par la fenêtre.

Riley donna le numéro d'Anna à la téléphoniste; après quelques minutes d'attente, la voix d'Anna retentit dans l'appareil.

— Salut, poulette, dit Riley. C'est Frankie.

— Frankie! (Anna parlait d'une voix stridente et les trois hommes l'entendaient parfaitement.) Où t'es passé, espèce d'ordure? Qu'est-ce que tu crois... que tu vas me laisser tomber comme ça? Tu t'imagines que ça me fait plaisir, de passer la nuit toute seule dans mon lit? Où es-tu? Qu'est-ce que t'as fait? Si t'as couché avec une autre fille, je te tuerai!

Riley sourit. C'était bon d'entendre la voix d'Anna.

— T'excite pas, ma colombe, dit-il. J'ai fait un gros coup, le plus gros de ma carrière, et ça va nous rapporter un monceau de fric. A partir de maintenant, poulette, tu vas te balader en vison. Je te refilerai tellement d'artiche qu'à côté de toi, la môme Monroe aura l'air d'une clocharde. Maintenant, écoute-moi bien. Je suis chez Johnny, après le carrefour du Grand Chêne...

— Riley! glapit Bailey, terrorisé. Les v'là! Deux voitures... C'est la bande Grisson!

Riley reposa brutalement le combiné sur sa fourchette et se précipita à la fenêtre.

Deux voitures venaient de s'arrêter à côté de la Packard.

Plusieurs hommes en descendirent et se dirigèrent vers la cabane. Riley reconnut la grande silhouette massive d'Eddie Schulz.

Il pivota sur les talons.

— Monte là-haut et reste avec la petite, ordonna-t-il à Johnny. Débrouille-toi pour qu'on ne l'entende pas. Va falloir bluffer ces oiseaux-là. Grouille-toi.

Il poussa Johnny dans l'escalier et ils pénétrèrent ensemble dans la chambre de Miss Blandish. Elle était couchée sur le lit et se redressa brusquement à leur arrivée.

— Y a un gars en bas qui vous veut du mal, annonça Riley, le visage luisant de sueur. Si vous voulez sauver votre peau, tenez-vous peinarde. Je vais essayer de bluffer, mais s'il devine que vous êtes ici, il vous restera plus qu'à faire votre prière.

Un frisson glacé étreignit le cœur de Miss Blandish ; ce n'était pas le petit discours de Riley qui l'avait causé, mais le cerne blafard que la peur plaquait autour de sa bouche et l'épouvante qu'elle lisait dans son regard.

v

Riley s'immobilisa sur la galerie et examina le groupe d'hommes qui levaient les yeux vers lui. Eddie était là, les deux mains enfoncées dans ses poches, son feutre noir rabattu sur les yeux. Flynn se trouvait à l'extrême gauche du groupe, les mains également invisibles, le regard froid et vigilant. Woppy et Doc Williams, la cigarette au bec, se tenaient près de la porte.

Mais l'attention de Riley se concentra sur Slim Grisson. Slim était assis sur le coin de la table. Il regardait le bout de ses chaussures poussiéreuses d'un œil vide. C'était un grand type dégingandé, au teint blafard. Sa bouche molle, pendante, et ses yeux glauques au regard vague lui donnaient l'apparence d'un demeuré, mais une cruauté inhumaine se cachait derrière ce masque de crétin.

La carrière de Slim Grisson était typiquement celle d'un tueur pathologique. Il avait commencé par ne rien faire en classe, se refusant à trouver le moindre intérêt à son travail scolaire. Très tôt, il avait eu des besoins d'argent. Il avait un tempérament sadique et il aimait torturer les animaux. Dès dix-huit ans, il avait manifesté des tendances homicides et, à partir de ce moment-là, son déséquilibre mental s'était très vite aggravé. Par moments, il paraissait normal et faisait preuve d'une certaine vivacité d'esprit, mais, la plupart du temps, il se comportait comme un parfait idiot de village.

Sa mère, M'man Grisson, avait toujours refusé d'admettre les anomalies de son héritier. Elle lui avait trouvé une place de plongeur dans une académie de billard. Il avait eu l'occasion d'y approcher des gangsters et les avait vus manipuler négligemment des armes à feu et des liasses de billets de banque. Slim s'était procuré un revolver et son premier meurtre avait suivi de très près. Il avait pris la fuite et, pendant deux ans, sa mère n'avait plus entendu parler de lui. Puis il était revenu, se vantant des assassinats qu'il avait commis au cours de ces deux années. M'man Grisson avait pris la décision de faire de lui un chef de bande et s'était occupée personnellement de son éducation. Quand il décidait de se lancer dans une entreprise, elle la préparait soigneusement, en ressassait inlassablement avec lui les moindres détails, comme si elle dressait un singe savant. Lorsqu'il avait réussi à se fourrer les instructions de sa mère dans la tête, il ne les oubliait plus. M'man avait réuni une bande de desperados : Flynn, qui sortait de prison et qui avait tiré quatre ans pour l'attaque d'une banque, Eddie Schultz, ex-garde du corps d'un grossium du Consortium du crime, Woppy, un spécialiste des coffres-forts, et Doc Williams, un vieil homme rayé de l'ordre des médecins qui avait accepté avec reconnaisance le travail qu'on lui offrait.

A la tête de ces hommes, elle avait placé son fils. Ils l'avaient accepté pour chef, bien que ce fût M'man qui détînt en fait les rênes du pouvoir. Sans elle, Slim n'aurait été bon à rien.

Riley était terrorisé par ce grand échalas. Il empoigna des deux mains les revers de son veston pour témoigner de ses intentions pacifiques et se figea sur place, le regard fixé sur les hommes qui se trouvaient dans la salle.

— Salut, Frankie, dit Eddie. Je parie que tu t'attendais pas à me revoir ?

Riley descendit lentement l'escalier sans quitter des yeux les hommes qui lui faisaient face.

— Salut, répondit-il d'une voix rauque. Non, je m'attendais pas à te revoir aussi vite.

Il s'arrêta à côté de Bailey, qui ne tourna pas la tête pour le regarder.

— Où est passée la pin up qu'était avec toi ? demanda Eddie.

Riley fit un effort prodigieux pour se ressaisir. S'ils voulaient se tirer vivants de ce pétrin, il fallait bluffer, et bluffer de façon convaincante.

— T'as quand même pas fait tout ce chemin pour la revoir, non ? dit-il en s'efforçant de parler d'un ton léger. Tu comptais lui filer un rencard ? C'est pas de chance. On en a eu marre et on l'a balancée.

Eddie laissa tomber le mégot de sa cigarette et l'écrasa sous son pied.

— Pas possible ? Moi qui voulais la regarder d'un peu plus près ! Qui c'était, cette greluche, Frankie ?

— Une pouffe, répondit Riley. Tu la connais pas.

Il sentait peser sur lui le regard glacé de tous les membres de la bande Grisson, à l'exception de Slim, et il eut l'impression désespérante que tous ces hommes savaient qu'il mentait. Slim était le seul à ne pas faire attention à lui.

— Tu l'aurais pas ramassée à l'Hostellerie du Chausson d'Or, des fois ? demanda Eddie.

Riley éprouva brusquement une sensation de vide et de froid au creux de l'estomac.

— Cette petite tapineuse ? Jamais elle irait dans une boîte comme celle-là. On l'a levée au bar d'Izzy. Comme elle tenait une bonne muflée, on l'a emmenée faire un tour, histoire de rigoler un peu. (Riley essaya de sourire, mais ne réussit qu'à faire une grimace.) Mais elle n'a rien voulu savoir, alors on y a dit de rentrer chez elle à pied.

Eddie éclata de rire. Il s'amusait beaucoup.

— Sans blague ? T'aurais dû écrire des scénarios pour le cinéma, Frankie. C'est fou, ce que t'as comme imagination.

Très lentement, Slim leva la tête. Ses yeux se plantèrent dans ceux de Riley, qui évita ce regard.

— Où est Johnny ? demanda Slim.

— Au premier, répondit Riley, qui sentait la sueur lui dégouliner le long du dos.

Slim tourna lentement la tête vers Eddie. Tous ses mouvements étaient d'une extrême lenteur.

— Va le chercher, dit-il.

La porte de la chambre s'ouvrit et Johnny s'avança dans la galerie. Il s'appuya à la balustrade et tous les yeux se levèrent vers lui.

Johnny ne se faisait jamais d'ennemis et ne prenait parti pour personne. Il était strictement neutre.

Riley lui lança un long regard appuyé pour l'implorer de garder le silence, mais Johnny ne le regardait pas. Il regardait Slim.

Slim gratta son long nez.

— Salut, Johnny, dit-il.

— Salut, Slim, répondit Johnny, qui posa bien en vue ses mains sur la barre d'appui.

— Ça fait une paye qu'on s'est vus, hein ? dit Slim avec un sourire affecté.

Les mains de Slim remuaient sans arrêt. Elles montaient et descendaient le long de ses cuisses, tripotaient le cordonnet qui lui tenait lieu de cravate, tiraillaient son complet fripé. Il avait des mains infatigables, décharnées, terrifiantes.

— J'ai un nouveau couteau, Johnny, reprit Slim.

Johnny déplaça le poids de son corps d'un pied sur l'autre.

— Tant mieux pour toi, répondit-il en jetant un regard inquiet à Eddie.

Tout à coup, Slim fit un geste si rapide que Johnny ne put le suivre. Un couteau surgit brusquement dans sa main. C'était un couteau à manche noir, doté d'une lame effilée d'environ quinze centimètres de long.

— Regarde-le, Johnny, dit Slim faisant tourner le couteau entre ses doigts.

— T'as de la chance, d'avoir un aussi beau couteau, fit Johnny, les traits figés.

Slim hocha la tête.

— Je sais. Regarde comme il brille. (Un rayon de soleil, passant par la vitre sale, se réfléchissait sur la lame du couteau et projetait une tache de lumière au plafond.) Et il coupe bien, tu sais, Johnny.

Doc Williams, qui mâchonnait nerveusement son cigare derrière Eddie, reconnut les signes avant-coureurs de la crise et s'avança.

— Calmez-vous, Slim, dit-il d'un ton apaisant.

— La ferme ! rugit Slim, le visage soudain mauvais. (Ses yeux se levèrent lentement vers la galerie sur laquelle Johnny se tenait immobile.) Descends, Johnny.

— Qu'est-ce que tu me veux ? demanda Johnny d'une voix rauque, sans bouger.

Slim s'amusait à larder le bois de la table.

— Descends, répéta-t-il d'une voix un peu plus forte.

Doc fit un signe à Eddie, qui intervint :

— Fous-lui la paix, Slim. Johnny est un copain. C'est un chic type.

Slim tourna les yeux vers Riley.

— Et lui, c'est aussi un chic type ?

Les genoux de Riley fléchirent. Son visage était luisant de sueur.

— Fous-lui la paix, répéta sèchement Eddie. Range ta lame, faut que je parle à Johnny.

De tous les membres de la bande, Eddie était le seul à pouvoir manœuvrer Slim lorsqu'il était en crise, mais il était suffisamment intelligent pour se rendre compte qu'il manipulait un véritable explosif. Un jour ou l'autre, il n'arriverait pas à le calmer.

Slim fit la grimace, mais le couteau disparut. Il lança à Eddie un regard sournois, puis se mit à se curer le nez.

— Nous nous intéressons à la pépée à Riley, Johnny, expliqua Eddie. Tu l'as vue ?

Johnny passa sa langue sur ses lèvres sèches. Il aurait bien voulu boire un coup. Il aurait surtout voulu que tous ces gens s'en aillent.

— J' sais pas si c'est sa pépée, dit-il, mais elle est ici.

Personne ne bougea. Riley fit un curieux bruit de gorge et Bailey devint verdâtre.

— Fais-nous la voir, Johnny, dit Eddie.

Johnny se retourna et ouvrit la porte. Il appela et fit un pas de côté. Miss Blandish apparut sur la galerie. Tous les hommes la regardèrent avidement. En les voyant, elle recula et se plaqua contre la cloison.

Woppy, Eddie et Flynn tirèrent brusquement leurs revolvers.

— Prenez leurs feux, ordonna Slim sans détacher ses yeux de Miss Blandish.

— Allez-y, Doc, dit Eddie. On vous couvre.

Doc s'approcha sans hâte de Bailey et le soulagea du revolver qu'il portait sous le bras, dans un baudrier. Bailey, immobile, se passa la langue sur les lèvres. Doc prit ensuite l'arme de Riley. Au moment où il se retournait, le vieux Sam tira son feu avec une rapidité surprenante. Le gros automatique tonna au moment précis où Woppy logeait une balle dans la tête du vieux Sam. Le vent de la balle effleura la joue de Doc. Il recula en grognant de surprise, tandis que le vieux Sam s'écroulait au sol.

Riley et Bailey devinrent livides et retinrent leur souffle pendant plusieurs secondes.

Slim les regarda, puis tourna ses yeux vers le corps du vieux Sam. Son visage avait pris une expression vorace, affamée. Johnny fit rentrer dans la chambre Miss Blandish sanglotante ; elle était au bord de la crise de nerfs.

— Otez-le de là, dit Slim.

Doc et Woppy traînèrent le corps du vieux Sam au-dehors et revinrent rapidement.

Eddie s'approcha de Riley et lui donna de petits coups sur la poitrine, avec le canon de son arme.

— Allons, chiénlit, cracha-t-il, fini de rigoler. T'es dans le pétrin. Mets-toi à table. Qui c'est, cette fille ?

— J'en sais rien, hoqueta Riley qui tremblait de la tête aux pieds.

— Si tu le sais pas, moi, je vais te le dire. (Il empoigna Riley par le plastron de sa chemise et le secoua lentement d'avant en arrière.) C'est la fille Blandish. Tu l'as kidnappée pour lui piquer ses diams. Les carottes sont cuites, connard. Ils sont dans ta poche, les diams.

Il glissa la main dans la poche du veston de Riley et en tira le collier.

Il y eut un long silence ; tout le monde contemplait le bijou ; puis Eddie lâcha Riley.

— Ça me fait de la peine pour toi, connard, fit-il d'un ton apparemment sincère, mais ton avenir me paraît foutu.

Il s'approcha de Slim et lui remit le collier.

Slim fit miroiter le bijou au soleil. Il était en transes.

— Regardez, Doc ! s'exclama-t-il. C'est pas joli ? Vous voyez comme ça brille ? On dirait des étoiles dans un ciel tout noir.

— Ces diamants valent une fortune, déclara Doc, les yeux fixés sur le collier.

Slim leva les yeux vers la porte de la chambre, au premier.

— Fais-la descendre, Eddie, dit-il. Je veux lui parler.

Eddie interrogea Doc du regard. Celui-ci secoua négativement la tête.

— Qu'est-ce qu'on fait de ces cloches, Slim? demanda Eddie. Faut aller retrouver M'man, elle nous attend.

Slim contemplait le collier.

— Va la chercher, Eddie, dit-il.

Eddie haussa les épaules et grimpa au premier. Lorsqu'il passa devant Johnny pour pénétrer dans la chambre, celui-ci détourna les yeux. Miss Blandish, adossée à la cloison, tremblait de tous ses membres. En voyant Eddie, elle porta vivement la main à sa bouche et regarda désespérément autour d'elle pour trouver un moyen de s'échapper.

Eddie eut pitié d'elle. Toute terrorisée qu'elle fût, c'était encore la plus jolie fille qu'il eût jamais vue.

— Faut pas avoir peur de moi, lui dit-il. Slim veut vous voir. Maintenant, écoutez-moi bien, mon petit. Slim n'est pas seulement méchant, il est aussi un peu dingue. Si vous lui obéissez exactement, il ne vous fera pas de mal, mais ne le foutez pas en rogne. Il est dangereux comme un serpent, alors faites gaffe. Venez, il vous attend.

Miss Blandish recula. La terreur obscurcissait ses yeux.

— Ne me forcez pas à descendre, hoqueta-t-elle. Je n'en peux plus. Je vous en prie... je voudrais rester ici.

Eddie la prit doucement par le bras.

— Je ne vous quitterai pas, promit-il. Il faut y aller. Il ne vous arrivera rien. Si Slim essaye de vous faire du mal, je l'en empêcherai. Allez, venez, mon petit.

Il la fit descendre l'escalier.

Slim la regarda approcher.

— On dirait qu'elle sort d'un livre d'images, hein? chuchota-t-il à Doc. Regardez les beaux cheveux qu'elle a.

Doc était soucieux. C'était la première fois qu'il voyait Slim se comporter ainsi. Habituellement, il détestait les femmes.

Eddie poussa Miss Blandish vers Slim et recula d'un pas. Il ne la quitta pas des yeux. Tout le monde observait la scène.

Miss Blandish dévisagea Slim d'un air horrifié. Il lui souriait, la tête penchée d'un côté, ses yeux jaunes étincelaient.

— Mon nom, c'est Grisson, annonça-t-il, mais vous pouvez m'appeler Slim. (Il se frotta l'aile du nez avec son pouce.) C'est à vous, hein? demanda-t-il en soulevant le collier.

Miss Blandish hocha affirmativement la tête. Cet être répugnant avait quelque chose de si terrifiant qu'elle avait envie de hurler, de hurler à en perdre le souffle.

Slim tripotait les pierres.

— Elles sont jolies... comme vous.

Il lui tendit le collier; Miss Blandish recula en frissonnant.

— Je vais pas vous faire de mal, dit Slim en secouant la tête. Vous me plaisez bien. Tenez, prenez-le. Il est à vous. Mettez-le à votre cou. Je veux voir comment il vous va, ce collier.

— Minute, Slim, intervint Eddie. Les diams sont à nous tous.

Slim gloussa et fit un clin d'œil à Miss Blandish.

— Vous l'entendez? Il aurait pas le cran de venir me le faucher. Il a peur de moi... Ils ont tous peur de moi. (Il lui tendit le collier.) Allons, prenez-le. Je veux le voir quand vous vous le mettez autour du cou.

Lentement, comme hypnotisée, elle lui prit le collier. Le contact des diamants la tira de sa torpeur. Elle poussa un cri étranglé, lâcha le collier et s'enfuit comme une folle vers l'escalier, au sommet duquel se tenait Johnny.

— Faites-moi sortir d'ici! hurla-t-elle. Je n'en peux plus! Ne le laissez pas approcher de moi!

Slim sursauta. Il se roidit et son couteau jaillit dans sa main. Le dégénéré inoffensif s'était brusquement mué en un tueur assoiffé de sang. A demi plié en deux, il se tourna vers ses acolytes.

— Merde, qu'est-ce que vous attendez, nom de Dieu? beugla-t-il. Emmenez-les! Vite! Dehors... allez, dehors!

Woppy et Flynn encadrèrent Riley et Bailey. Ils les poussèrent vers la porte et les firent sortir.

Slim se tourna vers Doc.

— Attachez-les à un arbre !

Très pâle, Doc ramassa quelques bouts de cordes qui traînaient dans un coin au milieu d'un monceau de détritus divers et suivit Woppy et Flynn.

Slim regarda Eddie. Ses yeux jaunes lançaient des éclairs.

— Toi, surveille la môme. La laisse pas filer.

Il ramassa le collier, le fourra dans sa poche, et sortit dans la chaleur et le soleil. Il tremblait d'excitation. Le besoin de tuer le possédait tout entier.

Il entendit Riley pousser des glapissements hystériques et aperçut son visage livide, luisant de sueur, et sa bouche agitée de spasmes de terreur.

Bailey marchait en silence. Il était pâle, mais une flamme inquiétante couvait dans ses yeux.

Le groupe atteignit une petite clairière au milieu des arbres et s'arrêta : tout le monde avait compris que c'était le lieu de l'exécution.

Slim désigna les arbres qui lui parurent appropriés.

— Attachez-les là, dit-il.

Tandis que Flynn tenait Bailey sous la menace de son revolver, Woppy ligota Riley au tronc d'un arbre avec la corde que lui lança Doc. Riley ne fit aucun effort pour échapper à son sort. Debout le long de l'arbre, il frissonnait, trop terrifié pour rien tenter. Woppy se tourna vers Bailey.

— Va te foutre contre cet arbre, aboya-t-il.

Bailey marcha résolument vers l'arbre et s'y adossa. Lorsque Woppy s'approcha, il lui décocha un coup de pied fulgurant qui l'atteignit au bas-ventre et se réfugia derrière l'arbre Il avait mis le tronc étroit entre lui et le revolver de Flynn.

L'excitation de Slim devint frénétique.

— Tire pas ! hurla-t-il. Je le veux vivant !

Woppy se tordait de douleur dans l'herbe ; il essayait désespérément de reprendre son souffle, mais personne ne se souciait de lui. Doc recula, se mit à l'abri d'un buisson. Il était livide, prêt à vomir. Il refusait de prendre part à la suite des festivités.

Flynn s'avança lentement vers l'arbre ; Slim restait immobile ; la lame effilée brillait au bout de ses doigts.

Bailey regarda autour de lui. Comment échapper ? Derrière lui, les fourrés étaient trop touffus. Devant se trouvait Flynn, qui s'était approché prudemment. A gauche, Slim l'attendait avec son couteau. C'était donc par la droite qu'il fallait essayer de fuir. Il s'élança brusquement, mais Flynn était plus près qu'il ne l'avait supposé. Il lui lança un direct, que Flynn esquiva. Son poing passa au-dessus de la tête de Flynn, et il trébucha. Flynn lui tomba dessus. Pendant une minute, les deux hommes luttèrent, puis Bailey, qui était le plus costaud, réussit à se dégager. Il frappa Flynn au menton et celui-ci s'écroula, évanoui.

Bailey s'éloigna d'un bond.

Slim n'avait pas bougé. Il était immobile, son long corps penchait en avant, sa bouche molle pendait à moitié, son couteau paraissait prêt à s'échapper de ses doigts. Woppy était encore hors de combat. Brusquement, Bailey changea d'avis. Il ne restait plus que Slim. Doc ne comptait pas. Si il réussissait à assommer Slim, il pourrait ensuite, avec l'aide de Riley, prendre Eddie par surprise. Le coup valait la peine d'être tenté. Il s'avança vers Slim qui l'attendait, et dont brillaient les yeux jaunes.

Tout à coup, Bailey vit Slim sourire. Le faciès d'idiot s'escamota, fit place à la gueule de tueur. Bailey comprit qu'il ne lui restait plus que quelques secondes à vivre. Jamais il n'avait éprouvé une telle terreur. Il se figea sur place, tel un lapin fasciné.

Le couteau fendit l'air et se planta dans sa gorge.

Slim, penché au-dessus de lui, le regarda mourir ; l'étrange jouissance que lui procurait le meurtre le pénétrait une fois de plus.

Woppy, le visage terreux, avait réussi à s'asseoir et jurait entre ses dents. Flynn, toujours sur son dos, remuait péniblement. Une ecchymose livide était apparue sur son menton. Doc se tourna d'un autre côté. Il était moins endurci que les autres.

Slim pivota vers Riley, qui ferma les yeux et poussa un gémissement étranglé, atroce. Slim nettoya son couteau en l'enfonçant dans la terre, puis il se redressa.

— Riley... appela-t-il d'une voix douce.

Riley ouvrit les yeux.

— Me tue pas, Slim, haleta-t-il. Donne-moi une chance... me tue pas !

Slim sourit, puis traversant à pas lents la clairière ensoleillée, il s'approcha de l'homme qui le suppliait.

CHAPITRE II

I

Miss Blandish fut poussée sous la lumière crue de l'ampoule qui pendait du plafond. Deux tampons de coton étaient fixés sur ses yeux par des bandes de sparadrap. Eddie lui prit le bras pour la soutenir et elle s'appuya lourdement contre lui. Cette main lui donnait une sensation de chaleur et de force, et dans les ténèbres au milieu desquelles elle se débattait, c'était son seul contact avec le monde extérieur.

Vautrée dans son fauteuil, M'man Grisson examina Miss Blandish. Avant de quitter la baraque de Johnny, Eddie lui avait téléphoné pour la prévenir qu'ils rentraient. Elle avait eu le temps de calculer ce que ce kidnapping allait leur rapporter. En s'y prenant bien, et avec un tout petit peu de chance, ils allaient encaisser un million de dollars avant la fin de la semaine. Depuis trois ans, sous la direction de

M'man, la bande avait acquis une certaine réputation. Ils n'avaient pas exécuté de très gros coups, mais ils ne s'étaient pas mal défendus. Les autres gangs les considéraient comme une bonne équipe de troisième ordre. Et voilà que grâce à cette frêle jeune fille rousse, ils allaient devenir les ennemis publics les plus riches, les plus puissants et les plus recherchés de tout Kansas City.

M'man Grisson était énorme, obèse, adipeuse. Des bajoues pendaient de chaque côté de son menton. Elle avait les cheveux teints d'un noir agressif, frisottés et ternes, et ses petits yeux brillaient : on aurait dit des éclats de verre inexpressifs. Toute une bijouterie de pacotille scintillait sur son opulente poitrine avachie. Elle était vêtue d'une robe sale en dentelle crème. Ses bras de débardeur, striés de veines et comprimés par les mailles de la dentelle, ressemblaient à des boudins de pâte passés au laminoir. Sa force physique valait celle d'un homme. C'était une vieille femme hideuse, et tous les membres du gang, Slim compris, tremblaient devant elle.

Eddie arracha le ruban adhésif qui fermait les yeux de Miss Blandish. Celle-ci sursauta en se trouvant nez à nez avec cette vieille femme vautrée dans son fauteuil. Le spectacle lui coupa le souffle et elle battit en retraite.

Eddie posa sur son bras une main rassurante.

— Eh bien, la v'là, M'man, dit-il. Livrée à domicile, conformément à vos instructions. Je vous présente Miss Blandish.

M'man se pencha en avant. Ses petits yeux inquisiteurs terrifièrent la jeune fille.

M'man détestait parler autant qu'elle détestait les bavards. Un mot lui suffisait où la plupart des gens en auraient prononcé dix, mais elle estima que cette occasion exceptionnelle justifiait un petit discours.

— Écoute-moi bien, dit-elle. T'es peut-être la fille Blandish, mais, pour moi, t'es moins que rien. Tu vas rester ici jusqu'à ce que ton vieux paye ta rançon. Ça durera le temps qu'il voudra ; ça dépend de lui. Tant que t'es là, tiens-toi comme il faut. Si t'es sage, on te fichera la paix, mais si tu commences à faire des chichis, t'auras affaire à moi, je te le garantis. Essaye pas de m'emmerder, tu le regretterais. T'as compris ?

Miss Blandish la regardait comme si elle n'arrivait pas à croire que cette horrible vieille était réelle.

— T'as compris ? répéta M'man.

Eddie donna un coup de coude à Miss Blandish.

— Oui, répondit celle-ci.

— Mets-la dans la chambre du devant, ordonna M'man à Eddie. Tout est prêt pour la recevoir. Boucle la lourde et redescends, j'ai à te parler.

Eddie fit sortir Miss Blandish de la pièce. En montant l'escalier, il lui dit :

— La vieille ne plaisantait pas, mon petit. Elle est encore pire que Slim, alors fais gaffe.

Miss Blandish ne répondit pas. Elle paraissait anéantie et terrorisée.

Quelques minutes plus tard, Eddie rejoignit Doc et Flynn dans la chambre de M'man. Woppy avait été envoyé en ville, aux nouvelles.

Eddie se versa un verre de whisky et s'assit sur le bras d'un fauteuil.

— Où est passé Slim, M'man ?

— Il est allé se coucher, répondit M'man. T'occupe pas de lui. J'ai à vous parler, à toi et à Flynn. Vous avez entendu ce que j'ai dit à la môme, si elle faisait des chichis ? Ça vaut aussi pour vous deux. Je vous interdis, à vous et à Woppy, de vous mettre à débloquer sous prétexte qu'il y a une jolie fille dans la maison. Si j'en pince un à faire du gringue à la gosse, il le regrettera. Les gangs qui font faillite, c'est plus souvent à cause d'une greluche que de la flicaille. J'ai pas l'intention de vous laisser vous bagarrer à cause d'elle. Vous allez laisser cette fille tranquille, compris ?

Eddie eut un sourire narquois.

— C'est également valable pour Slim ?

— Slim ne s'occupe pas des bonnes femmes, déclara M'man en foudroyant Eddie du regard. Il a trop de bon sens pour ça. Si tu pensais un peu plus à ton boulot et un peu moins à tes poufiasses, tu t'en porterais un peu mieux. Même chose pour Woppy et toi, ajouta-t-elle en regardant Flynn, qui se tortilla d'un air gêné. T'as compris ? Tu vas foutre la paix à cette fille.

— Je suis pas sourd, répondit Flynn d'un ton boudeur.

— Et toi, Eddie ?

— J'avais entendu la première fois, M'man.

— Bon. (M'man prit une cigarette et l'alluma.) Pour nous, cette môme vaut un million de dollars. Elle a disparu depuis minuit. A l'heure qu'il est, Blandish a sûrement prévenu les flics, qui ont alerté les fédés. On va se mettre en rapport avec Blandish et lui dire de se débarrasser des fédés, de réunir un million de dollars en vieux billets et de se tenir prêt à nous le remettre. Y a pas de raison pour qu'on ait des difficultés de son côté. Il a le pognon et il veut récupérer sa fille. (Elle se tourna vers Eddie.) Descends en ville et téléphone à Blandish. Dis-lui qu'il recevra bientôt des instructions sur le mode de versement. Préviens-le que s'il essaye de nous doubler, sa gosse trinquera. J'ai pas besoin de t'expliquer ce qu'il faut lui dire : débrouille-toi pour lui foutre les jetons.

— Compris, M'man.

— Alors tire-toi.

— Comment se fera le partage, M'man ? demanda Eddie en se levant. C'est moi qui ai repéré la petite. Je devrais toucher une plus grosse part que les autres.

— On ne tient pas encore le magot, répondit sèchement M'man. On parlera de ça quand on l'aura.

— Ben, et moi, alors ? intervint Flynn. J'y étais aussi.

— Et puis quoi, encore ? fit Eddie. Si j'avais pas été là, tu serais allé te pager.

— Assez ! rugit M'man. File, Eddie.

Eddie hésita, mais il croisa le regard des petits yeux féroces, haussa les épaules et sortit de la pièce.

— A toi, maintenant, dit M'man à Flynn. Qui est-ce qu'est au courant pour la bande Riley, rapport à ce qu'on a fait la nuit dernière ?

Flynn se gratta le crâne.

— Ben... y a Johnny, évidemment. Il a assisté à tout le spectacle et il sait qu'on a embarqué la pisseuse, mais Johnny, c'est le mec régule. Il va enterrer les macchabs et se débarrasser de leur tire. Faudra pas l'oublier, M'man. Riley lui avait promis un quart du gâteau et il s'attend à ce qu'on soit généreux avec lui, le vieux.

— On sera généreux, dit M'man. Qui d'autre ?

Flynn réfléchit un instant.

— Y a le môme du poste d'essence. Il a vu Eddie discuter avec Riley. Je crois qu'il s'est aperçu que j'avais une escopette. Peut-être même qu'il a vu la fille.

— Personne d'autre ?

— Non.

— Je ne veux courir aucun risque. Occupe-toi du gosse, il pourrait parler. Vas-y tout de suite.

Après le départ de Flynn, M'man se carra plus confortablement dans son fauteuil. Doc Williams arpentait fébrilement la pièce et paraissait mal à l'aise ; elle s'en aperçut et l'interrogea du regard. Les rapports qu'elle entretenait avec Doc se situaient sur un plan différent de ceux qu'elle avait avec le reste de la bande. C'était un homme instruit, et l'instruction était une des rares choses que M'man respectait.

Elle n'ignorait pas que quelques années plus tôt, Doc Williams était un chirurgien en renom. Il était marié à une femme de vingt ans moins âgée que lui. Un beau jour, celle-ci s'était enfuie avec son chauffeur, et Doc s'était mis à boire. Quelques mois plus tard, alors qu'il était ivre, il avait entrepris une opération du cerveau, et son patient était mort. Doc était passé en jugement pour homicide et avait été condamné à cinq ans de réclusion. Il avait été radié de l'ordre des médecins. Flynn avait fait sa connaissance en prison, et, à leur libération, il l'avait amené à M'man. Celle-ci avait tout de suite compris l'avantage que constituait pour la bande la présence d'un médecin doublé d'un habile chirurgien. Elle n'avait plus à se préoccuper de trouver un docteur lorsqu'un de ses hommes écopait d'une balle. Elle veillait à ce que Doc ne manque jamais d'alcool, moyennant quoi il prenait soin de ses hommes.

— Si on ne fait pas de boulette, dit M'man, notre position est excellente. Je vais répandre le bruit que c'est Riley qui a enlevé la fille. Tôt ou tard, ça reviendra aux oreilles des flics. Ils se mettront à sa recherche, et quand ils s'apercevront qu'il a disparu, ils seront convaincus que c'est lui qui a fait le coup. (Elle sourit en exhibant un dentier chevalin.) Tant qu'ils ne les auront pas déterrés, lui et sa bande, ils seront persuadés que c'est eux qui ont kidnappé la gosse, et nous on sera peinards.

Doc s'assit et alluma un cigare. Ses gestes étaient lents et son visage ravagé par l'alcool était soucieux.

— Je n'aime pas les kidnappings, déclara-t-il. C'est une chose cruelle... horrible. J'ai pitié de cette petite et de son père. Ça ne me plaît pas du tout.

M'man sourit. De tous les membres de la bande, Doc était le seul qui fût autorisé à exposer son point de vue ou à donner son avis. M'man en tenait rarement compte, mais elle aimait bien l'entendre parler. C'était quelqu'un à qui causer lorsqu'elle se sentait solitaire et il était parfois de bon conseil.

— Vous êtes un vieux schnock sentimental, dit-elle d'un ton méprisant. Cette petite a eu tout ce qu'on peut désirer. Qu'elle souffre un peu ! Son vieux a des millions. Lui non plus, ça ne lui fera pas de mal de souffrir. J'ai bien souffert, moi, et vous aussi. Ça fait du bien aux gens, la souffrance.

— D'accord, répondit Doc en se versant un verre plein d'alcool, mais elle est si jeune et si jolie... c'est lamentable de gâcher une jeune existence comme celle-là. Vous n'avez pas l'intention de la renvoyer chez son père, hein ?

— Non, elle n'y retournera pas. Quand nous aurons touché la rançon, il faudra se débarrasser d'elle. Elle en sait trop.

Doc se trémoussa sur son siège, l'air gêné.

— Je n'aime pas ça, mais je suppose que je n'ai pas voix au chapitre. (Il vida son verre et le remplit de nouveau.) C'est un gros coup, M'man. Rien ne me plaît, dans cette histoire.

— Le fric, ça vous plaira quand vous toucherez votre part, déclara M'man cyniquement.

Doc contemplait son verre.

— Il y a bien longtemps que l'argent a cessé de m'intéresser. Il y a une chose que je dois vous dire, M'man. Slim s'est comporté d'une façon bizarre avec cette jeune fille, vraiment très bizarre.

M'man lui lança un regard aigu.

— Qu'est-ce que vous voulez dire ?

— J'étais sous l'impression que les femmes ne tenaient aucune place dans l'existence de Slim. C'est bien ce que vous m'aviez dit, n'est-ce pas ?

— Oui, et j'en suis bien contente. Il m'a causé assez de soucis comme ça sans que je me fasse en plus du mouron à cause de ces trucs-là.

— Il s'intéresse à cette jeune fille, annonça posément Doc. Je ne l'ai jamais vu se conduire comme il l'a fait lorsqu'il a posé les yeux sur elle. Il avait l'air ébloui, comme un gosse à son premier amour. Je suis navré, M'man, mais j'ai bien l'impression que vous allez vous faire du mouron à cause de ces trucs-là.

Les traits de M'man se figèrent et ses yeux lancèrent des éclairs.

— Vous ne blaguez pas, j'espère !

— Non. Quand vous les verrez ensemble, vous comprendrez que j'ai raison. Il tenait absolument à lui rendre les diamants. C'est lui qui les a, ne l'oubliez pas.

— Je ne l'oublie pas, répondit-elle d'un air farouche. Il me les donnera quand je les lui demanderai. Vous croyez vraiment qu'il en pince pour cette fille ?

— J'en suis sûr.

— Je vais y mettre bon ordre. Je ne veux pas d'histoires de femmes dans cette maison !

— Ne soyez pas trop sûre de vous, dit gravement Doc. Slim est dangereux. Il pourrait se retourner contre vous. L'ennui avec vous, M'man, c'est que vous ne voulez pas reconnaître qu'il n'est pas normal...

— Taisez-vous ! rugit M'man. (C'était un sujet tabou.) Je refuse d'écouter ces conneries. Slim est parfaitement normal et je sais comment m'y prendre avec lui. Ne parlons plus de ça.

Doc haussa les épaules et se versa un verre de whisky. Il commençait à avoir les joues très rouges. Maintenant, il suffisait de très peu d'alcool pour enivrer Doc.

— Vous ne pourrez pas me reprocher de ne pas vous avoir prévenue.

— Je veux que vous écriviez une lettre à Blandish, dit M'man, changeant délibérément de sujet. Nous la lui expédierons demain. Dites-lui de mettre l'argent dans une valise blanche. Qu'il fasse passer une petite annonce dans la *Tribune* d'après-demain, disant qu'il a des tonnelets de peinture blanche à vendre. Ça voudra dire que le fric est prêt. Expliquez-lui ce qui arrivera à sa môme s'il essaye de nous posséder.

— Entendu, M'man, dit Doc qui sortit de la pièce en emportant son verre.

La vieille femme resta un moment assise dans son fauteuil ; elle réfléchissait. Ce que lui avait dit Doc la contrariait. Si Slim en pinçait pour la fille, plus vite elle se débarrasserait d'elle, mieux ça vaudrait. Elle essaya de se persuader que Doc exagérait. Slim avait toujours eu peur des femmes. Elle l'avait vu grandir et elle était certaine qu'il n'avait jamais eu aucune expérience sexuelle.

Elle se leva.

« Il vaut mieux que j'aille lui parler, se dit-elle. Je lui prendrai le collier. Il faudra que je fasse gaffe pour le fourguer. Ce serait peut-être plus prudent de le garder un certain temps. Pendant quelques mois, ça va être de la dynamite.

Elle monta au premier, où se trouvait la chambre de Slim.

Slim était allongé sur son lit, en pantalon et bras de chemise. Le collier se balançait au bout de ses doigts osseux. A l'entrée de M'man, le collier disparut avec une rapidité incroyable. Slim n'allait pas plus vite à faire jaillir son couteau.

Aussi vif qu'eût été Slim, M'man avait aperçu le collier, mais elle se garda d'en parler.

— Qu'est-ce que tu fais au pieu ? demanda-t-elle en s'avançant. T'es fatigué, ou quoi ?

Slim lui lança un regard venimeux. Il y avait des moments où sa mère l'horripilait, avec ses questions stupides.

— Ouais, j'suis fatigué. J'avais pas envie d'écouter votre bla-bla, en bas.

— Tu devrais me remercier de savoir leur causer, lui dit-elle sèchement. On va être riches, Slim. Cette fille va nous rapporter un monceau de fric.

Le visage de Slim s'éclaira et son air mauvais disparut.

— Où elle est, M'man ?

M'man le regarda fixement. C'était la première fois qu'elle lui voyait cette expression. Elle se roidit en songeant qu'en fin de compte, Doc avait raison. Ce pauvre imbécile avait l'air mordu. Elle ne l'en aurait jamais cru capable.

— Dans la chambre de devant, bouclée à double tour, répondit-elle avec brusquerie.

Slim roula sur le dos, le regard au plafond.

— Elle est jolie, hein, M'man ? fit-il d'un ton de niaiserie puérile. J'ai jamais vu une fille comme elle. T'as remarqué ses cheveux ?

— Jolie ? bougonna M'man. Qu'est-ce que ça peut te foutre ? C'est une gonzesse comme les autres.

Slim tourna la tête et regarda sa mère. Il paraissait étonné.

— Tu penses ce que tu dis ? demanda-t-il. T'es miro, ou quoi ? Qu'est-ce qui t'arrive ? Moi qui croyais que t'avais du goût ! Elle est formidable, oui. Si tu le vois pas, c'est que t'es aveugle. (Il passa ses doigts dans ses longs cheveux grais-seux.) On dirait qu'elle sort d'un livre d'images. Je veux la garder, M'man. On est pas forcés de la renvoyer chez elle, hein ? On touchera le fric et je la garderai. J'ai jamais eu de poule. Elle sera ma poule.

— Ah ! Oui ? fit M'man d'un ton méprisant. Tu crois qu'elle voudra de toi ? Regarde ta chemise, regarde tes mains... elles sont dégoûtantes. Tu t'imagines qu'une petite pimbêche comme ça va faire attention à toi ?

Slim examina ses mains. Il parut soudain douter de lui-même.

— Je pourrais peut-être me laver, hasarda-t-il comme si cette idée ne lui était jamais venue auparavant. Je pourrais mettre une liquette propre.

— J'ai pas de temps à perdre avec ces conneries, dit brutalement M'man. Je veux le collier.

Slim l'observa, la tête penchée sur l'épaule, puis il tira le collier de sa poche et le fit danser hors de portée des doigts de M'man. Une expression rusée, qui ne plut pas du tout à M'man, apparut soudain sur son visage.

— Il est joli, hein ? dit-il. Mais il est pas pour toi. Je le garde. Je te connais... si je te le donnais, tu le vendrais. Tu penses qu'à ça... à l'argent. Il est à elle et je vais lui rendre.

M'man faillit exploser, mais elle se contint.

— Donne-moi ce collier ! ordonna-t-elle en tendant la main.

Slim glissa à bas du lit et défia sa mère, les yeux étincelants.

— Je le garde.

Pour M'man, c'était une expérience absolument nouvelle. Pendant un instant, sa stupeur fut telle qu'elle en fut

désorientée, puis sa fureur l'emporta et elle s'avança sur
Slim en brandissant ses poings monstrueux.

— Nom de Dieu ! Donne-moi ça ou je te fous une trempe !
rugit-elle, le visage convulsé et marbré de plaques rouges.

— Arrête ! (Le couteau de Slim jaillit brusquement dans
sa main. Il rentra la tête dans les épaules et regarda sa mère
d'un air féroce.) Arrête !

M'man s'immobilisa brusquement. Elle observa le mince
visage vicieux et les yeux jaunes étincelants ; elle se rappela
l'avertissement de Doc. Un frisson lui courut le long de
l'échine.

— Range ce couteau, Slim, fit-elle d'une voix calme.
Qu'est-ce qui te prend ?

Slim l'observait. Tout à coup, il sourit.

— T'as eu la trouille, hein, M'man ? Je l'ai vu, que t'avais
la trouille. T'es comme les autres... toi aussi, t'as peur de
moi.

— Dis donc pas de bêtises, répliqua M'man. T'es mon fils.
Pourquoi veux-tu que j'aie peur de toi ? Maintenant, donne-
moi ce collier.

— Je vais te dire ce qu'on va faire, proposa Slim d'un air
rusé. Toi, tu veux le collier, moi, je veux la fille. On va faire
un échange. Tu te débrouilles pour que je lui plaise et je te
donne les diams. Qu'est-ce que t'en dis ?

— Espèce de pauvre crétin... commença M'man, mais elle
s'interrompit en voyant Slim remettre le collier dans sa
poche.

— Tant que la petite sera pas gentille avec moi, tu l'auras
pas, déclara-t-il. Va lui parler, M'man. Dis-lui que j'y ferai
pas de mal. Je voudrais qu'elle me tienne compagnie. Les
cloches d'en bas, ils peuvent pas me blairer. Toi, tu peux
causer avec Doc. Moi, j'ai personne. C'est elle que je
veux.

Pendant qu'il parlait, M'man réfléchissait. A supposer
qu'elle ait le collier, elle ne pourrait pas s'en défaire. Il
faudrait attendre des mois avant d'oser le vendre. Slim

voulait le garder un bout de temps ? Ce n'était pas bien grave. Ce qui était grave, c'était son geste de rébellion et l'atteinte portée à l'autorité de M'man. Elle regarda le couteau que son fils tenait à la main. Une fois de plus, l'avertissement de Doc lui revint en mémoire. Il avait raison, Slim n'était pas normal. Il était dangereux. Elle n'allait pas courir le risque de se laisser planter un couteau dans le ventre. Mieux valait faire ce qu'il demandait. De toute façon, ce ne serait pas long. Aussitôt la rançon versée, la fille disparaîtrait. Slim l'oublierait et tout rentrerait dans l'ordre. Après tout, ce n'était peut-être pas une si mauvaise idée de le laisser s'amuser un peu avec cette fille. Si elle le tentait, pourquoi le lui refuser ? Doc parlait tout le temps de .complexe de frustration. Oui, tout compte fait, c'était une bonne idée. Ça pourrait l'arranger, Slim ; au moins, il aurait une occupation, au lieu de passer ses journées enfermé dans sa chambre.

— Range ce couteau, Slim, dit-elle en s'écartant de lui. Y a pas de raison pour que tu t'amuses pas avec cette petite. Je vais voir ce que je peux faire. Range ça. Tu devrais avoir honte de menacer ta mère avec un couteau.

Slim comprit soudain qu'il venait de remporter une victoire. Il se mit à ricaner.

— Maintenant, te v'la raisonnable, dit-il en faisant disparaître son couteau. Débrouille-toi, M'man, et je te donnerai le collier, mais faudra que tu m'arranges ça pour de bon.

— Je lui parlerai, promit M'man et elle sortit lentement de la pièce.

C'était la première fois que Slim lui tenait tête et elle était inquiète.

« Doc a raison, songea-t-elle en descendant pesamment l'escalier. Il est dangereux. Il pourrait le devenir encore plus. Ce qu'il y a de vache, c'est que je me fais vieille. Je ne serai bientôt plus capable de le tenir en main. »

II

Aussitôt arrivé en ville, Eddie gara la Buick et acheta un journal.

Le kidnapping de Miss Blandish et l'assassinat de Jerry MacGowan s'étalaient sur toute la première page. Il lut rapidement l'article, qui ne lui apprit rien de nouveau. Le chef de la police annonçait qu'il suivait une piste sérieuse, mais sans préciser. Du bluff, estima Eddie.

Il se dirigea vers le bureau de tabac du coin de la rue, salua d'un signe de tête le gros homme qui trônait derrière le comptoir et franchit l'ouverture fermée par un rideau qui donnait sur la salle de billard. Une fumée dense obscurcissait la pièce bondée d'hommes occupés à boire et à jouer au billard. Eddie chercha Woppy des yeux. Celui-ci, assis tout seul dans un coin, tenait compagnie à une bouteille de scotch. Eddie le rejoignit et s'assit en face de lui.

— Salut. Y a du nouveau ?

Woopy fit signe au barman d'apporter un deuxième verre.

— Et comment ! répondit-il. T'as vu les journaux ?

— Y a rien dedans, dit Eddie.

Le barman apporta le verre. Eddie le salua d'un signe de tête et se versa à boire.

— Attends les éditions de ce soir. Tu te rappelles la peau d'hareng qui dégotte des ragots pour les potins de son canard ? Heinie ? Eh ben, il est allé s'allonger chez les poulagas.

— Comment ça se fait ? Depuis quand qu'il est indic ?

— La compagnie d'assurances offre une récompense pour le collier. Heinie doit en avoir envie. Il a dit aux flics que Bailey s'intéressait aux diams. Ils ont fouillé la ville de fond en comble, mais comme ils n'arrivent pas à mettre la main sur Bailey, ils prétendent que c'est lui et Riley qui ont kidnappé la gosse. C'est bon pour nous, hein ?

Eddie sourit.

— Tu parles !

— Les fédés ont pris l'affaire en main. Ils ont été voir Blandish. La ville grouille de flics. Fais gaffe de pas te faire piquer avec ton feu.

— Je l'ai laissé à la maison. Je vais téléphoner tout de suite à Blandish, et ensuite je me casse. Tu ferais mieux de rentrer avec moi.

— D'accord. Comment va la rouquine ? demanda Woppy à Eddie qui se levait. Dis donc ! J'aimerais bien lui filer le train, à celle-là !

— Je te le conseille pas, répliqua Eddie. M'man est sur le sentier de la guerre. Elle ne veut pas qu'on touche à la môme. Elle en a fait tout un plat.

Woppy fit la grimace.

— Y a des fois où elle est drôlement casse-pieds, M'man. A quoi ça sert d'avoir une poupée comme ça dans la cabane, si on peut pas s'en servir ?

— Si tu veux la réponse, la voilà : un million de dollars, fit Eddie en souriant.

Il se dirigea vers la cabine téléphonique, un écriteau suspendu à la porte signalait qu'elle était en dérangement. Il y avait une autre cabine au drugstore d'en face. Eddie sortit du bureau de tabac et s'arrêta au bord du trottoir ; la circulation était intense et l'empêchait de traverser la rue. Pendant qu'il attendait, il remarqua une jeune femme à l'arrêt d'autobus voisin. Comme toutes les jolies filles, elle retint immédiatement son attention. Celle-ci était une grande blonde à l'air effronté, et sa silhouette valait le coup d'œil. Sa beauté provocante attirait Eddie, qui l'examina pendant quelques secondes. Elle savait se maquiller. Sa bouche était un peu trop grande, mais ça ne le dérangeait pas. Il goûta son allure sensuelle et le chic avec lequel elle portait sa légère robe jaune.

« Un vrai régal, se dit-il. Je me vois très bien sur une île déserte avec elle. »

Il traversa la rue, pénétra dans le drugstore et s'enferma dans la cabine téléphonique. Il plaqua un mouchoir sur le

micro pour assourdir le son de sa voix, composa le numéro
que lui avait donné Miss Blandish et attendit.

Ce ne fut pas long.

— Allô ? fit une voix. Ici, John Blandish. Qui est à
l'appareil, je vous prie ?

— Ecoute-moi bien, mon pote, dit Eddie d'une voix de
rogomme. On tient ta gosse. Si t'as envie de la revoir, dis aux
flics de laisser tomber. On veut un million de dollars.
Rassemble la somme en vieux billets, pas de coupure de plus
de cent dollars, et mets-la dans une valoche blanche. Tu
recevras des instructions demain pour te dire où la livrer.
T'as pigé ?

— Oui. (La voix de Blandish était tendue et anxieuse.)
Elle va bien ?

— Au poil, et ça continuera tant que tu feras ce qu'on te
dit. Si tu cherches à jouer les marioles, elle aura des ennuis,
et fais-moi confiance, ce sera des ennuis sérieux. Pas besoin
de te faire un dessin. T'es assez grand pour t'imaginer ce
qu'on lui fera avant de la liquider. Ça dépend de toi, mon
pote. Fais ce qu'on te dit, et ta gosse sera peinarde. Sinon,
quand tu la retrouveras, elle sera un peu usagée... et tout ce
qu'il y a de morte !

Il raccrocha brutalement et sortit rapidement du drugstore ; un sourire satisfait jouait sur ses lèvres.

Comme il hésitait avant de traverser, il aperçut, sur le
trottoir d'en face, la fille blonde qui attendait toujours son
autobus. Elle lui jeta un rapide coup d'œil. Eddie rectifia son
nœud de cravate. Pas de chance d'être obligé de rentrer faire
son rapport à M'man. Il traversa la rue et regarda de
nouveau la jeune femme, prêt à lui sourire, mais elle lui
tournait le dos. Il se dirigea vers le tabac, et, avant d'y
entrer, se retourna une dernière fois. La jeune femme se
dirigeait vers lui. Il l'attendit. Elle ne le regarda pas. Comme
elle passait devant lui, un petit bristol blanc s'échappa de sa
main et vint se poser aux pieds d'Eddie. Elle continua son
chemin sans s'arrêter, elle regardait droit devant elle. Il

suivit du regard le balancement sensuel de ses hanches, puis ramassa la carte. Les mots suivants y avaient été griffonnés : 243, *Palace Hotel, West.*

Surpris, il repoussa son feutre sur sa nuque. Il n'aurait pas cru que c'était une tapineuse. Il était vaguement déçu. Il la chercha des yeux et la vit s'engouffrer dans un taxi. Il regarda le taxi s'éloigner, puis glissa la carte sous le bracelet de sa montre et entra dans le bureau de tabac ; il avait trop à faire aujourd'hui ; un jour prochain, il irait peut-être lui rendre une petite visite.

— C'est fait, annonça-t-il à Woppy. Tirons-nous.

Woppy vida son verre, paya le barman, et les deux hommes regagnèrent la Buick. Une Ford venait de se garer le long du trottoir d'en face. Les deux malabars qui l'occupaient dévisagèrent Eddie et Woppy.

— Les fédés, chuchota Woppy sans remuer les lèvres.

Eddie sortit sa clé de sa poche et ouvrit la portière de la Buick. Une sueur froide perlait à son front. Ils s'assirent dans la voiture et se donnèrent un mal de chien pour avoir l'air à leur aise. Les deux hommes dans la Ford ne les quittaient pas des yeux. Eddie appuya sur le démarreur et la Buick se faufila dans le flot de la circulation.

— Te retourne pas, surtout, recommanda Eddie.

Au bout de quelques minutes, ils respirèrent.

— Ces salauds-là, ils me foutent les chocottes, déclara Eddie. Moins j'ai affaire à eux, mieux je me porte.

— A qui le dis-tu ! renchérit Woppy avec conviction. La ville en est farcie.

Ils rentrèrent au moment où Flynn descendait d'une Dodge délabrée. Les trois hommes se rendirent ensemble dans la chambre de M'man.

— Ça s'est bien passé ? demanda celle-ci à Flynn.

— Ouais, comme sur des roulettes, répondit-il. Y avait pas un chat. J'ai même pas eu besoin de descendre de bagnole. Il s'est amené pour faire le plein, et quand il a eu fini, j'ai envoyé la fumée. Du gâteau.

M'man approuva d'un hochement de tête et tourna les yeux vers Eddie.

— Ça y est, il est prévenu, dit Eddie. Je lui ai pas laissé le temps de me répondre, mais il sait ce qui l'attend s'il essaye de faire le mariole. En ville, ça grouille de fédés, M'man. Ce coup-ci, la chasse est ouverte. (Il lança le journal sur la table.) Il n'y a rien là-dedans que nous ne sachions déjà. Heinie est allé trouver les poulets. Il leur a raconté que Bailey s'intéressait au collier. Les flics le recherchent, ainsi que Riley.

— Exactement ce que j'avais prévu, constata M'man avec un de ses sourires féroces. Tant qu'ils n'auront pas déterré les macchabs, on sera peinards. L'enfant se présente bien.

— Quand la petite va rentrer chez elle, objecta Eddie d'un air soucieux, ça ira moins bien. Elle va parler.

M'man le regarda fixement.

— Qu'est-ce qui te fait croire qu'elle va rentrer chez elle ?

— Evidemment... (Eddie secoua la tête et consulta du regard Woppy, qui fit la grimace.) Une belle petite comme ça... c'est quand même moche.

— On s'en fout, de la fille ! intervint sauvagement Flynn. Faut penser à notre peau !

— Qui c'est qui va s'en charger ? s'enquit Eddie. Pas moi, en tout cas.

— Ni moi, renchérit Woopy.

— Doc lui fera une piquouse au bras pendant qu'elle dormira, déclara M'man. Si il refuse, c'est moi qui la ferai.

— C'est pour quand ? interrogea Flynn.

— Quand je le déciderai, aboya M'man. Vous occupez pas de ça, j'en fais mon affaire.

Eddie s'assit et se versa un verre.

— Dites, M'man, j'aimerais bien jeter un coup d'œil au collier. J'ai pas encore eu l'occasion de le voir de près.

— Il est dans le coffre, mentit M'man. Je te le montrerai une autre fois.

Se hâtant de changer de sujet, elle demanda :

— Lequel est-ce qui va préparer le dîner, tas de fainéants ?

Woppy se leva.

— Oh ! merde ! On va encore bouffer des spaghetti, râla Eddie. Hé ! Flynn, tu sais faire la tambouille ?

Flynn ricana.

— Aussi bien que toi, mon pote.

Eddie haussa les épaules avec accablement.

— Ce qu'il nous faudrait, ici, c'est une femme.

— C'est pas demain la veille, dit sèchement M'man. Vas-y, Woopy. Je la saute.

Eddie avait extrait de son bracelet-montre la carte qu'il avait ramassée dans la rue. Il relut l'adresse en pensant à la jeune femme et décida d'aller lui faire une visite le soir même. En retournant le bristol, il s'aperçut que quelques lignes avaient été écrites au verso.

Il lut le message et sauta sur ses pieds en poussant un juron. Une main féminine avait griffonné : *Qu'avez-vous fait de Frankie Riley ?*

III

Une horloge sonnait onze heures lorsque la Buick s'arrêta près du Palace Hotel. Eddie et Flynn en descendirent ; Woppy resta au volant.

— Bouge pas d'ici, lui dit Eddie. Si tu vois des flics, taille-toi, fais le tour du pâté de maisons et reviens. On pourrait avoir besoin de toi en vitesse.

— J'aime mieux être à ma place qu'à la vôtre, déclara Woppy en se plantant une cigarette entre les lèvres.

Eddie et Flynn gagnèrent rapidement l'entrée de l'hôtel. C'était un établissement assez modeste. Ils pénétrèrent dans le hall, qui était désert. Un vieil homme bedonnant, en bras de chemise, somnolait derrière le comptoir. Ses yeux papillotèrent à l'arrivée d'Eddie.

— C'est pour une chambre ? demanda le vieux d'un air d'espoir en se levant.

— Non. Qui c'est qui crèche au 243 ? demanda sèchement Eddie.

Le vieux se rebiffa.

— Je suis pas autorisé à donner ce genre de renseignement. Vaudrait mieux que vous repassiez demain matin et que vous demandiez à la réception.

Flynn tira son revolver et le brandit sous le nez du vieux.

— T'as entendu ce qu'il t'a demandé, oui ? grogna-t-il.

A la vue du revolver, le vieux devint blanc comme un linge et se mit à feuilleter le registre d'une main tremblante. Eddie le lui arracha et son doigt courut rapidement le long de la liste des chambres.

— Anna Borg, annonça-t-il en arrivant au numéro 243. Qui c'est ?

Il remarqua que les deux chambres situées de part et d'autre du 243 étaient vacantes.

Flynn fit pivoter son revolver, l'empoigna par le canon, allongea le bras et assomma le veilleur de nuit d'un coup de crosse sur le crâne. Le vieil homme s'effondra derrière son comptoir. Eddie tendit le cou pour le regarder.

— T'aurais pas dû cogner si fort, dit-il. Il a une tête de vieux pépère. Vaudrait mieux le ligoter.

Flynn fit le tour du comptoir et attacha les mains de l'homme derrière son dos avec sa propre cravate. Ils l'abandonnèrent, s'engouffrèrent dans l'ascenseur et montèrent au second.

— Reste là, dit Eddie, et surveille l'escalier. Moi, je vais voir la poule.

Il longea le couloir, à la recherche de la chambre 243. Elle était tout au bout. Il appliqua une oreille contre le panneau de la porte, il écouta, puis il tira son revolver et pénétra dans la pièce obscure. Il referma la porte, chercha le commutateur à tâtons et alluma.

Son regard parcourut la petite pièce. Elle était vide et en fouillis. Des vêtements traînaient sur le lit et sur les sièges. Sur le dossier du fauteuil, il reconnut la robe jaune que la jeune femme portait dans l'après-midi. La coiffeuse était encombrée de produits de beauté et le contenu d'une grande boîte à poudre s'était répandu sur le tapis. Eddie se convainquit qu'il n'y avait personne dans la chambre et ne découvrit aucune cachette possible ; il se mit alors à fouiller les tiroirs, mais n'y trouva rien d'intéressant. Il se demanda où était passée la jeune femme. Il sortit de la pièce, referma la porte et rejoignit Flynn sur le palier.

— Elle n'est pas là.

— Tirons-nous, dit Flynn.

— La chambre d'à côté est vide. On va s'y planquer. Elle va peut-être revenir.

— Et le mironton en bas ? Qu'est-ce qui va se passer, si on le trouve ?

— On s'en inquiétera quand on l'aura trouvé, répliqua Eddie. Amène-toi.

Ils suivirent silencieusement le couloir, parvinrent à la chambre 241, ouvrirent la porte et entrèrent. Eddie laissa la porte entrebâillée et s'y posta, tandis que Flynn allait s'allonger sur le lit.

Les minutes passèrent. Eddie commençait à se demander s'il n'était pas en train de perdre son temps, lorsqu'il entendit un bruit qui lui fit dresser l'oreille. Flynn sauta du lit et vint le rejoindre près de la porte ; tous deux se mirent à bigler par la fente.

La porte de la chambre située en face du 243 s'ouvrait lentement. Une jeune femme apparut, qui examina le couloir. Eddie la reconnut immédiatement : c'était la blonde de l'arrêt d'autobus. Il n'eut pas le temps de se décider à intervenir qu'elle sortait, refermait la porte, traversait le couloir d'un bond, et disparaissait dans la chambre 243. Ils entendirent la porte claquer et la clé tourner dans la serrure.

— C'est elle ? chuchota Flynn en soufflant dans le cou d'Eddie.

— Ouais.

— Belle môme. Qu'est-ce qu'elle fricotait ?

Eddie ouvrit la porte toute grande et sortit dans le couloir.

— J'en sais rien, mais je vais pas tarder à l'apprendre. Va faire le pet dans l'escalier.

Flynn s'éloigna le long du couloir.

Eddie s'approcha de la porte d'en face. Il tourna le bouton et poussa. La porte s'ouvrit. La pièce était plongée dans l'obscurité. Il tendit l'oreille, n'entendit rien et pénétra à l'intérieur.

Il alluma la lumière, et suspendit aussitôt sa respiration. Un petit homme grassouillet gisait sur le sol. Il avait reçu une balle dans la tête et la plaie saignait encore. Eddie n'eut pas besoin de s'approcher davantage pour voir qu'il était mort.

IV

Ça faisait un bout de temps que M'man Grisson ruminait des pensées moroses. A l'expression de son visage, Doc devinait que ce n'était pas le moment de l'asticoter. Doc faisait une réussite. Il levait fréquemment les yeux sur M'man et se demandait ce qu'elle avait dans le crâne. A la fin, l'immobilité de M'man finit par lui porter sur les nerfs et il posa ses cartes.

— Il y a quelque chose qui ne va pas, M'man ? s'enquit-il prudemment.

— Occupez-vous de vos brèmes et foutez-moi la paix, bougonna-t-elle.

Doc haussa les épaules, se leva et alla ouvrir la porte d'entrée. Dehors, il y avait clair de lune. Doc alluma un cigare et s'assit sur la plus haute marche du perron.

M'man se leva brusquement ; apparemment elle avait pris

une décision ; elle alla chercher un morceau de tuyau de caoutchouc dans un placard.

Doc l'entendit remuer et tourna la tête vers elle. Il la vit monter l'escalier, son bout de tuyau à la main, et se demanda vaguement ce qu'elle comptait en faire.

M'man Grisson longea le couloir et parvint à la chambre de devant. Elle déverrouilla la porte et entra. C'était une petite pièce dont on avait encloué la fenêtre. L'ameublement se composait d'un lit, d'une unique chaise, d'une petite table et d'un miroir accroché au mur. Le tapis, usé jusqu'à la trame, était répugnant.

M'man referma la porte et contempla Miss Blandish, assise sur le lit, les yeux dilatés de crainte. Elle portait sa combinaison décolletée en guise de chemise de nuit. M'man s'assit sur le lit et les ressorts s'affaissèrent sous son énorme masse.

— J'ai à te causer, annonça-t-elle. Tu t'es déjà fait dérouiller avec un truc comme ça ? (Elle montra le morceau de tuyau d'arrosage.)

Miss Blandish secoua négativement la tête. Elle se réveillait tout juste d'un sommeil agité et l'apparition de M'man Grisson lui fit songer que son cauchemar continuait.

— Ça fait mal, dit la vieille femme.

Elle assena un coup de tuyau sur le genou de Miss Blandish. La couverture amortit le coup en partie, mais elle le ressentit quand même. Miss Blandish se raidit. Elle perdit son air ensommeillé. Elle se dressa sur le lit et serra les poings, les yeux brillants de colère.

— Ne vous avisez pas de recommencer ! haleta-t-elle.

M'man Grisson ricana. Ses grandes dents blanches la faisaient ressembler à un loup et lui donnaient un curieux air de famille avec son fils.

— Qu'est-ce que tu me ferais ?

Elle enferma les poignets de Miss Blandish dans une de ses énormes mains et continua à ricaner ; la jeune fille se mit à se débattre et essaya en vain de se libérer.

— T'y trompe pas, ma jolie, dit M'man. J'ai beau être vieille, je suis beaucoup plus forte que toi. Je vais commencer par rabattre un peu ton caquet. Ensuite, on causera.

Au rez-de-chaussée, Doc, toujours assis sur sa marche, vit Woppy descendre de la Buick et s'avancer vers lui.

— Eddie est pas encore rentré ? demanda Woppy.

— Non. Qu'est-ce qui s'est passé ?

Woppy passa devant lui et entra dans le salon. Doc l'y suivit. Woppy attrapa une bouteille, la leva pour l'examiner à la lumière de la lampe, et la lança à l'autre bout de la pièce d'un air dégoûté.

— Y a donc jamais rien à boire, dans cette turne ?

Doc sortit une nouvelle bouteille de scotch du placard et la déboucha.

— Qu'est-ce qui est arrivé à Eddie ? demanda-t-il en remplissant deux verres.

— J'en sais rien, répondit Woppy, qui prit l'un des verres. On est allés à l'hôtel et il est entré avec Flynn. Je les attendais, quand j'ai repéré deux flics. Je me suis tiré, j'ai fait le tour du pâté de maisons, et quand je suis revenu, j'ai entendu des coups de feu. D'autres flics se sont amenés, alors j'ai mis les bouts.

— Il semble que notre ami Eddie ait eu des ennuis.

Woppy haussa les épaules et vida son verre.

— Il est de taille à se défendre. Je m'en fais pas pour lui. (Il se tut et tendit l'oreille.) Qu'est-ce que c'est que ce bruit ?

Doc s'immobilisa et regarda le plafond avec inquiétude.

— On dirait que c'est la petite qui crie.

— Je monte voir, dit Woppy en se dirigeant vers la porte.

— Vaut mieux pas, M'man est avec elle.

Les deux hommes écoutèrent un instant les cris stridents, puis Woppy fit une grimace et s'en fut tourner le bouton du poste de radio. Une musique de jazz tonitruante couvrit les hurlements de Miss Blandish.

— Je suis peut-être plus aussi coriace qu'autrefois, dit Woppy en s'essuyant la figure avec son mouchoir, mais il y a des moments où cette vieille sorcière me donne envie de dégueuler.

Doc finit son verre et se hâta de le remplir.

— Il vaudrait mieux qu'elle ne vous entende pas dire ça, déclara-t-il en s'asseyant.

Au premier, M'man Grisson s'était rassise sur le lit, un peu essoufflée. Elle regarda Miss Blandish se tordre de douleur sur sa couche, le visage baigné de larmes, les mains crispées sur le drap.

— Maintenant, je crois qu'on peut causer, dit M'man.

Elle se mit à parler. Les paroles firent oublier sa souffrance à la jeune fille. Elle regarda la vieille femme d'un air incrédule.

— Non! haleta-t-elle brusquement.

M'man poursuivit. Miss Blandish se dressa, puis se recroquevilla à la tête du lit.

— Non!

M'man finit par perdre patience.

— T'as pas le choix, espèce de petite idiote! aboya-t-elle. Tu vas faire ce que je te dis! Sinon, je remets ça.

— Non... Non... Non!

M'man se leva et ramassa son bout de tuyau, mais elle changea brusquement d'avis.

— C'est vrai qu'il faut pas que j'abîme ta jolie peau, dit-elle. Y a d'autres moyens. Je vais dire à Doc de s'occuper de toi. J'aurais dû penser à ça plus tôt. Doc saura comment s'y prendre.

Elle quitta la chambre. Miss Blandish sanglotait, la tête enfouie dans l'oreiller.

V

Eddie, le visage baigné de sueur, contemplait le cadavre d'Heinie étendu à ses pieds. Si les flics s'amenaient, il allait se retrouver dans un drôle de pétrin. Son regard fit le tour des lieux. Aucune trace de lutte. Eddie supposa que quelqu'un avait frappé à la porte et qu'Heinie avait été abattu en l'ouvrant. La balle avait creusé un petit trou dans la tête d'Heinie et Eddie estima qu'elle avait été tirée par un calibre 25... Une arme de femme.

Il tâta la main du cadavre : elle était encore tiède. Heinie était mort depuis une demi-heure au plus.

Eddie jeta un coup d'œil dans le couloir. Flynn surveillait toujours l'escalier. Eddie sortit de la chambre. Après réflexion, il prit son mouchoir et essuya le bouton de la porte, puis il traversa le couloir et essaya d'ouvrir la porte du 243. Elle était fermée à clé. Il frappa. Flynn se retourna pour le regarder faire. Eddie frappa une seconde fois. Pas de réponse. Il colla son oreille contre le panneau ; le bruit d'une fenêtre qu'on ouvrait lui parvint.

— Hé! vous là-dedans, appela-t-il à mi-voix. Allons, ouvrez!

Dans le silence de la nuit retentirent brusquement des cris stridents. A en juger par le bruit, la femme qui se trouvait dans la chambre 243 se penchait par la fenêtre et hurlait de toutes ses forces.

Eddie fit un saut en arrière.

— Radine, andouille! lui cria Flynn, on se trisse!

Eddie le rejoignit sur le palier et les deux hommes dévalèrent l'escalier.

— Attends! chuchota Flynn en empoignant le bras d'Eddie.

Il se pencha sur la rampe et examina le hall. Eddie jeta un coup d'œil par-dessus l'épaule de Flynn. Il y avait deux flics, revolver en main, au milieu du hall. Ils foncèrent vers l'escalier et se mirent à grimper. Eddie et Flynn firent demi-tour et s'élancèrent vers le palier supérieur. On entendit des gens crier et des portes s'ouvrir.

— Le toit! haleta Eddie.

Ils bondirent au dernier étage. Derrière eux, les flics montaient bruyamment. Au moment où ils s'engageaient dans le long couloir, une porte voisine s'ouvrit et un homme affolé passa sa tête dans l'entrebâillement. Flynn lui lança un coup de poing au passage. L'homme s'effondra ; à l'intérieur de la chambre, une femme se mit à hurler.

A l'extrémité du couloir s'ouvrait une porte qui donnait sur le toit. Elle était fermée à clé. Flynn tira deux coups de revolver dans la serrure et enfonça la porte d'un coup de pied.

Dans cet espace exigu, les détonations firent un bruit assourdissant. Essoufflés, ils débouchèrent en titubant sur le toit en terrasse, dans l'air frais de la nuit.

Ils gagnèrent l'extrémité du toit et se laissèrent choir sur celui de l'immeuble voisin, quelque cinq mètres plus bas. La lune, dissimulée par les nuages, suffisait tout juste à guider leurs pas.

Ils s'arrêtèrent un instant, hésitant sur la route à suivre.

— Vaut mieux qu'on se sépare, dit Eddie. Va à gauche, j'irai à droite. A un de ces quatre.

Flynn abandonna Eddie et traversa le toit. Soudain, un cri retentit ; Flynn se retourna juste à temps pour voir trois silhouettes surgir sur le toit de l'hôtel. Il tira. Une de ces silhouettes s'effondra, et il fonça dans l'obscurité.

Dissimulé derrière une rangée de cheminées, Eddie examinait la rue, à ses pieds. Des gens sortaient des immeubles et encombraient la chaussée. Un car de police s'arrêtait. Quatre agents en surgirent, qui se frayèrent un chemin à travers la foule et gagnèrent l'entrée de l'hôtel. Le mugissement des sirènes se rapprochait.

Eddie s'ébranla. Il descendit sur un autre toit. Tapi dans l'obscurité, il regarda derrière lui. Sur le toit de l'hôtel, des ombres se déplaçaient rapidement. Il entendit un revolver aboyer, non loin ; une des ombres disparut.

Eddie se redressa ; il hésita un instant. Aucun des flics ne paraissait se diriger de son côté. Ils s'étaient tous lancés aux trousses de Flynn. Eddie eut un sourire jaune. Une riche idée, de s'être séparés ! Il longea le toit, parvint à un vasistas.

Ce qu'il avait de mieux à faire était de pénétrer dans l'immeuble et de s'y planquer en attendant que la voie soit libre.

Tout à coup, au moment où il s'y attendait le moins, un policier surgit de derrière une cheminée. Les deux hommes se regardèrent avec stupeur et se figèrent un instant de surprise, puis le flic réagit en un clin d'œil. Il leva son revolver, mais Eddie fut encore plus vif. Il lança son poing au visage du policier et abattit le canon de son arme sur la main qui tenait le revolver. Le flic recula en titubant et lâcha son arme. Eddie aurait pu le descendre, mais la détonation allait attirer toute la flicaille.

Il fonça, prit un pain sur la tempe et frappa son adversaire du canon de son revolver. Le flic était costaud et combatif. Il essaya de sortir sa matraque, puis empoigna Eddie à bras-le-corps. Pendant un bon moment, les deux hommes luttèrent, puis Eddie réussit à repousser le policier. Comme celui-ci revenait à la charge, Eddie l'esquiva et lui assena un coup terrible à la tempe, du canon de son revolver. Le flic s'effondra comme un bœuf à l'abattoir.

Eddie haletant, regarda anxieusement autour de lui. Il entendait tirailler au loin. Il courut au vasistas et l'ouvrit d'un coup sec. Le verrou était de la camelote et céda immédiatement. Eddie scruta les ténèbres, balança ses jambes dans le vide et se laissa tomber. Il tira sa torche de sa poche et examina la pièce. Elle était pleine de caisses, de malles et de meubles désaffectés. Il ouvrit prudemment la porte et jeta un coup d'œil dans un couloir obscur. Il tendit l'oreille, puis gagna l'escalier à pas de loup. Il éteignit sa torche et descendit à l'étage inférieur.

Les sirènes de la police faisaient maintenant un vacarme assourdissant. Eddie entendit des gens courir, des cris, des appels lointains. Parvenu au palier, il regarda par-dessus la rampe. Tout en bas, il vit trois flics s'engager dans l'escalier et monter à sa rencontre.

Son visage ruisselait de sueur, à présent. La situation devenait franchement intenable.

Il fit rapidement demi-tour et pénétra silencieusement dans la première chambre qu'il trouva sur son chemin. La lumière était allumée. Penchée à la fenêtre, une femme observait le remue-ménage de la rue. Eddie ne voyait que ses jambes et le dos de son pyjama, mais malgré sa situation précaire, il se surprit à penser qu'elle avait une jolie silhouette.

Il referma la porte et s'approcha de la femme sur la pointe des pieds. Il s'arrêta derrière elle. Elle dut deviner qu'elle n'était plus seule, car elle se redressa brusquement et pivota sur les talons.

Eddie se jeta sur elle. Il lui plaqua une main sur la bouche et, de l'autre, lui saisit les poignets.

— Si vous faites le moindre bruit, je vous brise la nuque ! l'avertit-il en la serrant contre lui.

Elle leva les yeux. Ce n'était encore qu'une gamine, dix-huit ans au plus. Ses yeux bleus s'ouvrirent tout grands. Elle eut l'air si terrifiée qu'Eddie crut qu'elle allait tourner de l'œil.

— Du calme, dit-il. Si vous faites pas de bruit, je vous ferai pas de mal.

Elle s'appuya de tout son poids contre lui et ferma les yeux.

Eddie entendit des bruits de voix et des pas dans le corridor. Il secoua la jeune fille.

— Les flics me cherchent, chuchota-t-il. Tenez-vous tranquille, faites ce que je vous dis, et il ne vous arrivera rien. Allez, couchez-vous.

Il la porta sur le lit et la glissa entre les draps.

— Pas de bruit, hein ? recommanda-t-il en ôtant sa main de sa bouche.

— Je... je ne dirai rien, haleta-t-elle, les yeux fixés sur lui.

— Bonne petite.

Il éteignit la lumière et plongea la chambre dans l'obscurité ; puis il s'allongea par terre, derrière le lit.

— S'ils s'amènent et qu'ils me trouvent, fit-il en tirant son revolver, il va y avoir du grabuge et vous risquez d'écoper. Alors, vous mettez pas à gueuler.

— Je ne crierai pas, promit la jeune fille d'une voix plus assurée.

Des portes s'ouvraient, des gens s'interpellaient d'une voix surexcitée. Apparemment, les flics faisaient la tournée des chambres.

— S'ils entrent ici, dit-il, toujours allongé sur le plancher, débrouillez-vous pour qu'ils ne se doutent de rien, même. (Il glissa sa main sous les draps et saisit celle de la jeune fille. A sa grande surprise, elle s'y cramponna, et il cligna de l'œil dans le noir.) Faut pas avoir peur de moi.

— Je n'ai pas peur, assura-t-elle.

Ils attendirent. Eddie entendait la respiration oppressée de la jeune fille et les battements de son propre cœur.

Soudain, des pas pesants résonnèrent à l'extérieur. La porte s'ouvrit prudemment. Eddie leva son revolver. La jeune fille étreignit sa main. Le pinceau d'une puissante torche électrique balaya la pièce. La jeune fille poussa un petit cri effarouché.

— Qui est là ? interrogea-t-elle d'une voix tremblante.

Le faisceau lumineux se posa sur elle.

— Police, grogna une voix derrière la lampe. Vous êtes seule ?

— Oui... qu'est-ce qui se passe ?

— Nous cherchons deux tueurs, répondit le flic. Inutile de vous inquiéter. Vaudrait mieux fermer votre porte à clé, Miss.

La porte se referma et les pas pesants s'éloignèrent.

Eddie poussa un grand soupir. Il abandonna la main de la jeune fille, se leva et fit tourner la clé dans la serrure. Il regagna la tête du lit et s'assit à terre.

— Merci, môme, dit-il. Vous avez été épatante. Je vais rester ici le temps que ça se tasse, et puis je me tirerai. Calmez-vous, vous n'avez pas à vous en faire à cause de moi.

La jeune fille gardait le silence. Elle le regardait avec curiosité et distinguait tout juste sa silhouette dans la faible clarté de la fenêtre ouverte.

Au bout de quelques minutes, Eddie commença à trouver que le plancher était dur. Il se leva et s'assit au pied du lit.

— J'avais des crampes, expliqua-t-il avec un sourire. Si vous voulez, vous pouvez dormir.

— Je n'ai pas envie de dormir. Vous m'avez fait une peur terrible, mais maintenant c'est fini, je n'ai plus peur.

— C'est très bien. A moi aussi, je me suis fait une peur terrible.

Dans l'immeuble, les bruits s'étaient tus. Les voitures de police commençaient à s'en aller. Eddie se demanda si Flynn avait réussi à s'en tirer. Il supposa que oui. Flynn était un homme de ressource.

Après un long silence, la jeune fille dit :

— C'est tout à fait comme au cinéma. Tous ces coups de revolver... si vous ne m'aviez pas tenu la main, j'aurais hurlé.

Eddie la regarda avec un intérêt grandissant.

— Si vous avez envie que je vous tienne encore la main, vous n'avez qu'à le dire...

Elle eut un petit rire nerveux.

— Maintenant, je n'ai plus envie de hurler.

Il se leva et gagna la fenêtre. La rue qui tout à l'heure grouillait de monde était maintenant déserte. La dernière voiture de police s'éloignait.

— Bon, eh bien, je crois que je peux me tailler. On dirait que la séance est terminée. (Il s'approcha du lit et sourit à la jeune fille.) Je vous remercie sincèrement, môme. Vous êtes formidable.

Elle se redressa dans son lit.

— Vous êtes sûr qu'il n'y a plus de danger ?

— Oui. Je ne peux pas rester ici toute la nuit.

Elle se recoucha.

— C'est vraiment impossible ?

Elle parlait si doucement qu'il l'entendit à peine, mais il l'entendit tout de même. Un sourire élargit brusquement son visage.

— Ben... y a pas de loi qui m'en empêche, hein ? Vous avez envie que je reste ?

— Vous allez me faire rougir, minauda la jeune fille en se cachant le visage. En voilà une question à poser à une dame !

VI

Le surlendemain, une petite annonce offrant des tonnelets de peinture blanche parut dans la *Tribune*.

M'man Grisson lança le journal à Doc.

— Le pognon est prêt, dit-elle. Maintenant, y a plus qu'à le ramasser. Ça va être du billard. Flynn et Woppy peuvent s'en charger. Ecrivez à Blandish, Doc. Dites-lui de se rendre en voiture à la station-service Maxwell, sur la nationale 71. Il doit savoir où c'est. Qu'il s'arrange pour passer devant le golf de Blue Hills à une heure du matin. (Elle se tourna vers Flynn et Woppy, qui l'écoutaient.) Vous deux, c'est là que vous l'attendrez. Qu'il jette la valise par la portière quand il verra une lampe s'allumer. Il ne doit pas s'arrêter. Prévenez-le qu'on le surveillera depuis le moment où il partira de chez lui. S'il prévient les flics ou s'il essaye de nous faire une entourloupe quelconque, la gosse trinquera. (Elle poursuivit à l'intention de Flynn et de Woppy :) Vous ne risquez rien. Blandish aura trop peur qu'il arrive quelque chose à la fille. La route est toute droite pendant plusieurs kilomètres. Si les flics vous prennent en chasse, balancez la valise sur la route, qu'ils la voient, et continuez à rouler. Ils n'oseront pas vous poursuivre, à cause de la gosse.

— C'est pour demain soir ? s'enquit Flynn.

— Exactement.

Flynn se colla une cigarette sur la lèvre inférieure.

— Il me semble que vous aviez dit qu'on liquiderait la

môme, M'man ? demanda-t-il en la dévisageant. Qu'est-ce qu'on attend ?

M'man se raidit. Ses petits yeux devinrent mauvais.

— Elle disparaîtra quand nous tiendrons le magot.

— A quoi ça sert d'attendre ?

— A qui tu crois que tu causes ? rugit M'man. Ferme ta sale gueule !

Flynn lança un coup d'œil à Doc. Celui-ci détourna son regard, se leva, marmonna quelques mots indistincts et sortit de la pièce.

— Qu'est-ce qui lui arrive, à la môme, M'man ? reprit Flynn. Hier soir, j'ai vu ce vieux fumiste entrer dans sa carrée avec une seringue à la main.

Le visage de M'man vira à l'écarlate.

— Pas possible ? Si t'as rien de mieux à faire que de fouiner dans la baraque, va falloir que je te trouve une occupation.

Le ton de sa voix inquiéta Flynn.

— Ça va, ça va, dit-il précipitamment. Ce que j'en disais, c'était histoire de causer.

— Eh ben, cause à quelqu'un qu'aura envie de t'écouter, répliqua M'man. Fous-moi le camp !

Flynn se hâta de quitter la pièce. Après un instant d'hésitation, Woppy le suivit. Les deux hommes montèrent au premier et entrèrent dans la chambre d'Eddie.

Eddie lisait les bandes dessinées du canard dans son lit.

— Salut, résidus que vous êtes ! leur dit-il avec bonne humeur. Quoi de neuf ?

Flynn s'assit au pied du lit. Woppy s'installa à califourchon sur une chaise et posa ses coudes sur le dossier.

— C'est demain soir qu'on ramasse l'oseille, l'informa Woppy. L'annonce est parue dans le *Tribune*.

— Un million de berlingots ! s'exclama Eddie en se renversant sur l'oreiller sale. Vous vous rendez compte, les mecs ? Nous voilà enfin riches !

— Qu'est-ce que tu feras de ta part, quand tu la touche-ras ? s'enquit Woppy.

— Je vais me payer une île dans les mers du Sud, répondit Eddie, et je vais la garnir de mémées en jupes de raphia.

Woppy s'esclaffa et assena une claque retentissante sur sa cuisse rebondie.

— Toi et tes gonzesses ! Moi... je vais ouvrir un restaurant. Mes spaghetti seront célèbres dans le monde entier.

Flynn, qui les écoutait distraitement, demanda brusque-ment :

— Qu'est-ce qu'on fabrique dans la chambre de la fille, Eddie ?

Eddie s'arrêta de rire et ouvrit des yeux ronds :

— Qu'est-ce que tu veux dire ?

— Ce que je dis. Ma chambre est à côté de la sienne, et j'entends des trucs. J'ai vu Doc y entrer avec une seringue à piquouses. Et Slim aussi, il s'y glisse en douce. La nuit der-nière, il y est resté de onze heures à quatre heures du matin.

Eddie rejeta vivement son drap et se leva.

— Qu'est-ce que tu chantes... une seringue ?

— Tu m'as compris tu m'as... Doc tenait une seringue quand il est entré dans la carrée de la gosse. Tu crois qu'il la came ?

— Pourquoi il ferait ça ?

— J'en sais rien... je te le demande. Et Slim, qu'est-ce qu'il va y foutre ?

Eddie se mit à enfiler ses vêtements.

— Slim ! Tu ne t'imagines pas que ce sale petit con a des vues sur la petite, quand même ?

— Je te dis que j'en sais rien. N'empêche que M'man a drôlement râlé, quand j'ai parlé de la môme.

— Je vais lui causer, déclara Eddie. Si Slim veut se guérir ses complexes avec cette gosse, moi, je marche pas. Y a quand même des limites, et ça, bon Dieu ! ça les dépasse !

— Tu ferais mieux pas, Eddie, intervint Woppy avec inquiétude. Ça plaira pas à M'man. Te mêle donc pas de ça.

Eddie n'en tint aucun compte.

— Surveille l'escalier, enjoignit-il à Flynn. Envoie-moi le duce, des fois que M'man veuille monter.

— D'accord, dit Flynn.

Il sortit sur le palier et s'accouda à la rampe.

Eddie se passa un peigne dans les cheveux, noua une cravate, sortit dans le couloir et gagna la chambre de Miss Blandish. La clé était sur la serrure. Il la tourna et entra dans la pièce.

Miss Blandish gisait sur le lit, sous un drap grisâtre. Elle contemplait fixement le plafond.

Eddie referma la porte et s'approcha.

— Salut, môme, dit-il. Comment ça va ?

Miss Blandish ne parut pas s'apercevoir de sa présence. Elle regardait toujours le plafond.

Eddie posa la main sur son épaule et la secoua légèrement.

— Réveillez-vous, mon petit. Qu'est-ce qui vous arrive ?

Elle tourna lentement la tête et le regarda. Elle avait les yeux vagues et ses pupilles étaient extrêmement dilatées.

— Allez-vous-en, marmonna-t-elle.

Il s'assit au bord du lit.

— Vous me connaissez.. C'est moi, Eddie. Réveillez-vous ! Qu'est-ce que vous avez ?

Elle ferma les yeux. Pendant plusieurs minutes, il la contempla en silence, puis, brusquement, elle se mit à parler. Elle s'exprimait d'une voix basse, dépourvue d'inflexions, comme un médium en transe.

— Je voudrais être morte, déclara-t-elle. Il paraît que quand on est mort, rien n'a plus d'importance. (Il y eut de nouveau un silence prolongé ; Eddie la regardait en fronçant les sourcils ; elle reprit :) Des rêves... rien que des rêves horribles. Il y a un homme qui vient... il a l'air réel, mais il n'existe pas vraiment. Il est grand, maigre, et il sent mauvais. Il reste debout à côté de moi, et il parle. Je ne comprends pas ce qu'il dit. (Elle remua comme si le poids du drap lui était insupportable. Le silence retomba ; elle reprit au bout d'un moment :) Je fais semblant d'être morte. Quand il arrive, j'ai envie de crier, mais si je criais, il verrait que je ne suis pas morte. Il reste des heures à côté de moi, à marmonner. *Pourquoi est-ce qu'il ne me fait rien ?* hurla-t-elle brusquement.

Eddie recula d'un bond, la sueur au front, terrifié par ce cri atroce. Il regarda la porte d'un air inquiet, se demandant si M'man avait entendu Miss Blandish.

Elle se calma. Elle se remit à murmurer en gigotant et en froissant le drap entre ses mains.

— Si au moins il faisait quelque chose... Ça vaudrait mieux que de le voir à côté de moi, pendant des heures, à parler, parler, parler... Je voudrais qu'il me fasse quelque chose...

Flynn passa la tête par la porte.

— C'est pas prudent de rester là, Eddie. Pourquoi elle a crié ?

Eddie le poussa dans le couloir et referma la porte à clé derrière eux. Il essuya son visage en sueur.

— Qu'est-ce qui se passe là-dedans ? interrogea Flynn.

— Des choses dégueulasses, répondit Eddie. Pauvre gosse, il vaudrait mieux pour elle qu'elle soit morte.

— La mort, c'est jamais bon pour personne, rétorqua sèchement Flynn. Qu'est-ce que tu veux dire ?

Eddie entra dans sa chambre. Flynn resta traîner dans le couloir.

A l'entrée d'Eddie, Woppy leva les yeux sur lui et fut surpris par son expression dégoûtée.

— Fous le camp ! aboya Eddie, et il alla se jeter sur son lit.

Woppy sortit rapidement de la pièce. Il lança un regard interrogateur à Flynn, qui haussa les épaules.

Eddie ferma les yeux. Pour la première fois de sa vie, il se sentait souillé et avait honte de lui-même.

VII

L'homme assassiné est identifié
John Blandish paie la rançon

Nous apprenons que l'homme abattu au Palace Hotel vient d'être identifé. Il s'agit d'Alvin Heinie, le chroniqueur mondain indépendant. Il avait révélé à la police que la bande Riley l'avait questionné sur les déplacements de la fille de John Blandish, l'héritière kidnappée.

Nous croyons savoir que la rançon exigée, qui s'élève à un million de dollars, sera payée aujourd'hui. M. Blandish, qui craint pour la sécurité de sa fille, a refusé la collaboration des autorités. La police et le F.B.I. sont en état d'alerte. Ils entreront en action dès que la jeune fille kidnappée sera en sûreté.

La police a des raisons de supposer que c'est la bande Riley qui a assassiné Alvin Heinie, à titre de représailles...

M'man Grisson lut l'article à haute voix et toute l'équipe l'écouta en ricanant.

— Au poil ! dit Flynn. C'est Riley qui trinque à tous les coups. Je parie que si le chef de la police se casse la gueule dans l'escalier, il dira que c'est Riley qui l'a poussé.

Eddie avait l'air songeur.

— C'est peut-être très bien, mais j'aimerais quand même bien savoir qui c'est qui a descendu Heinie. C'est pas Riley et c'est pas nous. Cette fille Borg me turlupine. Je crois bien que c'est elle qui l'a buté. Pourquoi ? On sait qu'elle était en rapports avec Riley. Je trouve qu'on devrait s'occuper d'elle.

— T'as raison, approuva M'man. Avant de ramasser le pognon, faut savoir à quoi s'en tenir sur cette fille. Descends en ville, Eddie, et renseigne-toi. Tu dégotteras peut-être des tuyaux sur elle.

— Entendu, acquiesça Eddie en se levant. Tu viens avec moi, Slim ?

Slim était assis dans un coin, à l'écart. Il lisait un illustré. Lorsque Eddie lui adressa la parole, il ne leva même pas les yeux.

— Vas-y tout seul, dit M'amn, et laisse ton feu ici.

Eddie sortit dans le vestibule, suivi de M'man.

— Va voir Pete Cosmos, conseilla celle-ci. Il connaît toutes les greluches de la ville. Donne-moi ton revolver.

Eddie lui tendit son 45.

— Si vous disiez à Slim de foutre la paix à la petite, M'man ?

M'man se roidit.

— Occupe-toi de tes oignons, Eddie. T'es un bon petit gars, alors fourre pas ton nez dans ce qui te regarde pas.

— Voyons, M'man, plaida Eddie, cette gosse est trop mignonne pour tomber dans les pattes d'un type comme Slim. Vous ne pouvez pas lui sauver la mise ?

Une brusque flambée de colère fit étinceler les yeux de M'man.

— Slim a envie de cette fille, fit-elle en baissant la voix et en foudroyant Eddie du regard. Il l'aura. Te mêle pas de ça ! Et ça s'adresse aussi à tes copains !

— Moi, ça me débecte, un mec trop dégonflé pour se taper une fille sans la bourrer de came.

M'man le gifla en pleine bouche d'un revers de main. Elle avait frappé à toute volée et Eddie recula en titubant. Ils se dévisagèrent un instant, puis Eddie eut un sourire forcé.

— Très bien, M'man, j'ai eu tort d'ouvrir ma grande gueule. N'en parlons plus.

Il sortit ; M'man était pourpre de colère.

En roulant vers le centre, Eddie songea qu'il ferait bien de se méfier. M'man était aussi dangereuse que Slim, et elle n'hésiterait pas à le descendre par derrière si elle s'imaginait qu'il foutait la pagaïe dans l'association à cause de la fille Blandish. Il haussa les épaules. Il avait pitié de cette gosse, mais il n'était pas prêt à risquer sa peau pour elle.

Il était un peu plus de deux heures de l'après-midi lorsqu'il arriva au Cosmos Club. L'équipe de nettoyage n'avait pas encore fini de réparer les dégâts de la dernière soirée. Les girls, en short, répétaient leur numéro sous la direction d'un petit homme vêtu d'un blazer et d'un pantalon blanc. Le pianiste tapait à tour de bras sur son clavier, une cigarette au coin du bec. Les danseuses adressèrent toutes un sourire à Eddie. Il était bien connu au Club, et très populaire. Il s'attarda pour tapoter quelques croupes rebondies et lancer un bon mot, puis il pénétra dans le bureau.

Pete Cosmos, assis à sa table de travail, lisait le journal. Il parut surpris de voir Eddie. Pete était un gros rondouillard, doté d'une ombre de moustache et d'un penchant immodéré pour les cravates peintes à la main les plus criardes possibles. Celle qu'il portait ce jour-là fit clignoter les yeux d'Eddie.

Ils se serrèrent la main.

— Salut, Pete, fit Eddie en s'asseyant sur le coin du bureau. Quoi de neuf ?

Pete jeta son journal par terre et hocha la tête en fronçant les sourcils.

— C'est bien le drame, dit-il en offrant un cigare à Eddie. Y a rien de neuf. Avec tout ce ramdam, les affaires sont tombées à zéro. Hier soir, il n'y avait que dix clients dans la salle, et encore, quatre d'entre eux étaient des amis de ma femme et consommaient à l'œil.

— C'est moche, compatit Eddie. Partout où je vais, c'est la même rengaine. Ce demi-sel de Riley a vraiment l'air de s'être lancé dans les grands trucs.

Pete alluma son cigare.

— J'arrive pas à piger, Eddie. Jamais j'aurais cru que Riley aurait le cran d'enlever cette poule. C'est un mégoteur, ce mec-là. Il doit être tombé sur la tête, c'est pas possible.

Maintenant, tu me dirais que c'est M'man qu'a monté le coup...

— C'est pas elle, coupa Eddie. On a été absents de la ville pendant toute la semaine.

— Bien sûr, bien sûr, se hâta d'approuver Pete en constatant que le ton d'Eddie avait brusquement fraîchi. Ça fait une paye que je vous ai vus, toi et tes copains. N'empêche, si c'était moi qui avais kidnappé cette fille, je ferais salement gaffe. Aussitôt que la rançon sera payée et que la petite sera rentrée chez elle, les flics vont mettre toute la ville sens dessus dessous. Rappelle-toi ce que je te dis là.

— Ça va être sa fête, à Riley.

— Je voudrais bien savoir où il se planque, celui-là, dit Pete.

— T'as entendu parler d'une souris nommée Anna Borg? demanda négligemment Eddie en regardant l'extrémité rougeoyante de son cigare.

— En quoi elle t'intéresse? fit vivement Pete.

— Je voudrais savoir qui c'est. Tu la connais?

— Oui, je la connais.

— Qui est-ce? Qu'est-ce qu'elle fait dans la vie?

— Elle trimbale un feu, répondit Pete.

Eddie ne s'attendait pas à ça.

— Sans blague? Pour qui elle trimbale un feu?

Pete sourit.

— Pour qui crois-tu donc? Frankie Riley.

Eddie siffla entre ses dents.

— Eh bien, ça alors! Première nouvelle.

— Et c'est pas tout, ajouta Pete. Riley l'a laissée tomber sans un mot d'explication, et tout le monde se demande pourquoi. Anna et Riley, ils étaient comme ça. (Il leva deux doigts sales.) Riley goupille le plus gros kidnapping du siècle et Anna se retrouve sur le sable. Ça ne tient pas debout.

— Riley en avait peut-être marre de sa géographie, suggéra Eddie.

— Il paraît que non. Anna jure ses grands dieux que

jamais Riley ne l'aurait plaquée. Elle est persuadée qu'il lui est arrivé quelque chose.

Le visage d'Eddie se rembrunit.

— Tu connais les gonzesses, dit-il avec un reniflement méprisant. Elles diraient n'importe quoi pour sauver la face. Ça crève les yeux que son mec l'a laissée tomber parce qu'il va palper la grosse galette, seulement la gosse ne veut pas l'admettre.

Pete haussa les épaules.

— Possible... De toute façon, c'est pas mes oignons.

— Elle crèche toujours au Palace ?

Pete le regarda avec étonnement.

— Pourquoi tu t'intéresses tellement à Anna ?

— C'est pas moi, c'est M'man.

Pete parut surpris.

— Oui, Anna est toujours au Palace. Y a deux flics qui lui tiennent compagnie. Les fédés croient que c'est en venant la voir que Riley est tombé par hasard sur Heinie, qui habitait le même hôtel, et qu'il n'a pas pu résister au plaisir de le buter, parce qu'Heinie l'avait donné. Ils se disent que Riley reviendra peut-être voir Anna, alors ils l'attendent.

Eddie se gratta le menton. Il réfléchissait.

— Faut que je parle à cette môme, Pete, déclara-t-il enfin. Voilà ce que tu vas faire : téléphone-lui tout de suite et dis-lui de s'amener ici. Je lui parlerai dans ton burlingue, et les fédés ne sauront pas que nous nous sommes rencontrés.

— De quoi tu lui parleras ? s'enquit Pete avec méfiance. Je ne veux pas qu'Anna ait des ennuis. J'ai rien contre elle, moi.

— Elle aura pas d'ennuis, Pete. Fais ce que je te dis. Ce sont les ordres de M'man.

Pete craignait M'man comme la peste. Il téléphona à Anna.

— C'est vous, Anna ? demanda-t-il. (Eddie le surveillait.) Ici, Pete. Y a du nouveau, mon petit, faut que vous veniez tout de suite. Non, ce n'est pas un engagement, mais ça pourrait en amener un. Vous venez ? Entendu, je vous attends.

Il raccrocha.

— D'accord ? demanda Eddie.

— Elle arrive. Elle sera là dans une demi-heure.

— Merci, Pete. Je raconterai ça à M'man et elle ne t'oubliera pas.

— Je crois bien que j'aimerais autant qu'elle m'oublie, dit Pete d'un ton embarrassé. Ne la secoue pas, la petite, hein ?

— T'excite pas. Tout ce que je veux, c'est bavarder cinq minutes avec elle, en copains, fit Eddie en souriant. Si t'allais faire un tour ? Je t'attends ici. Reviens dans une heure.

Pete haussa les épaules.

— Bon, eh ben... c'est l'heure de la soupe. Je crois que je vais aller casser la croûte.

— Dis donc, Pete... t'as un feu ?

— Qu'est-ce que tu veux en foutre ? demanda Pete, qui sursauta.

— Allons, allons ! Cause donc pas tant... T'as un feu ?

— Dans le tiroir de gauche, fit Pete.

— Parfait. Taille-toi.

Après le départ de Pete, Eddie alla s'asseoir derrière le bureau. Il ouvrit le tiroir de gauche et en sortit un calibre 38 qu'il posa devant lui. Il ne voulait pas courir de risques inutiles ; cette fille trimbalait un feu pour Riley. Les filles qui font ce boulot-là n'ont pas froid aux yeux, sans compter qu'Eddie avait de bonnes raisons de supposer qu'Anna avait descendu Heinie.

Au bout d'une demi-heure d'attente, il entendit un claquement de talons hauts dans le couloir. Il posa la main sur le revolver.

La porte s'ouvrit brusquement et Anna fit son entrée. Elle portait une robe d'été vert pâle et un grand chapeau de paille. Eddie la trouva époustouflante.

Parvenue au milieu de la pièce, elle s'aperçut de sa présence. Elle avait claqué la porte derrière elle. Elle s'arrêta pile et devint blanche comme un linge. Son regard se fixa sur le revolver posé sur le bureau.

— Salut, môme, fit Eddie. Approchez, je vais pas vous bouffer. On est entre copains, mais vaut mieux que ce soit moi qui garde votre sac à main. Passez-le-moi.

Elle hésita, puis lança son sac sur le bureau. Eddie le fit disparaître dans un tiroir et il y rangea le revolver.

— Inutile que je me présente, n'est-ce pas ? dit-il.

Elle s'était remise de l'émotion que lui avait causée la vue d'Eddie. Son visage reprit ses couleurs. Elle s'assit dans un fauteuil et croisa les jambes ; elle laissa à Eddie le temps d'admirer ses genoux avant de tirer sa jupe.

— Je sais qui vous êtes, admit-elle.

Eddie tira un paquet de cigarettes de sa poche, se leva et vint lui en offrir une, qu'elle accepta. Il la lui alluma et s'assit près d'elle, sur un coin du bureau.

— Au quoi ça rimait de me refiler votre adresse et d'appeler les flics, môme ? demanda-t-il. Vous avez failli me flanquer dans le pétrin.

Elle souffla la fumée par les narines et ne répondit rien.

— Faites pas la mauvaise tête, môme. On est faits pour s'entendre, tous les deux.

— Vous croyez ? (Ses yeux bleus étaient glacés.) Où est Frankie ?

— Qu'est-ce qui vous fait croire que je le sais ?

— Vous et Flynn, vous avez vu Frankie le soir de sa disparition. Vous l'avez rencontré à la station-service, à la sortie de La Cygne. Le pompiste est un pote à moi. Il m'a téléphoné. Il m'a dit que vous étiez armés, vous et Flynn. Le lendemain, on l'a retrouvé avec une balle dans le crâne. Où est Frankie ?

Eddie sursauta en entendant cette nouvelle et se dit que M'man avait été bien avisée de se débarrasser du gamin.

— J'en sais rien, môme, répondit-il. Je suppose qu'il doit se planquer dans un coin. Vous êtes mieux placée que moi pour le savoir.

Anna continuait à le regarder d'un œil glacial.

— Pourquoi avez-vous menacé Frankie d'un feu ? demanda-t-elle.

— Bailey était nerveux, répondit Eddie. Ce n'est pas moi qui l'ai menacé, c'est Flynn. Pour le faire tenir tranquille, pas plus. Riley tenait la fille Blandish, et moi, comme une cloche, je l'ai pas reconnue. Si j'avais su que c'était elle, je l'aurais soulevée à Frankie aussi sec, mais je l'ai pas reconnue. Jamais je me le pardonnerai. Il m'a dit que c'était sa nouvelle pépée et je l'ai cru. Je l'ai laissé partir.

Deux plaques rouges apparurent sur les joues d'Anna, et ses yeux lancèrent des éclairs.

— Je ne crois pas que Frankie m'a plaquée, déclara-t-elle. Je suis sûre qu'il lui est arrivé quelque chose et que vous savez à quoi vous en tenir.

— Eh bien, vous vous gourez, ma belle. J'en sais pas plus que vous, mais j'ai quelques petites idées.

— Quelle idées ?

— Parlons pas de ça, dit Eddie en secouant la tête. A quoi ça avance, les ragots ? Je sais ce que les gars racontent, mais ils peuvent se tromper.

— Qu'est-ce que les gars racontent ? demanda Anna, les yeux étincelants.

— Ils disent que Riley vous a plaquée parce qu'il est tombé amoureux de la fille Blandish.

Anna bondit sur ses pieds.

— C'est un mensonge ! Frankie m'aime ! Je sais que c'est un mensonge.

— Mais oui, mais oui, fit Eddie. Possible, mais alors, où est-il passé ? Pourquoi il vous a pas donné signe de vie ? Quand il va toucher la rançon, vous allez palper une partie du pognon ? Ça paraît douteux, non ?

Elle se mit à arpenter le bureau. Eddie comprit qu'il avait ébranlé sa confiance en Riley.

— Cette petite Blandish, c'est une vraie beauté, reprit-il. Ça n'aurait rien d'extraordinaire que Riley ait des vues sur

elle. Si vous étiez là, vous seriez gênante. Je suis pas si sûr
que les gars se trompent à votre sujet, vous deux Riley. J'ai
l'impression qu'il s'est foutu de vous, môme.

Elle lui fit face.

— Taisez-vous ! cria-t-elle d'une voix perçante. Jamais
Frankie ne me ferait une chose pareille !

— Elles disent toutes ça... fit Eddie

Il se leva et alla regarder par la fenêtre. Il se rendait
compte qu'il en avait assez dit. Au bout d'un instant, Anna
s'approcha et s'arrêta près de lui.

— Qu'est-ce que je vais devenir ? demanda-t-elle. Je suis
raide comme un passe-lacet.

— Je vais vous prêter un peu de pognon, répondit Eddie.
Vous me plaisez bien, môme. Combien voulez-vous ?

— Jamais je n'accepterai un *cent* de vous !

— Comme vous voudrez. Si vous êtes à court, ou que vous
ayez des ennuis, faites-moi signe. Pete vous dira comment
me joindre. Faut que je me taille, à présent. Vous perdez
votre temps, si vous croyez qu'il vous donnera de ses
nouvelles. Quand il aura touché la rançon, il aura toutes les
filles qu'il voudra. Salut, môme.

Il sortit du bureau. Anna était debout devant la fenêtre, les
yeux brouillés de larmes.

VIII

Flynn regarda sa montre.

— Encore cinq minutes, dit-il à Woppy qui tenait une
mitraillette Thompson sur ses genoux. Bon Dieu ! Je serai
vachement content quand ce sera fini.

— Et comment ! approuva Woppy. Enfin ! Du moment
que M'amn a dit que ce serait du billard... elle cause jamais
sans savoir.

— Alors, pourquoi que tu sues comme un bœuf ?

Les deux hommes étaient assis dans la Buick, garée sur le

bas-côté de la route sous un bouquet d'arbres. Ils voyaient parfaitement la route devant eux.

— Toi non plus, t'es pas tellement à la noce, répliqua Woppy en s'essuyant le visage avec son mouchoir sale. Quelle heure qu'il se fait ?

— Oh ! boucle-la ! grogna Flynn.

Il regrettait que ce ne fût pas Eddie qui l'eût accompagné. Woppy lui portait sur les nerfs. Avec Eddie, selon lui, on pouvait toujours s'en tirer en cas de coup dur, tandis que Woppy était trop impressionnable. Chaque fois que la bande entreprenait un coup, il se mettait dans tous ses états.

— J'entends une bagnole, annonça Woppy.

Des phares apparurent au loin, au sommet de la côte.

— Le v'là ! dit Flynn.

Il descendit précipitamment de la voiture et tira de sa poche une puissante torche électrique.

La voiture qui approchait roulait vite. Lorsqu'elle ne fut plus qu'à trois cents mètres de Flynn, celui-ci commença à lui faire des signaux lumineux.

Woppy observait la scène, cramponné à sa mitraillette. Son cœur battait la chamade. Et si la voiture était pleine de fédés ? Ces gars-là, ils ne prenaient jamais de risques. Ils passeraient en trombe en les arrosant de plomb.

La voiture ralentit. Flynn vit que le conducteur était seul. Il pensa que Blandish obéissait scrupuleusement aux ordres qu'il avait reçus. Au moment où la voiture passait devant lui, un objet pesant tomba par la portière et rebondit sur la chaussée. La voiture continua son chemin et disparut dans la nuit.

Flynn siffla entre ses dents et courut ramasser la valise blanche.

Woppy posa sa mitraillette et mit le moteur en marche. Flynn vint s'asseoir à côté de lui et déposa la valise sur le plancher, entre ses pieds.

— Vas-y, fonce ! dit-il.

Woppy enfonça l'accélérateur et la voiture bondit en

avant. Flynn pivota sur son siège pour pouvoir surveiller la route par la lunette arrière. Ils roulèrent à tombeau ouvert pendant quatre ou cinq kilomètres. Aucune voiture ne les suivait.

— Ça va, dit Flynn, on rentre.

Lorsqu'ils firent leur entrée dans le salon, M'man, Slim, Eddie et Doc les attendaient. Flynn posa la valise sur la table.

— Du billard, M'man. Ça s'est passé exactement comme vous l'avez prévu.

M'man se leva lentement et s'approcha de la table. Elle fit jouer les deux serrures de la valise. Les autres se pressèrent autour d'elle. Slim lui-même avait l'air de s'exciter un peu.

M'man rabattit le couvercle.

Le spectacle des liasses de billets de banque bien alignées les pétrifia. Jamais ils n'avaient vu autant d'argent à la fois.

— Oh! dis donc! s'exclama Eddie. C'est pas beau tout ça? Oh! dis donc, dis donc!

Slim, penché sur le tas de billets, respirait bruyamment, la bouche béante.

— Eh bien, ça y est! dit M'man en s'efforçant de parler d'une voix calme. Un million de dollars! Enfin!

— Allez, M'man, on partage, dit Eddie. J'ai hâte de claquer un peu de mon fade. Combien ça fait par tête de pipe?

— Oui, dit Woppy, si excité qu'il ne tenait plus en place. Combien je vais toucher, M'man?

M'man referma le couvercle de la valise. Elle dévisagea l'un après l'autre les hommes qui l'entouraient et retourna lourdement s'asseoir dans son fauteuil.

La bande l'observait, intriguée.

— Ben, qu'est-ce qui vous prend? demanda Eddie avec impatience. Envoyez le pognon, quoi!

— Tous les billets de cette valise ont un numéro, déclara M'man. Vous pouvez mettre votre tête à couper que les fédés ont la liste de ces numéros. Ce fric, c'est de la dynamite.

— Qu'est-ce que vous dites ? s'exclama Eddie. On ne peut pas s'en servir ?

— Bien sûr que si, vous pouvez vous en servir, si vous avez envie de vous faire offrir un aller simple pour la chambre à gaz, répliqua M'man. Je vous dis que si vous claquez ce pognon, autant vous suicider tout de suite.

— Eh ben, merde, alors ! explosa Flynn. Pourquoi qu'on s'est donné tant de mal alors ?

M'man gloussa.

— Allons, les enfants, calmez-vous. Je me suis occupée de la question. Je passe ce fric dangereux à Schulberg, qui est disposé à le mettre au frais pendant des années, mais, en échange, il ne nous refile qu'un demi-million. Un demi-million d'artiche dont on peut se servir, ça vaut mieux qu'un million qu'on ne peut pas dépenser.

Brusquement, Slim cracha dans la cheminée.

— Pour causer, ça, tu t'y connais ! fit-il d'un air dégoûté.

Il alla s'allonger sur le sofa et se plongea dans un illustré.

— Y a pas de quoi pavoiser, M'man, protesta Eddie. Moi, je comptais bien toucher deux cents sacs.

M'man éclata de rire.

— Je m'en doute un peu !

— Alors, combien qu'on aura ? demanda Woppy avec inquiétude.

— Vous toucherez chacun trois cents dollars, annonça M'man, et pas un de plus.

— Non, mais vous rigolez ? Trois cents tickets ? aboya Eddie dont le visage virait à l'écarlate. Qu'est-ce que ça veut dire ?

— C'est votre argent de poche, expliqua M'man. Chacun de vous a droit à cent mille dollars, mais vous ne les toucherez pas. Je vous connais trop bien, vous autres. Si vous mettiez la main sur autant de pognon, vous feriez une telle nouba que vous auriez les fédés au train en moins de huit jours. Vous n'auriez rien de plus pressé que de foutre votre argent par les fenêtres. C'est comme ça que la plupart des truands se font poisser. Ils ne peuvent pas s'empêcher de faire étalage de leur pognon, et les flics l'apprennent. (Elle pointa son doigt sur Eddie.) Qu'est-ce que tu leur raconterais, aux fédés, s'ils venaient te demander d'où tu tiens tant d'argent, tout d'un coup ? Vas-y, explique.

Eddie ouvrit la bouche pour répondre, mais la referma sans avoir rien dit ; il se rendait compte que M'man avait raison.

— C'est juste, M'man, reconnut-il. Mais c'est quand même un monde, non ? Moi qui croyais que j'allais être riche...

— Maintenant, je vais vous expliquer ce qu'on va faire de ce pognon, reprit M'man. On va se lancer dans le commerce. Ça fait des années que j'ai envie de faire des affaires. Vous, les gars, vous tiendrez la boutique. Je vais acheter le Paradise Club. Il est à vendre. On va le décorer à neuf, faire venir de jolies filles, engager un bon orchestre, et on va se sucrer. Avec un demi-million de dollars, on va faire de ce boui-boui le plus beau cabaret de la ville. J'en ai marre de commander à une bande de mégoteurs. On verra les choses en grand. A partir de tout de suite, on est dans les affaires. Qu'est-ce que vous en dites, les enfants ?

Les quatre hommes retrouvèrent leur sourire. Slim, lui, n'écoutait pas. Il continuait à lire son illustré.

— Il n'y a pas à dire, M'man, vous êtes vraiment très forte, dit Doc. Je suis d'accord.

— Moi aussi, acquiesça Eddie. C'est une idée du tonnerre.

— Ça me botte, dit Flynn.

— Y aura un restaurant, dans ce club, M'man ? demanda Woppy. Je pourrai faire la cuisine ?

— Tu pourras, Woppy. Chacun de nous touchera un cinquième des bénéfices du club. Vous serez tous riches, et vous aurez une raison avouable de l'être.

— Minute, fit Eddie. Supposons que les fédés veuillent savoir comment vous avez financé l'opération... qu'est-ce que vous leur raconterez ?

— C'est réglé. Schulberg dira que c'est lui qui m'a avancé les fonds. Ça fait partie de notre arrangement.

— Y a pas à dire, vous avez pensé à tout, constata Eddie. Quand est-ce qu'on démarre, M'man ?

— Immédiatement, répondit M'man. Y a pas de raison d'attendre. J'achèterai le club demain.

— Maintenant, dit Flynn, y reste plus qu'à se débarrasser de la môme. Vous avez déjà expliqué à Doc ce qu'il faut qu'il fasse ? Et où qu'on va l'enterrer ?

L'ambiance euphorique disparut brusquement. M'man se pétrifia. Elle devint d'abord toute blanche, puis vira au cramoisi. Le sourire épanoui de Doc s'effaça, et il donna l'impression qu'il allait tourner de l'œil. Slim lâcha son illustré et se redressa ; ses yeux jaunes étincelaient.

— L'enterrer ? fit Slim. Qu'est-ce que ça veut dire ? Qu'est-ce qu'il faut expliquer à Doc ?

Il posa les pieds sur le sol.

— Rien, dit vivement M'man.

Elle foudroyait Flynn du regard.

Eddie estima que le moment était venu de s'expliquer une bonne fois.

— Mais enfin, qu'est-ce qu'on va en faire, de cette gosse, M'man ? demanda-t-il en s'écartant de Slim qui venait de se lever.

M'man hésita, mais elle se rendit compte qu'elle ne pouvait plus reculer.

— Faut qu'elle disparaisse, dit-elle en évitant de croiser le regard de Slim. Elle en sait trop. Quand elle sera endormie...

— M'man !

La voix aiguë de Slim leur fit tous tourner la tête. Il regardait fixement sa mère, et ses yeux jaunes lançaient des éclairs.

— Oui ? fit la vieille, dont un étau glacé serrait le cœur.

— Elle est à moi, articula Slim lentement et distinctement. Si quelqu'un la touche, faudra d'abord qu'il s'explique avec moi. Elle est à moi et je la garde.

— Ecoute, Slim, ne fais pas l'enfant, dit M'man. (Elle avait la bouche sèche et s'exprimait difficilement.) Nous ne pouvons pas la garder, c'est trop dangereux. Il faut absolument la faire disparaître.

Slim écarta d'un coup de pied une chaise qui lui barrait le chemin. Son couteau jaillit entre ses doigts. Woppy et Doc s'éloignèrent en hâte de M'man, la laissant affronter Slim toute seule. Elle se raidit, tandis que Slim s'avançait lentement vers elle.

— Alors, t'auras affaire à moi, dit-il d'un ton venimeux. Tu veux que je te tranche la gorge, espèce de vieille salope ? Si tu la touches... si n'importe qui la touche... je te fous les tripes à l'air !

Eddie tira son revolver. Son geste n'échappa pas à M'man.

— Range ce pétard ! rugit-elle, terrifiée à l'idée qu'Eddie pouvait abattre son fils.

Slim se tourna vers Eddie, qui battit en retraite.

— T'as entendu ? hurla-t-il. Elle est à moi ! Je la garde ! Personne y touchera !

Il les dévisagea l'un après l'autre, puis sortit en claquant la porte.

Il y eut un long silence. M'man était blême. Elle marcha d'un pas lourd jusqu'à son fauteuil et s'y effondra. Tout d'un coup, elle paraissait très vieille.

Eddie et Flynn se consultèrent du regard. Eddie haussa les épaules et se dirigea vers la porte. Flynn le suivit et ils sortirent ensemble de la pièce.

Woppy, qui suait à grosses gouttes, s'assit sur le sofa et fit semblant de lire un illustré. Doc se versa un verre bien tassé. Le silence était pénible.

Slim s'arrêta en haut de l'escalier, l'oreille aux aguets, et ricana entre ses dents. Il avait enfin affirmé sa supériorité. Il les avait tous terrifiés. Dorénavant, il occuperait dans la bande la position qui lui revenait de droit. M'man se contenterait de la deuxième place. Il tourna les yeux vers la porte de Miss Blandish, au bout du corridor. Plus question maintenant de passer ses nuits à son chevet. Il allait lui montrer qu'il était le maître, comme il l'avait fait à sa mère.

Il longea le corridor ; ses yeux jaunes luisaient. Après avoir ouvert la porte, il retira la clé de la serrure et referma de l'intérieur.

Miss Blandish le regarda approcher. L'assurance toute neuve de Slim ne lui échappa pas et elle comprit ce que cela impliquait.

Elle ferma les yeux en frissonnant.

CHAPITRE III

I

Sur le panneau de verre dépoli s'étalait l'inscription :

DAVE FENNER — ENQUÊTES

Les lettres étaient noires et la peinture toute fraîche.

La porte donnait sur un petit bureau, agréablement meublé d'une table de travail, de deux fauteuils profonds, d'un joli tapis persan et de rayonnages garnis de livres de Droit flambants neufs qui n'avaient jamais été ouverts.

David Fenner était vautré dans son fauteuil, les deux pieds posés sur le dessus du bureau, et contemplait le plafond d'un regard absent. Il donnait l'impression de n'avoir strictement rien à faire et de disposer de tout le temps nécessaire pour ne rien faire.

Fenner avait trente-trois ans, et il était bâti en force. Il était brun, d'une laideur sympathique, et il avait le menton volontaire d'un homme qui aime à n'en faire qu'à sa tête et qui y réussit généralement.

A gauche, une porte donnait sur le bureau attenant, qui était divisé en deux par une barrière de bois. D'un des côtés de la barrière, c'était la salle d'attente des clients, de l'autre, c'était le domaine de Paula Dolan, une séduisante jeune femme dotée d'une ondoyante chevelure aile-de-corbeau, de grands yeux bleus expressifs, et d'une silhouette dont Fenner prétendait que c'était le seul objet de valeur digne de figurer à l'actif de la nouvelle entreprise.

Assise derrière sa machine à écrire silencieuse, Paula feuilletait distraitement un magazine de quatre sous intitulé *Amour*. De temps à autre, elle bâillait, et son regard s'égarait continuellement du côté de la pendule fixée au mur. Il était trois heures vingt.

La sonnette qui retentit sur sa table la fit sursauter. Elle posa son magazine et passa dans le bureau voisin.

— T'as des cigarettes, mon chou ? lui demanda Fenner en s'étirant, ce qui fit gémir son fauteuil. J'en ai plus une seule.

— Il m'en reste trois, répondit Paula. Je t'en donne deux.

Elle disparut dans son bureau et en ramena deux cigarettes qu'elle déposa sur la table.

— T'es rudement généreuse, dit Fenner en en allumant une. Merci. (Il aspira profondément la fumée en détaillant Paula du regard.) Tes formes sont agréablement réparties, cet après-midi.

— Oui, hein ? dit tristement Paula. Pour ce que ça me sert !

— Qu'est-ce que tu fais, en ce moment ? demanda Fenner, se hâtant de changer de sujet. T'as du boulot ?

— Autant que toi, répondit Paula en se hissant sur un coin du bureau.

— Alors, tu dois te crever à la tâche, dit Fenner en ricanant. T'en fais pas, il finira bien par se présenter quelque chose.

— Ça fait un mois que tu dis ça. (Elle avait l'air soucieuse.) On ne va pas pouvoir continuer longtemps comme ça, Dave. Les gens de l'Equipement de Bureau ont téléphoné. Si tu ne fais pas le troisième versement pour le mobilier d'ici demain, ils reprennent tout.

Fenner inspecta la pièce du regard.

— Pas possible ? Jamais je n'aurais cru que des gens sains d'esprit pourraient avoir envie de récupérer ce bazar.

— Tu ne m'as peut-être pas très bien saisie, dit Paula d'un ton qui ne présageait rien de bon. Demain, ils reprendront tout le mobilier du bureau si tu n'as pas réglé la troisième traite. Comment ferai-je pour m'asseoir, après ?

Fenner prit un air épouvanté.

— Ils ne vont quand même pas t'ôter cette partie de ton individu sur laquelle tu t'assois ?

— Dave Fenner, tu ne seras donc jamais sérieux une seconde ? Si nous ne trouvons pas deux cents dollars d'ici demain matin, nous allons être forcés de fermer boutique.

Fenner soupira.

— L'argent, toujours l'argent ! De combien disposons-nous ?

— Dix dollars et quinze *cents*.

— Tant que ça ? (Il agita la main avec désinvolture.) Mais alors, nous sommes riches. Je connais un type, de l'autre côté de la rue, qui ne possède en tout et pour tout qu'une traite protestée.

— Je ne vois pas pourquoi tu en conclus que nous sommes riches.

— Parce que nous, au moins, nous ne devons pas d'argent à la banque.

— Ce n'est pas faute d'avoir essayé par tous les moyens !

— Très juste, ce que tu dis là. (Fenner hocha tristement la tête.) J'ai l'impression que ces cocos-là n'ont pas confiance en moi.

— En voilà une idée ! répliqua Paula, sarcastique. C'est parce qu'ils ont peur de t'humilier en te proposant de l'argent. (Elle remit en place une mèche folle.) Je commence à croire que tu as commis une erreur en ouvrant ce bureau, Dave. Tu gagnais bien ta vie, à la *Tribune*. Je n'ai jamais cru à cette idée d'agence.

Fenner parut indigné.

— Eh bien, c'est du propre, de me dire ça! Alors, pourquoi as-tu plaqué ton boulot pour venir travailler avec moi?
Je t'ai prévenue que les débuts seraient peut-être difficiles,
mais il aurait fallu une mitrailleuse pour t'empêcher de
rappliquer.

Paula lui sourit.

— C'était peut-être parce que je t'aime, dit-elle tendrement.

Fenner grogna.

— Oh! pour l'amour du Ciel, tu ne vas pas recommencer
cette sérénade? J'ai déjà assez d'ennuis comme ça. Pourquoi
ne pas voir les choses comme elles sont, mon chou? Une
femme qui a un visage et un corps comme le tien peut se
dégotter un millionnaire. A quoi ça rime, de gaspiller ton
temps et ta jeunesse avec un tocard comme moi? Je vais te
faire une confidence : je serai éternellement fauché. C'est
une tradition de famille. Mon grand-père a fait faillite, mon
père était indigent, et mon oncle, qui était avare, a fini par
devenir dingue, parce qu'il n'a jamais pu mettre un rotin de
côté.

— Quand est-ce qu'on se marie, Dave?

— Fais-moi donc penser à consulter mon agenda, un de
ces jours, répondit précipitamment Fenner. Pourquoi ne
rentres-tu pas chez toi? Ça te donne des idées malsaines, de
rester ici sans rien faire. Cet après-midi, je te donne congé.
Va te faire un shampooing, occupe-toi...

Paula haussa les épaules avec résignation.

— Et si tu allais voir Rysking, Dave? Il te rendrait peut-
être ta place, si tu la lui demandais gentiment. Tu étais le
meilleur reporter criminel de la ville. Tu dois lui manquer.
Pourquoi ne pas aller le trouver?

Fenner secoua négativement la tête.

— Parce qu'il refuserait de me recevoir. Avant de m'en
aller, je l'ai traité de faux jeton, de cœur de pierre et
d'imbécile congénital. Il me semble même avoir ajouté que
s'il m'invitait à la noce de ses parents, je n'irais pas. J'ai

vaguement l'impression qu'il ne doit plus me porter dans son cœur.

Une sonnette retentit dans le bureau de Paula, annonçant la présence d'un visiteur.

— Qui ça peut-il être, d'après toi ? demanda Fenner en fronçant les sourcils.

— Probablement l'employé qui vient débrancher le téléphone, répondit Paula. Tu te souviens que nous n'avons pas payé le dernier relevé ?

— Au fond, je ne vois pas à quoi ça nous sert, le téléphone, dit Fenner. Nous n'adressons plus la parole à personne.

Paula passa dans son bureau et referma la porte derrière elle. Elle revint au bout de deux minutes, l'air très excitée.

— Regarde qui c'est ! dit-elle en déposant une carte de visite sur le sous-main.

Fenner lut la carte et se renversa sur son siège. Il regarda Paula avec stupeur.

— John Blandish ! Il est là ? En personne ?

— Il veut te parler.

— Tu es sûre que c'est bien lui ? Ce n'est pas quelqu'un qui vient de sa part ?

— Je suis sûre que c'est bien lui.

— Alors, qu'est-ce que tu attends ? Fais-le entrer, poulette, fais-le entrer !

Paula ouvrit la porte de communication.

— M. Fenner va vous recevoir, monsieur Blandish. Voulez-vous entrer ?

Elle s'effaça devant M. Blandish et sortit du bureau, laissant les deux hommes en tête à tête.

Fenner se leva. Il aurait cru Blandish plus massif. D'une taille à peine au-dessus de la moyenne, le milliardaire paraissait chétif à côté de l'imposant Fenner. C'étaient ses yeux qui donnaient à son visage sa personnalité et son extraordinaire puissance. Il avait le regard dur, intelligent et énergique d'un homme qui s'est élevé au pinacle à la force du poignet, sans demander ni faire de cadeaux.

Blandish examina Fenner d'un œil critique en lui serrant la main.

— Fenner, j'ai une proposition à vous faire, annonça-t-il. Je crois que vous êtes l'homme qu'il me faut. Il paraît que vous êtes bien introduit dans la pègre. J'estime que le seul moyen de faire arrêter les ravisseurs de ma fille, c'est d'avoir recours à un homme dans votre genre, qui peut évoluer librement dans le milieu, sans être gêné par aucune restriction. Qu'est-ce que vous en pensez ?

— Je pense que vous avez raison, répondit Fenner en se rasseyant derrière son bureau. Du moins, c'est théoriquement exact, parce que, pratiquement, ça fait tout de même trois mois que votre fille a été kidnappée et la piste est plutôt refroidie.

— Je m'en rends bien compte. (Blandish tira de sa poche un porte-cigares en peau de porc et choisit un cigare.) Avant de me lancer dans cette entreprise, il fallait que je donne aux agents fédéraux toutes les chances de découvrir les ravisseurs. Eh bien, ils ont échoué. Maintenant, c'est à moi d'essayer. Je leur ai fait part de mes intentions et j'en ai également parlé à la police. C'est le commissaire Brennan qui m'a suggéré de m'adresser à vous. Il m'a dit que, comme journaliste, vous jouissiez d'une bonne réputation, et que vous aviez de nombreuses relations parmi les gangsters de cette ville. Il a ajouté que si je vous chargeais de l'enquête, il vous aiderait dans toute la mesure de ses moyens. Si l'affaire vous intéresse, je suis disposé à vous donner votre chance de découvrir les ravisseurs. Je vous verserai immédiatement trois mille dollars, et si vous réussissez, vous en toucherez trente mille de plus. Voilà ma proposition. Qu'est-ce que vous en dites ?

Fenner fut un peu interloqué, mais il recouvra vite ses esprits et hocha affirmativement la tête.

— Je vais essayer, monsieur Blandish, mais je ne vous promets rien. Les gars du F.B.I. sont les meilleurs policiers du monde. S'ils n'ont pas réussi à découvrir ces truands, je n'y réussirai probablement pas non plus, mais je vais essayer.

— Par où comptez-vous commencer ?

— Il se trouve que c'est moi qui ai suivi l'enquête pour le compte de la *Tribune*. Ce fut mon dernier reportage avant de quitter le journal. J'ai un dossier qui contient tous les renseignements connus. Je vais l'étudier. Il y a un point qui m'a toujours semblé bizarre. Je connaissais personnellement Riley et Bailey. Je les rencontrais souvent dans les tripots et les boîtes de nuit, du temps où je cherchais des informations pour mes articles. C'étaient des demi-sels. Où ces types-là ont-ils pu trouver le cran nécessaire pour réussir ce kidnapping ? Ça me sidère, et pourtant, c'est apparemment ce qui est arrivé. C'est impensable... Si vous connaissiez les truands comme je les connais, vous auriez la même opinion que moi de ces deux-là. Le kidnapping n'était pas dans leurs cordes. Le summum de leurs ambitions, c'était un petit hold-up dans une banque de quartier. Et malgré tout, le fait est là : ils ont enlevé votre fille. Deuxième point : je me demande comment ils ont fait pour s'évanouir en fumée. Comment se fait-il qu'on n'ait jamais retrouvé un seul des billets de la rançon ? De quoi vivent-ils, ces ravisseurs, puisqu'ils ne dépensent pas la rançon ? Autre chose : Riley avait une poule, une certaine Anna Borg. Les fédés ont passé des heures à l'interroger, mais ils n'en ont absolument rien tiré. Je sais, de la façon la plus certaine, que Riley était fou d'elle, et pourtant il l'a laissée tomber du jour au lendemain comme si elle n'avait jamais existé. C'est loufoque. (Il prit une pause, puis continua) : Je vais me mettre immédiatement en rapport avec Brennan, monsieur Blandish. J'étudierai le dossier, pour être sûr que je n'ai laissé échapper aucun détail susceptible de nous fournir une piste. D'ici quarante-huit heures, je pourrai vous dire si, oui ou non, je crois avoir une chance de découvrir les ravisseurs. (Il observa Blandish d'un œil inquisiteur.) Vous ne me demandez pas de retrouver votre fille. Vous pensez... ?

Le visage de Blandish se durcit.

— Elle est morte. J'en suis absolument certain. Qu'elle puisse être encore vivante est impensable, avec ce genre d'individus... Non, elle est morte.

Il tira un carnet de chèques de sa poche et remplit un chèque de trois mille dollars au nom de Fenner.

— Alors, j'attends de vos nouvelles dans deux jours ?

— C'est ça.

Fenner accompagna Blandish à la porte.

— L'argent n'entre pas en ligne de compte, assura Blandish. Je ne vous fixe aucune limite. Mêlez-vous à la pègre et faites savoir qu'il y a gros à gagner pour ceux qui fourniraient des renseignements. Je suis persuadé que c'est le seul moyen de trouver la piste que nous cherchons.

— Laissez-moi faire, dit Fenner. Je vais tâcher de ne pas vous décevoir.

Aussitôt Blandish parti, Paula fit irruption dans le bureau.

— Qu'est-ce qu'il te voulait ? demanda-t-elle avec anxiété. Il t'a embauché ?

Fenner lui montra le chèque.

— Nous sommes riches, mon chou. Tiens, regarde. Trois mille dollars ! Ramassés en un clin d'œil ! Plus besoin de te casser la tête, t'as encore une chaise pour poser tes miches !

II

Le capitaine Charles Brennan, de la police municipale, un gros homme rougeaud aux yeux bleus perçants et aux cheveux filasse qui grisonnaient sur les tempes, se pencha par-dessus son bureau pour serrer la main de Fenner.

— Je n'aurais jamais cru qu'un jour je serais heureux d'accueillir un privé dans mon bureau, déclara-t-il. Asseyez-vous. Comment ça va ?

— Ça pourrait être pire, répondit Fenner en prenant un siège. Je ne suis pas du genre pleurnicheur.

— J'ai été sidéré d'apprendre que vous aviez demandé une licence de détective, dit Brennan en allumant un cigare. Vous auriez dû rester dans le journalisme. Un chien ne voudrait pas de la vie d'un pied-plat.

— Je n'ai pas la prétention de vivre aussi bien qu'un chien, répliqua gaiement Fenner. Je vous remercie de m'avoir recommandé à Blandish.

Brennan agita la main d'un air indifférent.

— Soit dit entre nous et la jambe de bois de ma tante, Blandish avait fini par me rendre cinglé. Maintenant, avec un peu de chance, c'est vous qui allez devenir cinglé, et moi, j'aurai la paix.

Fenner dressa l'oreille.

— Qu'est-ce que vous voulez dire ?

— Vous n'allez pas tarder à le comprendre, répondit Brennan avec une jubilation sadique. Blandish ne m'a pas lâché d'une semelle depuis que sa nom de Dieu de fille s'est fait enlever. Si j'ai fini par lui suggérer de vous embaucher, c'était de la légitime défense. Matin, midi et soir, il était dans mon bureau, ou suspendu à mon téléphone. Quand est-ce que j'allais retrouver les ravisseurs de sa fille ? Si il ne m'a pas demandé ça mille fois, il ne me l'a pas demandé une seule. Quand je mourrai, on retrouvera ces mots gravés sur mon foie !

— Ça s'annonce bien, fit amèrement Fenner. Et moi qui croyais que vous m'aviez fait une fleur !

— Vous me prenez pour un boy-scout ? Je vais vous dire une bonne chose : vous avez autant de chance de dégotter ces salopards que de gagner un prix de beauté.

Fenner ne releva pas l'insinuation.

— Il faut pourtant bien qu'ils soient quelque part...

— Evidemment, qu'ils sont quelque part. Ils peuvent être au Mexique, au Canada, au Ciel ou en Enfer. Ça fait trois mois que tous les flics du monde les cherchent... pas l'ombre d'une piste. N'empêche que je suis d'accord avec vous : ils sont sûrement quelque part.

— Et la fille ? Vous croyez qu'elle est morte ?

— Oui, elle doit être morte. Pourquoi l'auraient-ils gardée en vie ? Elle ne peut plus leur servir à rien et ce serait terriblement dangereux pour eux. Ça ne m'étonnerait pas autrement qu'ils l'aient butée en même temps que MacGowan, mais je n'ai pas été fichu de trouver où ils l'avaient enterrée.

— Et cette Anna Borg ? demanda Fenner. Qu'est-ce qu'elle est devenue ?

— Elle est toujours en ville. Ça fait deux mois qu'un de mes hommes lui colle au train, mais c'est du temps perdu. Elle a pris un nouveau coquin... Faut croire qu'elle en avait marre d'attendre le retour de Riley. Elle fait un numéro au Paradise Club.

— Qui est-ce, le nouveau coquin ?

— Eddie Schultz.

Fenner fronça les sourcils, puis claqua des doigts.

— Je le connais. Il fait partie de la bande Grisson. Un grand beau gars costaud...

— C'est ça. La bande Grisson a repris le Paradise Club, un beuglant de troisième ordre dirigé par un Rital, un certain Toni Rocco. Ils lui ont racheté l'affaire, ils ont fait des frais, et maintenant, c'est un cabaret convenable.

Fenner dressa l'oreille.

— Où ont-ils trouvé le fric ? La bande Grisson ne roulait pas sur l'or, que je sache.

— J'ai vérifié, répondit Brennan avec condescendance. C'est Abe Schulberg qui finance le club. Il a conclu un accord avec M'man Grisson. Elle fait marcher la boîte et lui ristourne cinquante pour cent des bénéfices.

La question cessa d'intéresser Fenner. Il alluma une cigarette et se tassa dans son fauteuil.

— Si je comprends bien, la piste est refroidie ?

— Elle n'a jamais été chaude. C'est une vacherie, cette affaire. Quand je pense au temps et à l'argent que nous avons gâché, ça me donne des cauchemars. Nous ne sommes pas plus avancés qu'au premier jour.

Fenner fit la grimace. La perspective de palper trente mille dollars s'éloignait à vue d'œil. Il se levait lorsqu'une idée lui passa par la tête.

— Comment la fille Borg gagnait-elle sa croûte, du temps qu'elle était avec Riley ? demanda-t-il.

— Elle faisait un numéro de danse à l'éventail au Cosmos Club. Ça lui rapportait des clopinettes, mais Riley l'entretenait.

— Au Cosmos Club ? (Fenner parut soudain songeur et regarda sa montre.) Eh bien, je ne veux pas vous déranger plus longtemps, capitaine. Si je dégotte quelque chose, je vous le ferai savoir.

— Vous ne dégotterez rien, ricana Brennan, parce qu'il n'y a rien à dégotter.

Fenner, l'esprit absorbé, retourna à son bureau. Bien qu'il fût plus de six heures, Paula l'attendait.

— T'es encore là ? dit-il en entrant. Tu couches ici, ou quoi ?

— Je n'ose pas m'en aller, répondit Paula en écarquillant ses yeux bleus. Si jamais il venait un autre millionnaire... Oh ! Dave ! Je réfléchissais à la façon dont nous dépenserons tout cet argent quand nous le toucherons.

— Cette phrase est un songe et la clé en est le mot « quand ». (Fenner passa dans son bureau, suivi de Paula.) Puisque tu es encore au travail, la gosse, rends-toi utile. Va regarder dans le musée des horreurs si nous avons quelque chose sur Pete Cosmos.

Du temps où il était journaliste, Fenner mettait systématiquement de côté tous les renseignements qu'il glanait sur les gangsters de la ville, grands et petits, se constituant ainsi une gigantesque collection de faits divers qui lui était souvent bien utile pour décider un truand à se mettre à table.

Au bout de cinq minutes, Paula revint avec une liasse de coupures de journaux.

— Je ne sais pas ce que tu cherches, Dave, mais voilà tout ce que nous possédons sur Pete Cosmos.

— Merci, trésor. Et maintenant, sauve-toi, j'ai du travail. Ça te dirait de dîner avec moi ce soir, pour célébrer notre coup de veine ?

Le visage de Paula s'épanouit en un sourire de surprise et de plaisir.

— Chouette, alors ! Je vais mettre ma robe neuve ! On va au Champagne Room ! Je n'y suis jamais allée et il paraît que c'est sensationnel.

— La seule chose sensationnelle, dans cette boîte, c'est l'addition. On pourra peut-être se permettre ça quand on aura touché les trente sacs, mais pas avant.

— Alors, qu'est-ce que tu dirais de l'Astor ? On dit que pour le prix, il n'y a pas mieux.

— Sois pas gourde, poulette. On ne t'a pas dit quel prix, n'est-ce pas ? (Fenner glissa tendrement son bras autour des épaules de Paula.) Je vais te dire où nous allons dîner : au Cosmos Club. Nous joindrons l'utile à l'agréable.

A voir la grimace de Paula, on aurait dit qu'elle avait mordu dans un citron.

— Le Cosmos Club ? Ce n'est même pas mal famé et la tambouille est infecte.

— File, ma belle, j'ai du boulot. Je passe te prendre à huit heures et demie.

Il la fit pivoter et lui appliqua sur les fesses une claque qui la catapulta jusqu'à la porte.

Il alla s'asseoir à son bureau et se plongea dans les coupures de presse que lui avait apportées Paula. Au bout d'une demi-heure, il donna un coup de téléphone, puis il rangea les articles dans un classeur, éteignit les lumières, ferma la porte à clé et rentra chez lui en voiture. Dans son petit deux-pièces, il prit une douche et revêtit un complet foncé. Il vérifia son 38 Spécial-Police et le glissa dans un étui, sous son aisselle.

Paula attendait son arrivée avec anxiété. Elle avait appris

à ses dépens que, dans la vie, il importe avant tout de ne pas faire attendre les hommes. Elle était délicieuse dans sa robe noire, sur laquelle tranchait un œillet rouge. La coupe de la robe mettait ses formes en valeur, ce qui incita Fenner à la regarder deux fois.

— Ce qui me tue, déclara Paula en s'asseyant dans la voiture et en se livrant à une généreuse exhibition de jambes gainées de nylon, c'est que je suis toujours forcée de m'acheter moi-même ma boutonnière. Le jour où tu penseras à m'offrir des fleurs, je tournerai de l'œil.

— Tu peux ranger ton flacon de sels, mon trésor, dit Fenner avec un sourire en coin. Je n'aurais jamais une idée pareille. Tu ne risques absolument rien. (La voiture décolla du trottoir et s'immisça dans le flot de la circulation.) J'ai dégotté quelque chose sur Pete. Il va devenir rouge comme une pivoine, quand je vais l'entreprendre.

Paula se tourna vers lui.

— J'espère quand même qu'on mangera quelque chose, dit-elle. Je vous vois d'ici tous les deux, ce gros Mexicain et toi, en train de vous regarder dans le blanc de l'œil en grinçant des dents, pendant que moi, je crèverai de faim.

— On commencera par dîner, beauté, promit Fenner en lui tapotant le genou.

Elle repoussa fermement sa main.

— Ce genou est réservé à mon futur mari, déclara-t-elle. Je veux bien t'accorder une option, mais il faudra me la demander par écrit.

Fenner éclata de rire. Il aimait bien sortir avec Paula. Quand ils étaient ensemble, ils s'amusaient comme des enfants.

Lorsqu'ils arrivèrent au Cosmos Club, c'était bondé, mais le maître d'hôtel, un vieil Italien cacochyme au regard fuyant, leur trouva une table.

Fenner examina la salle du regard et estima que la boîte était franchement minable. Il n'y avait pas mis les pieds depuis six mois, et c'était encore pis qu'avant.

— Une vraie petite morgue, déclara Paula en regardant autour d'elle. Je n'arrive pas à comprendre pourquoi il y a des gens qui viennent ici. Ils doivent être trop radins pour aller ailleurs.

Fenner fit la sourde oreille. Il étudiait le menu. Il avait faim. Un garçon à l'aspect larvaire vint prendre la commande.

Après une longue discussion, ils se décidèrent pour du melon glacé, suivi d'un canard aux olives.

— On pourra toujours manger les olives, soupira Paula. Le cuisinier du Cosmos Club ne peut tout de même pas gâcher les olives.

— Ne parle pas trop vite, répondit Fenner en riant. Je te parie qu'elles vont être dures comme des balles de golf.

Mais lorsque le dîner fut servi, ils n'y trouvèrent à redire ni l'un ni l'autre. Sans être bon, c'était mangeable.

Ils dansèrent entre les plats. Paula essaya d'être tendre, mais Fenner lui écrasa résolument les orteils. Ce ne fut pas une réussite.

Paula était en train de choisir un dessert lorsque Fenner repoussa sa chaise et se leva.

— Et maintenant, la gosse, au boulot. Je vais voir Pete. Continue tranquillement à te remplir la panse, je n'en ai pas pour longtemps.

Paula sourit du bout des lèvres en lui jetant un regard noir.

— Vas-y, mon chéri, et ne te tracasse surtout pas pour moi. J'ai des tas de choses à me raconter. Je me passerai très bien de toi.

— Si nous n'étions pas dans un lieu public, dit Fenner, vexé, je te collerais en travers de mon genou et je te flanquerais une bonne fessée.

— Délicate pensée, dit Paula en lui faisant signe de s'en aller. Va vite voir ton cher Mexicain. J'espère qu'il te crachera dans l'œil.

Fenner grimaça un sourire et se fraya un chemin vers le bureau de Pete. Il ne se donna pas la peine de frapper. Il entra directement et referma la porte d'un coup de pied.

Pete, penché sur un registre, était en train d'additionner des colonnes de chiffres. Surpris, il leva les yeux. En reconnaissant l'intrus, il fronça les sourcils.

— Qu'est-ce qui vous prend, d'entrer chez moi comme ça? demanda-t-il. Qu'est-ce que vous voulez?

— Salut, ma grosse, dit Fenner en venant s'asseoir sur le coin du bureau. Ça fait une paye qu'on s'est vus.

— Qu'est-ce que vous voulez? répéta Pete en regardant Fenner d'un air mauvais.

— Vous avez vu Harry Levane, ces temps derniers?

Pete se redressa.

— Non, et je tiens pas à le voir. Pourquoi?

— Je viens de le rencontrer. Vous allez avoir de gros ennuis, Pete. (Fenner hocha tristement la tête.) Harry m'a parlé de la fille que vous avez emmenée à Miami, l'été dernier. Elle était mineure. Pete! Ça m'étonne de vous! Cette petite incartade va vous coûter deux ans de taule.

Pete sursauta comme si on lui avait planté une aiguille dans le postérieur.

— C'est un mensonge! rugit-il, livide. Je sais pas de quoi vous causez!

Fenner lui sourit avec compassion.

— Faites pas l'andouille, Pete. Harry vous a vu avec cette fille. Il n'a pas oublié que c'est grâce à vous qu'il a écopé de trois ans pour le casse Clifford. Il n'attend qu'une occasion de vous revaloir ça.

Le front de Pete se couvrit de sueur.

— Je le tuerai, l'ordure! Il peut pas le prouver!

— Mais si, il peut. Il sait qui est la fille et il lui a parlé. Elle est prête à porter plainte.

Pete se tassa dans son fauteuil.

— Où est-elle? demanda-t-il d'une voix rauque. Je vais aller la voir. J'arrangeai ça. Où est-elle?

— Je sais où la trouver. Je sais aussi où est Harry. Ça va coûter chaud, Pete, mais les plaies d'argent ne sont pas mortelles. Seulement, je ne vous dirai rien si nous ne nous arrangeons pas. J'ai besoin de renseignements. Je vous échange ce que j'ai contre ce que je veux.

Pete lui lança un regard mauvais.

— Qu'est-ce que vous voulez ?

— Pas grand-chose, Pete. Un tuyau, c'est tout. Vous vous souvenez d'Anna Borg ?

Pete parut surpris.

— Oui... pourquoi ?

— Elle a travaillé ici ?

— C'est exact.

— Vous a-t-elle jamais donné l'impression de savoir où Riley se planquait ?

— Elle n'en savait rien. Je suis prêt à le jurer.

— Elle parlait quelquefois de Riley ?

— Et comment ! Elle fulminait continuellement après lui.

— Comment a-t-elle fait la connaissance de Schultz ?

Pete hésita.

— Donnant-donnant ? Vous me direz où je peux trouver Harry et cette petite roulure ?

— Promis.

— Schultz est venu ici quelques jours après le kidnapping, raconta Pete. Il cherchait à contacter Anna. Il a dit que M'man Grisson voulait parler à la petite. Quand je lui ai expliqué que les fédés surveillaient Anna, il m'a dit de lui téléphoner et de la faire venir ici, dans ce bureau. J'ai pas assisté à l'entretien, mais deux jours après, Anna a cessé de bosser pour moi. Elle m'a dit qu'on lui avait offert un boulot plus intéressant. Quand les Grisson ont repris le Paradise Club, elle s'est mise à y travailler. Ils vivent ensemble, Eddie et elle.

— Pourquoi M'man Grisson s'intéressait-elle à cette fille ? demanda Fenner.

Pete haussa les épaules.

— Ça, j'en sais rien.

Fenner se leva. Il se pencha sur le bureau et griffonna deux adresses sur un bloc.

— Voilà, annonça-t-il. Moi, à votre place, je me mettrais en rapport avec ces deux-là au plus vite. Harry crève d'envie de vous envoyer en taule. Ça va vous coûter un paquet, de le faire taire.

Pete tendait déjà la main vers le téléphone lorsque Fenner sortit du bureau.

En rentrant dans la salle de restaurant, il trouva Paula en grande conversation avec un gigolo mince et joli garçon qui plongeait sans vergogne dans son décolleté.

Fenner le repoussa sans ménagement.

— Allez, Toto, mets les voiles, on t'a assez vu.

Le gigolo jeta un coup d'œil sur les épaules massives et le menton agressif de Fenner, et il battit précipitamment en retraite.

— Faut pas avoir peur de ce grand singe, lui dit Paula. Cassez-lui donc la figure. Un bon coup de poing sur le menton et on n'en parlera plus.

Mais le gigolo avait déjà atteint à reculons le milieu de la salle.

— Eh bien, ma poule, tu as une curieuse façon de choisir tes relations, dit Fenner en souriant.

Paula s'adossa à sa chaise et lui rendit son sourire.

— Ton copain Mexicain t'a craché dans l'œil ?

— Non, mais ce n'était pas l'envie qui lui en manquait. Viens, la gosse, j'ai envie de retrouver mon pieu.

Elle parut intéressée.

— Tout seul ?

— Oui, tout seul, répondit Fenner en la guidant vers la sortie. J'ai besoin de tous mes moyens pour demain. Je vais voir Anna Borg, et il paraît que c'est une terrible, cette fille-là.

— C'est une effeuilleuse, n'est-ce pas ?

— Oui, répondit Fenner avec un sourire, mais ne t'excite pas. Ce n'est pas pour ça que je suis forcé de l'effeuiller.

III

Le commissaire Brennan avait dit vrai en annonçant à Fenner que la bande de Grisson avait repris le Paradise Club, mais il se trompait en croyant qu'elle l'avait acheté à son propriétaire, Toni Rocco.

Rocco en avait été impitoyablement éjecté.

M'man Grisson était venue le trouver, escortée d'Eddie et de Flynn, et lui avait expliqué qu'il avait tout intérêt, s'il tenait à sa santé, à lui repasser le Club et à accepter son offre généreuse d'une ristourne d'un pour cent sur les bénéfices.

Rocco avait débuté comme jockey. C'était un tout petit homme, et la personnalité imposante et menaçante de M'man le terrifiait. Certes le Club, qu'il avait acheté avec ses gains sur les champs de course, n'était pas une affaire bien fructueuse, mais il en était très fier. L'abandonner, c'était renoncer à sa possession la plus chère, mais il était assez intelligent pour comprendre que s'il refusait de le céder, il ne ferait pas long feu, et Rocco se trouvait encore trop jeune pour mourir.

M'man n'avait aucune raison de payer le Club en espèces sonnantes et trébuchantes, puisqu'elle savait qu'elle pouvait l'avoir pour rien. Elle disposait évidemment d'un demi-million de dollars, mais les transformations qu'elle envisageait, le mobilier, l'équipement des cuisines, les miroirs et l'éclairage allaient lui coûter très cher. Elle déclara à Rocco qu'une ristourne d'un pour cent sur les bénéfices était une proposition honnête et généreuse, et repoussa dédaigneusement ses timides protestations, lorsqu'il insinua qu'une part de cinq pour cent lui semblait plus correcte.

— Réfléchissez, mon ami, lui dit-elle avec son sourire de loup. Un pour cent de quelque chose, ça vaut mieux que rien du tout. Y a une bande de malfrats qui guignent votre boîte depuis un bout de temps. Ils ne vont pas tarder à vous faire du chantage à la protection. Une fois qu'ils auront commencé, ils vous saigneront à blanc. Si vous refusez de raquer, ils vous colleront une bombe dans la baraque. Si c'est nous qui reprenons le Club, on n'entendra plus parler de ces gars-là. Ils savent que ce serait malsain d'essayer de nous intimider.

Rocco savait pertinemment que l'histoire des malfrats était une invention, mais il savait également que s'il n'abandonnait pas son Club, ce serait la bande Grisson qui y collerait une bombe.

Il renonça donc à ses droits sur le Club avec une feinte humilité. Le contrat d'association qu'établit le notaire de M'man était un document compliqué qui parlait de beaucoup de choses, mais ne signifiait rien. Rocco n'avait même pas un droit de regard sur la comptabilité. Si M'man lui donnait quelque chose, ce serait qu'elle le voudrait bien. Il ne se faisait aucune illusion : sa part de bénéfice ne vaudrait pas la peine qu'il se dérange pour venir la toucher.

M'man Grisson fut très satisfaite de cet arrangement, mais elle l'aurait peut-être été moins si elle avait su que Rocco s'était juré de régler ses comptes avec la bande Grisson. Un jour ou l'autre, il se présenterait une occasion, et ce jour-là la vieille louve regretterait de s'être conduite avec lui de cette manière-là.

A cause de son apparente douceur et de sa petite taille, personne — et M'man Grisson moins que tout autre — ne se rendait compte à quel point Rocco pouvait devenir un ennemi dangereux. Son physique d'Italien noiraud et maigrichon abritait un esprit retors, cruel et vindicatif.

Rocco réussit à se faire embaucher comme encaisseur par la loterie clandestine locale. Ce travail lui déplaisait, mais il était bien forcé de gagner sa vie, maintenant qu'il avait perdu le Club. En arpentant les rues, en pénétrant dans des intérieurs sordides, en grimpant des escaliers à en avoir mal aux jambes, il ruminait sa rancune contre la bande Grisson, se jurant bien de leur régler leur compte un jour ou l'autre, et une fois pour toutes.

Si M'man avait jeté son dévolu sur le Paradise Club, ce n'était pas uniquement parce qu'elle pouvait l'avoir pour rien, mais aussi parce que la disposition des lieux lui convenait.

L'immeuble, qui comportait un rez-de-chaussée et un étage, se dressait au fond d'une petite cour donnant sur une des principales artères de la ville. Il était flanqué d'un entrepôt et d'une fabrique d'horlogerie, tous deux déserts de six heures du soir à huit heures du matin.

Le Club était disposé de telle façon qu'en cas de descente de police, le portier avait tout le temps nécessaire pour donner l'alarme. Il était impossible de cerner la maison.

Une des premières acquisitions de M'man fut une porte d'acier de sept centimètres d'épaisseur, percée d'un judas vitré à l'épreuve des balles. Cette porte remplaça celle qui fermait jusque-là l'entrée du Club. Toutes les fenêtres furent garnies de volets d'acier ; la fermeture en était commandée par un bouton placé sur le bureau de M'man.

Avec une surprenante rapidité, M'man avait transformé le Club en forteresse. Elle avait fait construire un escalier secret reliant le premier étage du Club à la cave de l'entrepôt voisin. Le propriétaire de l'entrepôt ignorait l'existence de cet escalier, qui permettait d'entrer ou de sortir du Club sans être vu en passant par chez lui.

La décoration du Club avait été confiée à un artisan qui se faisait payer cher, mais qui connaissait son métier. Le vestibule était blanc et or, garni de miroirs rosés. Le restaurant, avec sa piste de danse, s'ouvrait sur la droite. Il imitait une vaste grotte ; des stalactites pendaient du plafond et, sur le pourtour, étaient disposées des niches réservées aux clients privilégiés qui voulaient voir sans être vus. La pièce était éclairée par des tubes fluorescents verts qui dispensaient une lumière étrange et irréelle, à la fois décadente et névrosée.

Au fond du restaurant, protégée par une autre porte d'acier de sept centimètres d'épaisseur, se trouvait la salle de jeu, avec sa roulette et ses tables de baccara. Le bureau de M'man donnait sur la salle de jeu, ainsi qu'une autre pièce dans laquelle les membres de la bande recevaient leurs amis les plus intimes.

Au premier étage, il y avait six chambres à coucher, réservées aux bons clients qui désiraient s'isoler un moment avec leurs petites amies sans avoir à quitter le Club. A l'extrémité du couloir, une porte fermée à clé conduisait à l'appartement de Miss Blandish.

Deux mois après l'élimination de Rocco, le Club fit sa réouverture et connut immédiatement un gros succès. Le restaurant-grotte défrayait les conversations. Tout le monde voulut s'inscrire au Club, et c'est là que M'man prouva son génie en la matière. Elle annonça par voie de presse que le nombre des membres serait rigoureusement limité à trois cents. Le droit d'inscription était de trois cents dollars. Il y eut immédiatement une ruée de candidats. Si elle l'avait voulu, M'man aurait pris cinq cents inscriptions pendant la première semaine. Mais elle refusa de se laisser tenter et tint tête à ses hommes, qui la conjuraient de prendre l'argent des gogos. Elle sélectionna trois cents noms sur la liste des postulants, prenant bien soin de ne retenir que ceux des personnalités les plus influentes et les plus riches de la haute société de Kansas City.

— Comme ça, expliqua-t-elle à la bande, on devient une boîte qui a de la classe. Je veux pas d'une bande de truands qui me foutraient le bordel dans la baraque. Je sais ce que je fais. Ce Club va devenir le plus huppé de la ville. Attendez un peu, et vous verrez.

La majesté de l'établissement intimidait Flynn et Woppy. Ce dernier n'osait pénétrer dans les cuisines, où officiaient trois chefs enlevés aux meilleurs hôtels de la ville. Lui qui avait rêvé de devenir maître-queux, ses espoirs s'évanouirent à la vue de ces experts en toques blanches à la technique éprouvée et efficace.

Doc Williams, lui, était aux anges. Le Club lui procurait l'ineffable satisfaction de porter le smoking et de jouer les maîtres de maison au bar, où il sombrait soir après soir dans une ivresse euphorique.

Eddie n'était pas mécontent non plus. Il dirigeait la salle de jeu, pendant que Flynn surveillait le restaurant. M'man se montrait rarement. Elle restait dans son bureau, où elle s'occupait des approvisionnements, de la comptabilité et de la trésorerie.

Mais celui qui n'était rigoureusement pas dans son élément, c'était Slim. On le voyait passer furtivement, crasseux et hirsute, toujours vêtu du même complet noir graisseux qu'il portait depuis des années. Il ne participait pas aux activités du Club et passait le plus clair de son temps en compagnie de Miss Blandish.

Il avait insisté pour que Miss Blandish ne disposât pas seulement d'une chambre, mais également d'un salon. M'man n'avait pas voulu le contrarier. La présence de la jeune fille l'inquiétait. Elle se rendait parfaitement compte du risque qu'elle leur faisait courir à tous. Miss Blandish était la seule preuve tangible qui subsistait de la participation du gang Grisson au kidnapping. Si jamais on la découvrait au Club, tous les espoirs de M'man, tous ses plans d'avenir s'évanouiraient en fumée. Elle souhaitait que Slim se lasse rapidement de la jeune fille. A ce moment-là, M'man la ferait immédiatement disparaître.

A l'heure où Fenner et Paula rentraient chez eux en voiture, le Paradise Club commençait tout juste à s'animer.

Maisey, la préposée au vestiaire, s'occupait des manteaux, chapeaux et pardessus que lui tendait la file ininterrompue des arrivants.

C'était à ses formes provocantes que Maisey devait d'avoir été engagée par M'man. Elle était toute jeune, blonde comme les blés, jolie et sans aucune personnalité. Elle se laissait peloter par les clients sans protester et ne ratait pas une occasion de se faire un peu d'argent.

Sa tenue de travail consistait en une petite tunique écarlate très ajustée et un short de satin blanc. Un collant de résille noire gainait ses longues jambes fuselées et une petite galette blanche était juchée sur le sommet de sa tête et se penchait sur son œil impertinent.

Maisey avait deux tâches bien distinctes : s'occuper du vestiaire et veiller à ce que personne ne monte au premier sans y être autorisé.

Pendant un bon moment, elle travailla sans discontinuer, puis il y eut une interruption dans les arrivées et, pendant une minute environ, le vestibule se trouva vide.

Elle vit entrer Slim ; il portait un paquet enveloppé de papier brun sous le bras.

Slim donnait le frisson à Maisey. Elle se retourna précipitamment en faisant semblant de rectifier l'alignement des manteaux et des pardessus, ce qui lui évita de le regarder.

Slim monta l'escalier, longea le couloir et parvint à la chambre de Miss Blandish. Il s'arrêta un instant devant la porte et s'assura qu'il n'y avait personne en vue avant de tirer une clé de sa poche. Il ouvrit la porte et entra dans le vaste salon.

Chaque fois qu'il pénétrait dans cette pièce, elle lui plaisait davantage. Il n'avait jamais rien vu d'aussi joli. Décorée en bleu et gris, meublée de fauteuils profonds en cuir gris, d'un tapis bleu et d'un gros poste de télévision, c'était à ses yeux la plus belle pièce du monde. Il n'y manquait que des fenêtres, mais Slim lui-même était bien forcé d'admettre qu'il eût été dangereux de garder la jeune fille dans une pièce dotée de fenêtres.

Il s'avança jusque sur le seuil de la chambre à coucher.

Cette chambre lui plaisait autant que le salon. Elle était décorée dans les tons ivoire et rose, et dominée par le large lit à deux places capitonné de rose. Un deuxième poste de télévision se dressait au pied du lit. Slim était un fanatique de la télévision. Il ne se lassait pas de regarder les images défiler sur le petit écran.

Miss Blandish était assise devant la coiffeuse. Elle portait un peignoir rose qui s'était entrouvert et dévoilait ses jambes splendides. Ses pieds nus étaient glissés dans des mules roses. Elle se manucurait distraitement les ongles, et bien qu'elle ait entendu entrer Slim, elle ne leva pas les yeux.

— Salut, dit Slim en s'approchant d'elle. Je t'ai apporté un cadeau. T'es vernie... Moi, personne me fait jamais de cadeaux.

Miss Blandish posa sa lime à ongles et mit ses mains sur ses genoux. A présent, elle avait perpétuellement une expression absente, apathique, qui irritait Slim.

— Ça coûte très cher, lui dit-il en l'observant attentivement pour voir si elle l'écoutait. Mais le pognon, maintenant, je m'en fous. J'en ai autant que j'en veux. Je peux te payer tout ce qui me passe par la tête. Dis... qu'est-ce que tu crois que c'est ?

Il poussa le paquet vers elle, mais elle ne parut pas s'en apercevoir. Slim grogna et posa sa main froide et moite sur le bras de la jeune femme. Il la pinça, mais elle ne bougea pas. Elle fit une grimace et ferma les yeux.

— Secoue-toi un peu ! ordonna rageusement Slim. Qu'est-ce que t'as ? Allez, ouvre ce paquet !

La pauvre droguée fit une timide tentative pour dénouer la ficelle, mais Slim, la voyant tâtonner maladroitement, lui arracha le paquet des mains.

— Je vais le faire ! Moi, ça me plaît d'ouvrir les paquets. (Il commença à défaire les nœuds.) T'as vu M'man, aujourd'hui ?

— Non. (Miss Blandish parlait d'une voix hésitante.) Je ne l'ai pas vue.

— Elle t'a pas à la bonne. Si j'étais pas là, il y a longtemps que tu serais au fond de la rivière. Tu connais pas ton bonheur. Quand j'étais môme, j'ai vu sortir une gonzesse de la rivière. Elle était toute gonflée. Y a un flic qu'a dégueulé, mais pas moi. Je voulais regarder, mais ils m'ont chassé. Elle avait des cheveux comme les tiens. (Il perdit brusquement patience et, empoignant son couteau, il trancha la ficelle et déchira le papier.) C'est un tableau... il est bath, hein ? Quand je l'ai vu, j'ai pensé à toi. (Il contempla la petite peinture à l'huile en souriant. C'était un assemblage hétéroclite de taches de couleurs criardes.) Ça te plaît ?

Il posa le tableau devant Miss Blandish, qui le regarda sans le voir et détourna les yeux.

Pendant un bon moment, Slim observa silencieusement la jeune femme. A certains moments, pensa-t-il, il aurait souhaité qu'elle fût plus qu'une marionnette. Depuis trois mois, il lui avait fait subir toutes les avanies que son esprit pervers pouvait lui suggérer, mais maintenant il commençait à se lasser de son inertie. Il aurait aimé rencontrer en elle une certaine opposition. En résistant à ses avances, elle lui aurait permis d'exercer ses dons innés pour le sadisme.

— Il te plaît pas ? demanda-t-il en la regardant fixement. Il m'a pourtant coûté salement cher... Dis quelque chose, quoi ! Reste pas figée comme un mannequin ! Dis quelque chose !

Miss Blandish frissonna. Elle se leva, traversa la pièce, alla s'allonger sur le lit et se couvrit le visage avec ses mains.

Slim regarda son tableau. Maintenant, il lui faisait horreur.

— Ça m'a coûté cent dollars, dit-il rageusement, mais j'en ai rien à foutre. S'il te plaît pas, dis-le ! Je t'achèterai autre chose !

Brusquement, il planta son couteau dans la toile, qu'il lacéra et taillada en jurant comme un forcené.

— Comme ça, tu l'auras pas ! rugit-il en lançant le tableau mutilé à l'autre bout de la pièce. Je suis trop bon avec toi. Ça te ferait du bien, d'en baver un peu ! Les gens qu'ont pas souffert, ils apprécient jamais rien. (Il se leva et s'approcha du lit.) Tu m'entends ? Faut que tu souffres !

Miss Blandish était parfaitement immobile, les yeux clos. On aurait dit un cadavre.

Slim se pencha sur elle et lui appuya la pointe de sa lame sur la gorge.

— Je pourrais te tuer ! glapit-il. T'entends ? Je pourrais te tuer !

Elle ouvrit les yeux et le regarda. Une goutte de sang perlait sur sa peau blanche, à l'endroit où le couteau l'avait piquée. Slim se détourna, écœuré par son regard vitreux et ses pupilles dilatées. A quoi bon se leurrer ? Cette fille ne lui appartenait pas. Ce n'était pas une femme, ça... rien qu'un corps sans vie. Ses pensées s'orientèrent vers M'man et Doc. Tout ça, c'était leur faute, songeait-il en tripotant nerveusement son couteau. Ils lui avaient gâché son plaisir. De la merveilleuse fée du livre d'images, ils avaient fait ce cadavre ambulant...

Il retourna au salon en marmonnant entre ses dents et alluma la télévision. Quelques secondes plus tard, il était obnubilé par le spectacle d'un homme et d'une femme s'embrassant passionnément.

Parmi les clients dont le flot régulier déferlait dans le vestibule, se trouvait un petit homme massif dont le smoking était assez mal coupé.

Eddie, qui flânait près du vestiaire, le regarda avec méfiance ; il trouva qu'il avait l'air d'un flic. Dès que le petit homme entra dans la salle, Eddie s'approcha du portier, un malabar du nom de Mac.

— Qui c'est, ce coco-là ? demanda Eddie. Il a une gueule de flic.

— Il est déjà venu, répondit Mac. C'est M. Williams qui l'a amené. M. Williams a dit que s'il revenait tout seul, il fallait le laisser entrer.

Harry Williams était un des meilleurs clients du Club. Eddie estima néanmoins qu'il valait mieux en toucher un mot à M'man.

Il la trouva dans son bureau, plongée comme d'habitude dans un monceau de paperasses.

— Qu'est-ce qu'il y a ? demanda-t-elle. Je suis occupée.

— Il vient d'arriver un mec qu'a une touche de poulaga, répondit Eddie. Sur le registre, il a signé « Jay Doyle ». Mac m'apprend qu'il est déjà venu avec Harry Williams.

— C'est pas à moi qu'il faut dire ça, répliqua M'man d'un ton impatienté. Préviens les autres. Sois pas aussi empoté, bon Dieu ! Tu sais ce que t'as à faire. Assure-toi qu'il ne va pas dans la salle de jeu ni au premier.

Eddie regagna en hâte le restaurant. Il y arriva au moment où le chef d'orchestre annonçait la première partie du programme. Eddie repéra Doyle, assis tout seul dans un coin sombre. N'apercevant Flynn nulle part, il décida de surveiller Doyle lui-même.

— Eh bien, mesdames et messieurs, annonçait le chef d'orchestre, voici le moment que vous attendiez tous. Une fois de plus, Miss Anna Borg va nous interpréter une nouvelle danse, une danse un peu... osée... si j'ose dire. Un triple ban pour Miss Borg, s'il vous plaît !

Les applaudissements crépitèrent tandis que le batteur faisait entendre un roulement de tambour, et les lumières s'éteignirent. Le pinceau blanc d'un projecteur vint se poser au milieu de la piste de danse, et, surgissant de l'obscurité, Anna apparut.

Eddie sourit. Il avait eu du nez, le jour où il s'était mis à la colle avec Anna. Au début, il en avait bavé. Il avait fallu l'entretenir, lui faire répéter son numéro, mais maintenant il rentrait dans ses frais. M'man elle-même reconnaissait qu'Anna était la meilleure attraction du Club.

Anna s'avança dans le cône de lumière du projecteur. Elle portait un fourreau de lamé or, fermé devant par une fermeture Eclair. L'orchestre attaqua le vieux succès *C'est mon homme*. Anna avait une voix forte qui portait bien. Tout en chantant, elle fit glisser lentement sa fermeture Eclair, et tout d'un coup elle émergea de sa robe, qu'elle jeta à un comparse qui la dévorait des yeux en lançant des clins d'œil complices à l'assistance.

Vêtue seulement d'un soutien-gorge blanc et d'un slip, elle continua à chanter, mais les spectateurs se souciaient peu de sa chanson : ils se rinçaient l'œil, hypnotisés par ses contorsions.

A la fin du premier couplet, elle ôta son soutien-gorge, et à la fin du second, son slip. Elle ne portait plus qu'un cache-sexe microscopique et se mit à évoluer entre les tables, suivie par le projecteur.

« Elle est du tonnerre », se dit Eddie en la regardant saluer et envoyer des baisers au public à la fin de sa chanson. Les clients étaient aux anges. Elle avait remis sa robe et les lumières s'étaient rallumées.

Eddie jeta un coup d'œil sur l'endroit où était assis Doyle et se pétrifia. Profitant de l'obscurité, Doyle avait disparu.

IV

Fenner prenait son café matinal lorsqu'on sonna à sa porte. Il alla ouvrir en se demandant qui pouvait lui rendre visite d'aussi bonne heure.

Un petit homme râblé lui sourit amicalement.

— Je m'appelle Jay Doyle, annonça-t-il. Je suis de la police municipale. Je vous réveille ?

— Entrez donc, dit Fenner. J'étais en train de prendre mon café.

— C'est le commissaire qui m'a dit de passer vous voir, expliqua Doyle en lançant son chapeau sur une chaise et en s'asseyant. Il paraît que maintenant, c'est vous qui représentez Blandish.

Fenner lui versa une tasse de café.

— Il paraît. Du sucre ?

— Non, merci. (Doyle alluma une cigarette.) Ça fait deux mois que je file le train à la fille Borg. Il y avait une petite chance pour que Riley essaye d'entrer en contact avec elle, mais le commissaire estime que je perds mon temps. A dater d'aujourd'hui, j'abandonne donc ma filature. Je vous ai

apporté les copies de mes rapports journaliers. Je doute que
vous y trouviez des éléments intéressants, mais on ne sait
jamais.

Il tira de sa poche une épaisse enveloppe qu'il remit à
Fenner.

— Je me propose d'aller voir cette fille ce matin, annonça
Fenner. C'est le seul chaînon qui me rattache à Riley. Je
n'arrive pas à croire qu'il l'ait plaquée comme ça. Il a tout de
même dû lui dire deux mots avant de disparaître.

— Vous perdez votre temps, assura Doyle. Nous l'avons
amenée au commissariat et nous l'avons interrogée pendant
des heures. Riley l'a bel et bien laissée tomber. D'ailleurs, le
fait qu'elle se soit collée avec Eddie Schultz le prouve. Si elle
avait cru pouvoir aider Riley à dépenser la rançon de
Blandish, elle n'aurait même pas regardé Schultz.

— Ma foi, je vais quand même lui parler. A part elle, je
n'ai pas l'ombre d'une piste.

— Faites gaffe, dit Doyle. Quand vous irez la voir, assu-
rez-vous que Schultz est sorti. Ce type-là est dangereux.

— Je ferai gaffe.

— Hier soir, j'étais au Paradise Club, ajouta Doyle. J'ai
pensé qu'avant de laisser tomber ma filature, il fallait que je
voie à quoi ressemblait le numéro de cette fille. Eh bien,
c'est drôlement bon. M'est avis qu'elle ne va pas rester
longtemps avec Schultz. Avec le talent qu'elle a, elle finira à
Broadway.

— Ça m'épate qu'une bande de malfrats comme le gang
Grisson ait ouvert un cabaret. Schulberg a dû tomber sur le
gros paquet.

— Oui... Je connaissais le Club, du temps où c'était Rocco
qui le dirigeait. Je voudrais que vous le voyiez aujourd'hui.
Et toutes ces gouapes portent smoking, maintenant, sauf
Slim. Lui, il n'a pas changé.

Fenner fit la grimace.

— S'il y a jamais eu une ordure intégrale, c'est bien ce
gars-là.

— Ça, d'accord. (Doyle eut un sourire embarrassé.) Il m'a flanqué une trouille de tous les diables, hier soir. Pendant que la fille Borg faisait son numéro, je me suis dit qu'il ne serait peut-être pas mauvais d'examiner le Club d'un peu plus près. L'occasion s'est présentée lorsqu'ils ont éteint les lumières. Je voulais jeter un coup d'œil au premier. La fille du vestiaire surveillait l'escalier, mais j'ai eu un coup de pot. Deux types se sont amenés et ont déposé leurs chapeaux au vestiaire. L'un d'eux a fait tomber la coupe dans laquelle la petite met ses pourboires et toute la monnaie s'est répandue derrière le comptoir. La fille et les deux gars se sont mis à quatre pattes pour les ramasser, et j'en ai profité pour foncer dans l'escalier. Au premier étage, il y a sept portes. Six d'entre elles donnent sur des chambres à coucher. La septième, au fond du couloir, a une serrure et un verrou extérieur, ce qui m'a paru bizarre. Pourquoi un verrou extérieur ? On entendait marcher la télévision, et la porte était fermée de l'intérieur. Je n'avais guère eu le temps d'examiner les lieux lorsque le numéro de la fille Borg a pris fin. Juste au moment où j'arrivais à l'escalier, j'ai entendu du bruit derrière moi et je me suis retourné. La porte du fond était ouverte, et Slim se tenait sur le seuil, un couteau à la main. Je vous jure que ce spectacle a fait grimper ma tension. Je ne me suis pas attardé pour assister aux événements. J'ai descendu l'escalier quatre à quatre. La fille du vestiaire m'a regardé comme si j'étais un fantôme, mais je ne me suis pas arrêté. En arrivant à la porte, j'ai entendu beugler. C'était Schultz qui me courait après. Le gorille qui exerce les fonctions de portier a essayé de me retenir, mais je lui ai collé mon poing dans la figure, j'ai ouvert la porte, et j'ai pris mes jambes à mon cou. Schultz m'a suivi jusqu'à la rue, mais là, il a abandonné la poursuite.

— Je regrette de ne pas avoir assisté à ça, dit Fenner en souriant. Si je comprends bien, la mère Grisson tient un bordel au premier étage. Vous avez raconté ça à Brennan ?

— Bien sûr, mais nous ne pouvons rien faire. Presque tous

les membres du Club sont des gros pontes qui ont énormément d'influence. Jamais nous n'obtiendrons un mandat de perquisition. De plus, cette boîte est un véritable blockhaus. La porte d'entrée est en acier et les fenêtres sont fermées par des volets blindés.

— Aucune idée de ce qui se passe dans la pièce fermée à clé ?

— Aucune. Je vous laisse le soin de le deviner.

— Où puis-je trouver la fille Borg ?

— Elle habite avec Schultz, dans un appartement de Malvern Court, dit Doyle. Dernier étage. Mais soyez prudent. Ne vous amenez pas pendant que Schultz s'y trouve.

Après le départ de Doyle, Fenner consacra une heure à la lecture des rapports que celui-ci lui avait apportés. Il n'apprit pas grand-chose, si ce n'est que Schultz sortait toujours de chez lui à onze heures du matin pour se rendre au Club. Anna sortait à une heure et déjeunait au Club.

Fenner appela Paula au bureau.

— Je viendrai après le déjeuner, lui annonça-t-il. Maintenant, je vais voir la fille Borg. Pas de commissions pour moi ?

— M. Blandish a téléphoné. Il voulait savoir s'il y avait du nouveau.

— Je vais l'appeler de chez moi. Rien d'autre ?

— Il est venu une grosse mémère qui voulait que tu lui retrouves son chien. Je lui ai dit que tu étais allergique aux chiens. C'est exact, n'est-ce pas ?

— Ça dépend. Elle était riche ?

— Bien sûr que non.

Après un silence, Paula reprit :

— Je voudrais bien que tu sois aussi allergique aux effeuilleuses !

— Je le serai peut-être, quand j'aurai vu cette effeuilleuse-là, répliqua Fenner.

Il raccrocha et appela Blandish.

— Je persiste à croire qu'Anna Borg pourrait nous en

apprendre, dit-il lorsqu'il eut Blandish au bout du fil. Tout dépendra de la façon dont je m'y prendrai avec elle. Les flics l'ont cuisinée pendant des heures sans rien en tirer. Je vais essayer de la faire parler à coups de dollars. Vous avez dit que l'argent n'entrait pas en ligne de compte. Ça tient toujours ?

— Evidemment, répondit Blandish. Qu'est-ce que vous comptez faire ?

— J'envisageais de lui promettre que vous la feriez démarrer à Broadway, si elle nous fournissait un renseignement susceptible de nous conduire à Riley.

— Essayez.

— Je vous rappellerai, dit Fenner et il raccrocha.

v

Eddie Schultz émergea brusquement d'un sommeil profond. Le soleil brillait entre les lattes du store et Eddie cligna des yeux, jura et jeta un coup d'œil au réveil posé sur la table de chevet. Il n'était pas loin de dix heures.

Anna dormait à côté de lui. Elle ronflait légèrement et Eddie lui lança un regard noir.

Il se leva et chercha ses cigarettes. Il avait mal au crâne et se sentait affreusement mal fichu. Il alluma une cigarette et passa au salon, où il se versa une généreuse rasade de whisky qu'il avala d'un trait.

L'alcool causa une sorte d'explosion dans son estomac. Il grogna, mais la réaction du whisky sur son organisme délabré le revigora un peu. Son cerveau engourdi par le sommeil se remit à fonctionner normalement.

Il se rappela le flic de la nuit précédente. M'man avait failli avoir une attaque lorsque Slim lui avait dit que le flic était monté au premier. Eddie fit la grimace. M'man avait raison, évidemment. Il s'était montré négligent ; mais, après tout, qu'est-ce que le flic avait découvert ? Rien. C'est surtout Slim qui avait poussé les hauts cris. Pendant un instant atroce, Eddie avait eu la conviction que Slim allait le tuer. Si M'man n'avait pas été là, Slim lui aurait certainement planté son sacré couteau dans les tripes. Le souvenir de cette scène lui donna une sueur froide.

N'empêche que c'était la faute de M'man. Elle avait été assez bête pour laisser son dégénéré de fils garder la fille Blandish, elle n'avait qu'à prendre ses responsabilités si les choses tournaient mal.

Il regarda la chambre à coucher.

Anna était réveillée. Elle avait rejeté ses draps d'une ruade. Couchée sur le dos, elle contemplait le plafond. Elle portait une chemise de nuit en nylon transparent.

— Dis donc, t'es pas en train de faire ton numéro, bougonna Eddie en se dirigeant vers la salle de bains. Couvre-toi, t'es indécente.

Il revint au bout de dix minutes, douché et rasé. Anna était toujours couchée et elle continuait à regarder le plafond.

— Au lieu de jouer les cinglées évadées du boxon, grogna Eddie, tu ferais mieux de me préparer une tasse de café.

— Va la préparer toi-même, eh ! propre à rien ! (Anna se redressa brusquement.) Eddie, je commence à en avoir marre de cette vie. Bientôt je pourrai plus l'encaisser.

— Tu vas pas remettre ça, non ? Y a deux mois, tu cachais tes talents derrière des éventails bouffés aux mites, et ça te rapportait des haricots. Je me suis débrouillé pour que tu passes dans le meilleur cabaret de la ville. Tu te fais cent cinquante tickets par semaine et tu trouves le moyen de râler. Qu'est-ce qu'il te faut encore ? Plus de fric ?

— Je veux devenir une vedette, répliqua Anna.

Elle se leva et alla s'enfermer dans la salle de bains.

Eddie haussa les épaules et partit dans la cuisine faire le café. Il apporta la cafetière au salon, où Anna vint le rejoindre. Elle avait passé un peignoir et s'était coiffée. Elle remarqua immédiatement la bouteille de whisky qu'Eddie avait oublié de ranger.

— Tu peux pas passer dix minutes sans picoler, non ? demanda-t-elle. T'es en train de devenir alcoolique, ou quoi ?

— Oh ! la ferme ! grommela Eddie.

Ils burent leur café dans un silence pesant.

— Si je trouvais un mec pour me financer, déclara brusquement Anna, comment que je foutrais le camp de ce sale trou !

— Si je trouvais un mec pour me financer, rétorqua Eddie d'un ton sarcastique, j'en ferais autant. T'as pas bientôt fini de me courir, avec ton sacré talent ? Pourquoi tu veux pas voir les choses comme elles sont ? Des effeuilleuses comme toi, y en a treize à la douzaine. Te pousse pas du col, ma beauté.

— Vous, les hommes, vous êtes tous les mêmes, dit Anna avec accablement. Frankie était exactement comme toi. La seule chose qui vous intéresse, c'est mon anatomie. Vous ne m'aimez pas pour moi-même.

Eddie grogna.

— Du moment que le ragoût est bon, pourquoi chercher à savoir avec quoi on le fait ?

— Mais si j'étais laide, Eddie ? Tu me regarderais ? Non, évidemment pas. Et pourtant, ce serait quand même moi.

— Bon Dieu de bon Dieu ! On pourrait pas parler d'autre chose ? J'ai un mal de crâne à couper au couteau. T'es pas laide, non ? Alors à quoi ça rime, ces salades ?

— J'ai peur de la vieillesse. Avant que ça m'arrive, je veux avoir réussi. Je veux devenir quelqu'un. Je veux être une vedette, pas une petite effeuilleuse de quatre sous dans un bouiboui de province.

— Oh ! dis, écrase ! Tu me fous le bourdon. Tu te défends gentiment... tu pourrais pas te contenter de ça ?

— Qu'est-ce qui se passe au premier étage, au Club ? demanda brusquement Anna.

Eddie se figea et lui lança un regard aigu.

— Rien. Pourquoi ?

— Oh! si, il se passe des choses! Je suis pas aveugle. J'ai idée que Slim a une souris, là-haut. Qui c'est, cette fille, Eddie?

— T'es dingue! fit Eddie avec humeur. Slim s'intéresse pas aux gonzesses.

— J'ai vu Doc et M'man y monter. Qu'est-ce qui se passe?

— Rien! aboya Eddie. Boucle-la!

— Faut que je sois tombée sur la tête, pour m'être mise en ménage avec toi, dit rageusement Anna. Tout ce que tu sais dire, c'est : boucle-la!

— Tant que tu continueras à yoyoter, t'attends pas à ce que je te dise autre chose.

Il ragagna la chambre à coucher. C'était l'heure de partir au Club et il s'habilla.

Anna vint le rejoindre.

— Tu comptes rester encore longtemps dans la bande Grisson? s'enquit-elle. T'en as pas marre, de lécher les bottes de cette vieille salope?

— Tu vas pas remettre ça, non? rugit Eddie qui enfilait son veston. Je fous le camp. Tu m'as assez cassé les pieds pour aujourd'hui.

Anna ricana.

— Pauvre minable, va... Je me demande ce que j'ai bien pu te trouver! Sauve-toi, gigolo, t'as des godasses à lécher.

— Tu pourras pas dire que tu l'as pas cherché! vociféra Eddie. J'en ai ma claque, de ta grande gueule. Je vais te faire voir qui c'est qui commande, ici!

Il l'empoigna, la souleva de terre, et la plaqua sur le lit, à plat ventre. Il la maintint solidement d'un bras, releva peignoir et chemise de nuit, et se mit à lui administrer une fessée énergique et prolongée.

Anna rua et se débattit en poussant des hurlements stridents qui faisaient penser à un sifflet de locomotive. Eddie la corrigea si longuement qu'il en eut mal à la main et que les voisins se mirent à cogner aux murs.

Il laissa Anna en larmes se tortiller sur le lit et quitta l'appartement en claquant la porte.

Fenner, qui était assis dans sa voiture en face de l'immeuble, le vit sortir, rouge de colère. Il le regarda monter dans la Buick et s'éloigner.

Fenner descendit de voiture, pénétra dans l'immeuble et prit l'ascenseur pour le dernier étage.

Avant de sonner à la porte, il s'assura que son revolver était armé et glissait facilement dans son étui, puis il appuya son pouce sur le bouton.

Il sonna une seconde fois. Personne ne vint lui ouvrir. Fenner fronça les sourcils. Il était sûr que la jeune femme était chez elle. Pourquoi n'ouvrait-elle pas ? Il appuya une troisième fois son pouce sur le bouton de la sonnette et l'y laissa.

Deux minutes plus tard, la porte s'ouvrit à la volée. Les traits déformés par la rage et la souffrance, Anna le dévisagea avec fureur.

— Non, mais qu'est-ce que vous croyez ? C'est pas un poste d'incendie, ici ! glapit-elle. Foutez le camp !

Elle essaya de lui claquer la porte au nez, mais Fenner l'avait déjà bloquée avec son pied.

— Miss Borg ?

— Je reçois personne ! Du vent !

— Mais je viens de la part de Spewack, Anderson et Hart, mentit Fenner. Vous accepterez bien de me recevoir ?

Le nom des célèbres imprésarios de Broadway calma Anna. Elle ouvrit des yeux ronds.

— C'est une blague ? demanda-t-elle d'un ton soupçonneux.

— Pourquoi voulez-vous que je vous fasse une blague ? demanda Fenner d'une voix suave. Spewack a vu votre numéro hier soir. Il en a touché deux mots à Anderson, et si Anderson adressait encore la parole à Hart, vous pouvez parier votre chemise qu'il lui en aurait parlé. J'ai une proposition à vous faire, Miss Borg.

— Si c'est une plaisanterie... commença Anna qui s'arrêta brusquement.

Et si c'était vrai ? Si Spewack, Anderson et Hart s'intéressaient réellement à elle ?

— Si vous ne voulez pas qu'on en parle, je n'y vois pas d'inconvénient, dit Fenner en reculant d'un pas, mais permettez-moi de vous dire, mon petit, que dans cette ville, il y a huit cents strip-teaseuses qui donneraient leur cache-sexe pour être à votre place.

Anna n'hésita plus. Elle ouvrit la porte toute grande.

— Bon, entrez...

Elle le conduisit au salon en songeant qu'elle étriperait Eddie avec plaisir. Elle avait eu le temps de faire l'inventaire des dommages qu'il lui avait infligés. Et si Spewack, Anderson et Hart lui demandaient de passer une audition ? Si ce type voulait qu'elle saute dans un taxi pour aller présenter immédiatement son numéro ? Comment allait-elle faire, avec tous ces bleus ?

— Ça vous intéresserait-il de travailler à New York, Miss Borg ? demanda Fenner en choisissant pour s'y asseoir le siège le plus confortable. A moins que vous n'ayez déjà des engagements fermes ici ?

Les yeux d'Anna s'ouvrirent tout grands.

— A New York ? Oh ! dites donc, qu'est-ce que ça me plairait ! Non, j'ai pas d'engagement.

— Vous n'êtes pas sous contrat avec le Paradise Club ?

— Non, c'est un arrangement à la semaine.

— Parfait, parfait. Asseyez-vous. Miss Borg, mettez-vous à l'aise. L'histoire que je vais vous raconter ressemble à un conte de fées.

Anna s'assit sans réfléchir, mais se releva instantanément en poussant un gémissement de douleur.

— Vous vous êtes assise sur une épingle ? demanda Fenner avec sollicitude.

— C'est bon pour ma ligne, de rester debout, répondit

Anna en se forçant à sourire. Dans mon métier, on est forcé de surveiller sa ligne.

— Détendez-vous, mon petit. C'est moi qui vais la surveiller, votre ligne, et croyez-moi, ce sera un plaisir.

— Dites donc, mon petit monsieur, si c'est pour rigoler...

— Ce n'est pas pour rigoler, Miss Borg, dit Fenner d'un ton apaisant. Nous avons un client qui a plus d'argent que de bon sens. Il veut financer une revue musicale à Broadway, ce qui prouve bien qu'il est complètement cinglé, mais ce n'est quand même pas à nous de le décourager. Il a déjà trouvé le livret et les partitions, mais maintenant, il lui faut une vedette. Il tient absolument à ce que nous lui en trouvions une ici. C'est à Kansas City qu'il a fait fortune et c'est un sentimental. Il veut procurer à une personne de la ville l'occasion de devenir une grande vedette. Nous n'en avons trouvé aucune qui vous vaille. Voulez-vous profiter de l'occasion ?

Anna écarquilla les yeux.

— Si je veux ? Vous voulez vraiment dire que je vais être une vedette de Broadway ?

— Ça ne dépend que de vous. Spewack n'a qu'un coup de téléphone à donner à notre client et à lui parler de vous, et l'affaire est dans le sac.

— Oh ! dites donc ! C'est trop beau pour être vrai !

— Je vous avais prévenue que ça ressemblait à un conte de fées, dit négligemment Fenner. Un an à Broadway, et ensuite, Hollywood. Vous avez un bel avenir devant vous.

— Quand est-ce qu'on signe le contrat ? s'enquit Anna qui se voyait déjà en train de faire sa valise et de plaquer Eddie. Quand est-ce que je vais le voir, votre M. Spewack ?

— Je vous apporterai un contrat à signer cet après-midi, et demain, à cette heure-ci, vous déjeunerez à New York avec M. Spewack.

— Vous êtes bien sûr que c'est vraiment moi qu'il veut, votre client ? demanda Anna avec une soudaine nervosité. Je croyais que vous aviez dit qu'il fallait d'abord que M. Spewack lui téléphone ?

— Je suis heureux que vous me parliez de ça, dit Fenner en allumant une cigarette. J'allais justement y venir. Avant que nous ne prévenions notre client, il y a un petit détail à régler. Vous nous plaisez beaucoup, Miss Borg, mais pour être tout à fait franc, je dois vous dire que nous aimons beaucoup moins vos relations.

Anna se raidit.

— Qu'est-ce que vous voulez dire ?

— Eh bien !... les hommes que vous fréquentez n'appartiennent pas exactement à la crème de la société, n'est-ce pas ? Eddie Schultz, par exemple... On va beaucoup parler de vous, Miss Borg, dès qu'on apprendra que vous êtes la future vedette de cette revue. Nous devons nous assurer qu'on en parlera en bien.

Anna commençait à avoir l'air inquiet.

— Je suis pas mariée avec mes amis... Une fois à Broadway, pas question de les revoir.

— Je suis enchanté de l'apprendre, mais il n'y a pas si longtemps, vous fréquentiez le célèbre Frankie Riley, et on parle énormément de lui, ces temps-ci. Les journalistes feront certainement le rapprochement. Si un détail de ce genre paraissait en première page, la revue risquerait fort de ne pas s'en relever.

Anna en fut malade de déception.

— Mais je... je le connaissais à peine, Riley, balbutia-t-elle. On me l'a présenté, c'est tout... vous savez comment ça se passe...

— Ecoutez, Miss Borg, il faut être franche avec moi. On n'entretient pas des relations aussi suivies que celles que vous aviez avec Riley par hasard. J'ai dû prendre certains renseignements sur vous. Ne croyez surtout pas que ça m'amuse de fourrer mon nez dans votre vie privée, mais si nous devons faire de vous une vedette, il faut à tout prix éviter le scandale. Si je ne me trompe, vous étiez... très intime avec Riley.

Anna eut un geste de découragement :

— Alors, pourquoi êtes-vous venu me donner de faux espoirs ? Je savais bien que c'était une blague ! C'était trop beau pour être vrai.

— Hé là ! fit Fenner. Ne vous désespérez pas si vite ! On finit toujours par trouver une solution à tous les problèmes. Le tout, c'est de bien réfléchir. Maintenant, écoutez-moi, Miss Borg. Nous ne pouvons pas dissimuler le fait que vous avez fréquenté le milieu. C'est impossible. Alors, qu'est-ce que nous allons faire ? S'arranger pour que ça nous rapporte, au lieu de nous nuire. On prétend que tout le monde adore les amoureux. Moi, je peux vous dire qu'il y a quelque chose que les gens adorent encore plus que les amoureux : ce sont les pécheresses repenties. Et c'est ce que vous allez devenir. Nous fournirons à la presse une histoire terriblement attendrissante. Nous raconterons que vous êtes partie de rien, que vous êtes tombée amoureuse de Riley sans savoir qu'il était un bandit, nous dirons vos efforts désespérés pour le remettre dans le droit chemin quand vous vous êtes rendu compte de sa vraie nature, et enfin que vous avez perdu toute confiance en lui lorsqu'il a kidnappé la fille Blandish. Vous voyez le topo ? Depuis le jour où Riley est sorti de votre vie, vous avez essayé d'échapper à votre milieu sordide, mais Eddie Schultz vous en a empêchée. Il vous a obligée à vivre avec lui. Et puis, voilà cette occasion inespérée de jouer à Broadway, et vous l'avez empoignée à deux mains. La pègre de Kansas City appartient désormais au passé. Vous êtes une pécheresse repentie.

Anna ne trouvait pas cette histoire très convaincante.

— Vous croyez vraiment que ça prendra ? demanda-t-elle d'un air dubitatif.

— Si ça ne prend pas, mon petit, vous êtes fichue, répondit Fenner en hochant la tête.

Anna s'appuya à la cheminée. Elle aurait voulu pouvoir s'asseoir. Elle éprouvait une sensation de vide à l'intérieur et ne se faisait plus d'illusions : cette histoire de Broadway ne serait en fin de compte qu'un mirage.

— Comment allez-vous leur faire gober ça ? demanda-t-elle. Ah ! les journalistes ? Comme je les hais ! Ils espionnent, ils fouinent partout, ils déterrent tous les ragots, et quand ils croient qu'ils tiennent un article, ils vous collent après comme des sangsues. Ils se foutent éperdument du mal qu'ils font, du tort qu'ils causent, et de tous les cœurs qu'ils brisent, pourvu qu'ils puissent vendre leur salade. Je les déteste tous tant qu'ils sont, ces salauds !

Fenner jugea inutile de lui confier qu'il avait commencé sa carrière comme journaliste. Elle lui ficherait probablement une balle dans la peau.

— Je vais vous dire comment nous pourrions les convaincre, déclara-t-il. Bon Dieu ! Quel boum ça ferait ! On ne parlerait plus que de vous dans tous les journaux du pays, et en bien, cette fois !

— Qu'est-ce que vous racontez ? grogna Anna.

— Ecoutez... supposons qu'on retrouve la fille Blandish grâce à vous. Vous vous rendez compte ? Vous vous imaginez ce que ça représenterait pour vous ? La télévision, la radio, les interviews, votre photo dans tous les journaux, Blandish vous versant une récompense, et votre nom à Broadway, en lettres de feu de deux mètres de haut !

— Vous êtes soûl ? s'enquit Anna, dont le visage s'était durci. Je sais rien sur la fille Blandish, moi. Où vous avez été chercher ça ?

— Vous connaissiez Riley. Vous possédez peut-être le seul indice qui puisse conduire jusqu'à lui.

Le regard d'Anna devint mauvais.

— Et puis quoi encore ? Frankie m'a peut-être plaquée, mais je le vendrai jamais aux poulets. Pour qui vous me prenez ? Une donneuse ?

Fenner haussa les épaules et se leva.

— Si c'est l'idée que vous vous faites d'une pécheresse repentie, Miss Borg, je perds mon temps. Eh bien, je suis enchanté d'avoir fait votre connaissance. Il va falloir que je dise à M. Spewack de chercher sa vedette locale ailleurs.

— Attendez une minute, dit vivement Anna. Si je savais quelque chose, je vous le dirais, mais je ne sais rien.

— Quand avez-vous vu Riley pour la dernière fois ? demanda Fenner.

— Le matin du kidnapping. Bailey lui a téléphoné pour lui parler du collier. Frankie m'a dit qu'il allait l'alpaguer.

— Est-ce qu'il a parlé d'enlever la jeune fille ?

— Non.

— Donc, vous n'avez plus entendu parler de Riley après son départ, le matin du rapt ?

Anna hésita.

— Eh ben... si. Il m'a téléphoné de la baraque de Johnny Frisk.

Fenner prit une profonde inspiration. Enfin ! Ça y était ! La nouvelle piste, l'indice qu'elle avait caché à la police !

— Johnny Frisk ? Le vieux poivrot qui habite près du carrefour du Grand Chêne ?

— C'est ça. (Anna se figea brusquement.) Comment ça se fait que vous le connaissiez ?

— Je connais un tas de gens, répondit Fenner. Ainsi, Riley est allé là-bas ? Et vous n'avez pas parlé de ça à la police ?

Anna l'observait avec suspicion.

— Dites donc, qui êtes-vous ? lui demanda-t-elle. C'était une blague, hein ? Vous êtes un flic ?

Un bruit leur fit tourner la tête. On venait d'ouvrir la porte d'entrée. Un pas rapide se fit entendre, et la porte du salon s'ouvrit brusquement.

Eddie Schultz entra dans la pièce.

— J'ai oublié mon portefeuille... commença-t-il, puis il aperçut Fenner.

— Excusez-moi, mon vieux, fit tranquillement Fenner, qui décocha un crochet du droit qui atteignit Eddie à la pointe du menton.

Eddie s'écroula, comme foudroyé.

Anna fonça dans la chambre à coucher ; mais quand elle reparut en brandissant son revolver, Fenner s'était éclipsé.

Eddie se redressa lentement en se tâtant le menton. Il regarda Anna et se remit péniblement sur ses pieds.

— Qu'est-ce qui se passe ? balbutia-t-il. Merde ! Il a failli me casser la mâchoire, le salaud ! Qu'est-ce qu'il foutait ici, ce fumier de journaliste ?

Anna le regarda avec horreur.

— Un journaliste ? glapit-elle.

A la vue de son visage bouleversé, Eddie frissonna ; il eut le terrible pressentiment que son avenir n'allait pas tarder à lui claquer entre les doigts.

VI

M'man Grisson, un plateau bien garni posé sur son bureau, achevait de déjeuner lorsque le téléphone sonna.

Doc Williams, qui ne mangeait rien, mais lui tenait compagnie en buvant, décrocha.

— C'est Eddie... (Eddie Schultz parlait d'une voix constipée.) M'man est là ?

Doc tendit le combiné à M'man.

— Eddie.

Elle prit l'appareil et s'essuya la bouche d'un revers de main.

— Qu'est-ce qui se passe ?

— Ça va mal, M'man. Vous vous rappelez Dave Fenner, le reporter de la *Tribune* ? Il est venu à la maison pendant que j'étais sorti et il a baratiné Anna. Il a prétendu qu'il la ferait chanter à Broadway si elle lui refilait un tuyau sur le kidnapping Blandish. Anna lui a raconté que la dernière fois qu'elle avait parlé à Riley, il était chez Johnny, et Fenner a foutu le camp comme un pet sur une toile cirée.

— Quoi ? rugit M'man, dont le visage sanguin virait à l'écarlate. Je le connais, ce salaud-là. Il va cogner Johnny, et le bonhomme finira par s'allonger. J'ai toujours dit qu'on aurait dû le descendre, ce vieux pochard !

— C'est bien pour ça que je vous appelle, M'man. (Eddie

paraissait très secoué.) Dites, M'man... on peut pas en vouloir à Anna. Elle ignorait ce que nous savons.

— Amène-toi !

— C'est qu'il m'a à moitié démoli la mâchoire, ce salaud-là. Je me sens vachement pas bien. Vaudrait peut-être mieux que vous envoyiez Flynn...

— Ne me dis pas ce que je dois faire ! aboya M'man et elle raccrocha brutalement.

Doc était livide. Il regarda M'man d'un air affolé.

— Restez pas planté comme un vieil épouvantail ! lui jeta M'man. Allez me chercher Flynn, Woppy et Slim ! Grouillez-vous !

Doc sortit précipitamment.

Quelques minutes plus tard, Flynn et Woppy firent leur entrée. Tous deux avaient l'air inquiets. Un instant après, Doc revint avec Slim, qui se grattait la tête et bâillait.

— Ecoutez-moi bien, commença M'man. Y a de l'eau dans le gaz. La morue d'Eddie a parlé de Johnny à un journaliste, qui est probablement parti aussi sec voir le vieux. S'il le bouscule un peu, ce poivrot va dégoiser tout ce qu'il sait. Vous trois, vous allez filer là-bas et rectifier Johnny. Ça devrait être fait depuis longtemps. Si vous trouvez le journaliste, descendez-le aussi. Vous enterrerez les corps. Allez, foncez !

— Ça fait un trajet de quatre heures en bagnole, grommela Flynn. Vous êtes sûre...

— Vous avez entendu ce que je vous ai dit, oui ? rugit M'man qui jaillit de son fauteuil en assenant un coup de poing sur le bureau. Et appuyez sur le champignon ! Faut que vous soyez là-bas avant Fenner !

— Moi, j'y vais pas, annonça Slim. Ça m'emmerde, ce turbin. Moi, y a d'autres choses qui m'occupent.

M'man fit le tour du bureau. Elle était dans une telle fureur que Slim lui-même battit en retraite.

— Si, t'y vas ! Tu deviens une vraie lope ! Si tu fermes pas la gueule de ce vieux poivrot, tu peux lui dire adieu, à ton joujou. T'as pigé ? Et maintenant, foutez-moi le camp, tous !

En ronchonnant, Slim sortit avec Flynn et Woppy.

— C'est si grave que ça. M'man ? demanda Doc d'une voix dolente.

La tête lui tournait et il regrettait d'avoir bu ce dernier verre.

— Ah ! les femmes ! Les femmes ! gronda M'man en frappant du poing sur le bureau. Toujours la même histoire ! Barker... Karpis... Dillinger... ils ont tous fini de la même façon, à cause d'une femme ! Tous mes plans risquent de s'écrouler parce qu'il a fallu qu'une poufiasse ouvre sa grande gueule !

Tandis que Woppy et Slim se hâtaient vers la sortie, Flynn, qui devait sortir ce soir-là avec Maisey, s'arrêta un instant près de celle-ci. Elle était en train de ranger le comptoir du vestiaire.

— On a du boulot, poupée, annonça-t-il. Pour notre rencard, c'est cuit. Si je suis rentré pour neuf heures, j'aurai de la veine.

Il courut rejoindre les autres, qui montaient dans la Dodge.

Maisey haussa les épaules. Elle ne regrettait pas l'annulation du rendez-vous. Les sorties avec Flynn, ce n'était pas marrant. Il ne pouvait pas laisser ses mains tranquilles une minute.

Elle enfila son manteau. C'était l'heure du déjeuner et elle avait faim. Sur le perron, elle fit un signe de tête à Mac, le portier.

— A ce soir, Mac. Je serai là vers neuf heures. Je vais manger un morceau, c'est bon pour ma ligne.

Mac la regarda en souriant descendre les quelques marches qui menaient à la cour.

Maisey déjeunait toujours au même endroit. On y servait les meilleurs hamburgers de la ville et ce n'était pas loin du Club.

Rocco était au courant de ses habitudes, et comme il se

trouvait dans les parages du restaurant, il décida d'y déjeuner. En s'y prenant bien, il arriverait peut-être à soutirer quelques renseignements à la petite. Elle avait l'air passablement cruche, mais elle laisserait peut-être échapper un tuyau qu'il pourrait utiliser contre M'man.

Il trouva Maisey assise dans un coin ; elle étudiait soigneusement le menu.

— Bonjour, beauté, dit-il. Vous me permettez de vous offrir à déjeuner ?

Maisey leva les yeux et sourit. Elle savait que Rocco était l'ancien propriétaire du Paradise Club, et elle était flattée de l'intérêt qu'il lui témoignait.

— Y a rien à redire, fit-elle. Ça fait toujours plaisir d'avoir de la compagnie.

Rocco prit une chaise et s'assit. Ses jambes lui faisaient mal et il avait les pieds douloureux. Sa matinée avait été chargée, mais il était libre pour le restant de la journée.

Il commanda le menu spécial, agrémenté d'une salade de crabe pour Maisey.

— Alors, mon chou, comment ça marche, au Club ? demanda-t-il. Les affaires vont bien ?

— Et comment ! répondit Maisey. Qu'est-ce qu'ils doivent engranger, comme pognon ! (Elle soupira.) Je voudrais bien en voir un peu la couleur. Moi, je gratte pour trente malheureux dollars, plus mes pourboires, et il faut que je fournisse mon uniforme.

— J'aurais cru que vous gagniez plus que ça. Avec une silhouette comme la vôtre, vous vous défendriez mieux dans un burlesque.

Maisey prit un air outragé.

— J'aimerais mieux crever que de mettre les pieds dans une boîte comme ça. Permettez-moi de vous dire que c'est pas du tout mon genre.

— Excusez-moi, dit Rocco, on peut se tromper.

Le déjeuner arriva et, pendant quelques minutes, ils mangèrent en silence. Rocco observait discrètement la jeune

femme, en se demandant de quelle façon il allait l'attaquer.
Il en arriva à la conclusion déprimante que l'argent était la
seule chose susceptible de l'intéresser.

Lorsque Maisey eut terminé son repas, elle s'adossa à sa
chaise avec un soupir de satisfaction.

— C'était rudement bon. Merci, vous êtes chic.

— Ça, faut reconnaître que je suis pas radin, dit modeste-
ment Rocco. Dites, mon chou, ça vous plairait de palper
trente tickets ?

Maisey le regarda avec méfiance.

— En quoi faisant ?

Il lui tapota la main.

— Pas ce que vous croyez. Il s'agit uniquement d'affaires.
Voulez-vous venir un instant chez moi ? Je vous expliquerai
ça.

— Non, merci, répondit fermement Maisey. Ce coup-là,
on me l'a déjà fait.

Rocco fit semblant d'être vexé.

— Vous m'avez mal compris, mon petit. J'aurais aimé
vous parler d'un projet qui vous permettrait de gagner
trente dollars par semaine, mais si ça ne vous intéresse pas...

— Trente dollars par semaine ? (Maisey se redressa.)
Qu'est-ce qui nous empêche de discuter de ça ici, tout de
suite ?

Rocco secoua négativement la tête et se leva.

— C'est strictement confidentiel, mais n'en parlons plus.
Je trouverai une autre mignonne, qui fera moins de chichis
que vous.

Il fit signe au garçon et régla l'addition avec des billets
tirés d'une grosse liasse, en s'arrangeant pour que Maisey la
remarque. Lorsqu'il remit la liasse dans sa poche, Maisey la
regarda avec convoitise.

— Eh bien, dit-il, je vous remercie de m'avoir tenu
compagnie. A un de ces jours.

— Hé ! là ! Soyez pas si pressé. Je pourrais peut-être
changer d'avis. Où vous habitez ?

— A deux pas d'ici, juste au coin de la rue.

Maisey hésita, puis finit par se lever.

— C'est quand même terrible, les risques qu'on est forcées de prendre pour gagner un peu de fric, nous autres pauvres femmes. Bon, eh bien, d'accord, mais souvenez-vous... pas question de zizi-panpan, hein ?

— C'est une idée qui ne m'est jamais venue à l'esprit, assura Rocco avec la plus parfaite mauvaise foi.

Il occupait un petit logement très pratique, situé au troisième étage au-dessus d'un garage, et doté d'une entrée dérobée donnant sur une cour servant de parking.

Maisey fut surprise en entrant : le grand studio était décoré et entretenu avec beaucoup de goût. Les meubles étaient en chêne clair et quelques carpettes formaient des îlots de couleur sur le paquet ciré. Les fauteuils étaient profonds et confortables. Quant au divan, il était si vaste que quatre personnes y auraient couché à l'aise, cinq en se serrant un peu.

Maisey resta bouche bée devant le divan.

— C'est pas un peu ambitieux, pour un petit homme comme vous ? demanda-t-elle à Rocco qui l'aidait à retirer son manteau. Vous devez vous sentir perdu, dans ce désert.

— Si vous saviez tout ce qui se passe dans ce lit, vous seriez épatée, répondit Rocco en clignant de l'œil. Moi, j'aime avoir de la place pour manœuvrer.

— Ça, vous pouvez le dire, fit Maisey d'un ton admiratif ; et elle gloussa.

Tandis qu'elle faisait le tour de la pièce en examinant les bibelots, Rocco prépara deux whiskys bien tassés.

— Venez vous asseoir, mon chou, dit-il. Nous avons à parler affaires, tous les deux.

Maisey s'installa dans un des fauteuils-club. Il était si profond qu'elle avait les genoux plus haut que la tête. En lui tendant son verre, Rocco contempla avec intérêt la perspective que lui offrait la position de la jeune femme.

— Eh bien, allez-y, dit-elle. Je vous écoute.

Rocco choqua son verre contre celui de Maisey, qui vida la moitié du sien, gonfla les joues et souffla bruyamment.

— Dites donc, c'est rudement fort, ce truc-là! Ça ferait avorter une mule.

— Vous trouvez? fit Rocco en lui caressant le genou. Heureusement que vous n'êtes pas une mule, et d'ailleurs je ne crois pas que vous soyez enceinte.

Maisey gloussa. Elle n'avait pas souvent l'occasion de boire du bon scotch. Rocco lui offrit une cigarette, et elle vida son verre.

— Je vais vous le remplir, dit Rocco qui prit son verre et gagna le bar.

— Juste une goutte, recommanda Maisey en s'installant confortablement, sinon je vais être paf.

— Vous en faites donc pas, dit Rocco en versant dix centimètres de whisky dans le verre, additionnés d'un doigt de soda.

Il posa le verre à portée de Maisey et s'assit en face d'elle.

— Je cherche une fille intelligente qui pourrait me procurer certains renseignements. Ce que je vous dis là est strictement confidentiel. J'ai besoin de tuyaux sur la bande Grisson. Vous qui êtes dans la place, vous pourriez me les fournir.

Cette perspective ne plut pas du tout à Maisey. Elle avait peur de M'man Grisson, et il pouvait être dangereux d'essayer de la doubler. Elle but un peu de whisky en s'efforçant de réfléchir, opération qui lui était pénible. Rocco crut entendre grincer les rouages de son cerveau.

— Si ça ne vous tente pas, mon petit, n'en parlons plus. On peut faire un peu de musique, si vous préférez. J'ai des tas de disques de jazz, mais si vous voulez gagner régulièrement vos trente dollars par semaine, c'est l'occasion ou jamais.

— C'est quel genre de tuyaux que vous voulez? demanda prudemment Maisey.

— N'importe quoi. J'ai pas remis les pieds au Club depuis que M'man l'a repris. Y a pas de combines illégales ?

Maisey rota discrètement.

— Y en a des tas, dit-elle. Des fois, j'ai la trouille que la police s'amène.

— Soyez pas si discrète, donnez-moi quelques détails.

Maisey le menaça du doigt.

— Commencez par envoyer le pognon, petit futé.

Rocco soupira et se dit que, depuis quelque temps, les femmes ne s'intéressaient plus qu'à l'argent. Il sortit sa liasse de sa poche, compta trente billets d'un dollar, et les tendit à Maisey.

— Je vous fais confiance, mon chou, dit-il en se demandant si c'était de l'argent gaspillé inutilement. Et maintenant, racontez-moi quelque chose qui en vaille le coup.

Maisey finit son verre. Elle se sentait un peu étourdie.

— Voyons... (Elle fixa le plafond en fronçant les sourcils.) D'abord, ils ont une table de roulette. C'est illégal, non ? Et puis, au premier étage, y a un bordel. Ça aussi, c'est illégal. Faut que je vous dise... toutes les portes sont en acier et y a des volets blindés aux fenêtres. Le temps que les flics réussissent à pénétrer dans la boîte, je parie qu'il y aura plus rien à voir.

Rocco la regarda avec inquiétude. Tout ça, il le savait déjà. Il essaya autre chose.

— Où couraient-ils donc si vite, tout à l'heure ? demanda-t-il. J'ai vu Flynn, Woppy et Slim passer dans la Dodge. Ils avaient l'air de vouloir sortir de la ville.

— J'en sais rien, répondit Maisey. Flynn m'a dit qu'ils avaient du boulot. (Elle souffla bruyamment.) Pouf ! Qu'est-ce qu'il est fort, votre scotch ! Il paraît qu'ils rentreront pas avant neuf heures... Si vous m'offriez un autre verre ?

Sans s'énerver, Rocco alla lui servir un troisième whisky.

— Cherchez encore, suggéra-t-il. Il ne se passe rien d'anormal, au Club ? Rien de bizarre ?

Maisey saisit son verre d'une main incertaine et faillit le lâcher.

— Ouh là ! J'ai failli gâcher du bon whisky. Je crois que je suis un peu partie.

— Mais non, assura Rocco en l'aidant à poser son verre sur la table. Vous êtes gaie, pas plus.

— Oui, peut-être... (Elle commençait à voir double et s'efforçait vainement de distinguer nettement Rocco.) Je vais vous dire une chose : Slim a une pépée.

Rocco secoua négativement la tête.

— Non, mon chou, pas Slim. Il a jamais eu de pépée et il en aura jamais. C'est pas dans sa nature. Tâchez de trouver autre chose.

Maisey prit un air agressif.

— Dites tout de suite que je suis une menteuse ! Puisque je vous dis qu'il a une pépée... même qu'il la tient dans une chambre fermée à clé, au premier.

L'intérêt de Rocco s'éveilla brusquement. Allait-il tout de même tirer quelque chose de cette gourde ?

— Pourquoi l'enferme-t-il ? demanda-t-il.

Maisey secoua la tête en s'éventant avec sa main.

— Ça, j'en sais rien, mais permettez-moi de vous dire que si ce cauchemar vivant avait des vues sur moi, il faudrait qu'il m'enferme à double tour pour arriver à ses fins. (Elle gloussa.) Pauvre môme, j'aimerais pas être à sa place. Slim la laisse presque jamais seule. Il passe tout son temps bouclé dans la piaule avec elle.

Rocco commençait à être fortement intrigué.

— Vous n'avez jamais vu cette fille ?

— Une seule fois, mais il paraît que Slim l'emmène tous les soirs faire une petite balade, avant l'ouverture du Club. Je suppose qu'il lui fait juste faire le tour du pâté de maisons et qu'il la ramène. Un soir, je suis arrivée un peu avant l'heure. Ma montre avançait. Slim descendait l'escalier avec la fille. Je l'ai juste entrevue, parce que M'man s'est amenée, et elle m'a forcée à rentrer dans les toilettes des dames.

— A quoi elle ressemblait, cette fille ? demanda Rocco, qui écoutait de toutes ses oreilles.

— J'ai pas vu sa figure. Elle avait un voile sur la tête qui lui couvrait le visage, mais elle avait une drôle d'allure. Elle descendait l'escalier comme si elle voyait pas clair... Elle marchait comme une aveugle.

— M'man est au courant ?

— Bien sûr, et Doc aussi. Il monte tous les jours dans la chambre de la fille.

Rocco réfléchit un instant. Il estimait que cette histoire méritait d'être approfondie.

— Il faut que je voie cette fille, déclara-t-il. Comment je vais m'y prendre ?

Maisey lui sourit d'un air stupide d'ivrogne.

— C'est pas moi qui vous en empêche. Vous avez qu'à vous trouver dans les parages du Club entre dix et onze, et vous la verrez se balader avec Slim.

Si Slim était absent jusqu'à neuf heures, Rocco songea qu'il avait peu de chances de voir la femme mystérieuse ce soir-là.

— Vous n'allez quand même pas me dire qu'il la fait sortir par la porte principale ? dit-il.

Brusquement, Maisey se sentit très faible. La pièce oscillait lentement, tanguait et roulait comme un bateau.

— Y a une porte dérobée... dit-elle, par l'entrepôt d'à-côté.

Rocco sourit. Il était sûr à présent de ne pas avoir dépensé son argent pour rien.

— J'ai l'impression que ce scotch était un peu fort pour vous, mon chou, dit-il. Venez vous étendre une minute.

— C'est pas une mauvaise idée, répondit Maisey. Je me sens pas bien du tout.

Rocco l'aida à se lever. Elle s'affala contre lui et serait tombée s'il ne l'avait pas retenue.

— Hou ! là, là !... la mer est mauvaise, dit-elle en se cramponnant à lui.

Rocco jeta un coup d'œil à la pendule posée sur la

cheminée. Il était un peu plus de trois heures. Il guida
Maisey vers le divan et l'étendit sur la vaste couche moel-
leuse.

— Toujours la même rengaine, dit-elle, les yeux clos. On
vous dit que c'est strictement pour affaires, et en fin de
compte, c'est toujours strictement pour autre chose.

Rocco alla baisser le store.

Il croyait aux vertus de l'ambiance.

Maisey poussa un soupir de satisfaction lorsqu'il la prit
dans ses bras.

CHAPITRE IV

I

Il était un peu plus de quatre heures de l'après-midi
lorsque Fenner atteignit l'entrée du chemin de terre qui
menait à la baraque de Johnny. Il avait conduit vite, sans
s'arrêter, et il se rendait parfaitement compte qu'il y avait
une bonne chance pour que la bande Grisson soit à ses
trousses.

Avant de quitter la ville, il avait pris le temps de
téléphoner à Paula pour lui dire où il allait.

— Je crois que j'ai dégotté un indice, lui avait-il dit.
Appelle Brennan et mets-le au courant. Dis-lui de venir me
rejoindre en vitesse à la cabane de Johnny.

— Pourquoi ne l'attends-tu pas ? avait demandé Paula
avec anxiété. Pourquoi y aller tout seul ?

— Te fais donc pas de bile et préviens Brennan, avait-il
répondu avant de raccrocher.

Mais à présent, en rangeant sa voiture sur le bas-côté,
derrière un fourré, il commençait à se dire que la suggestion
de Paula ne manquait pas de bon sens. Il était à des

kilomètres de toute habitation et plus abandonné qu'une fosse commune.

Il descendit de voiture, s'assura qu'elle n'était pas visible de la route, et prit le chemin de terre qui montait chez Johnny.

A mi-chemin, il s'arrêta pour tirer son revolver et rabattre le cran de sûreté. Il était convaincu qu'aucun des truands de la bande Grisson n'avait pu le précéder, mais il ne voulait courir aucun risque.

Le soleil était chaud et Fenner, qui avait horreur de la marche à pied, jura entre ses dents en quittant le chemin pour s'engager dans la sente sinueuse qui menait à la baraque.

A deux cents mètres devant lui, le bois touffu qu'il traversait s'éclaircissait pour former une clairière. Il ralentit et poursuivit sa route en prenant soin de ne faire aucun bruit ; tous ses sens étaient en alerte.

Un geai bleu, en s'envolant brusquement d'un arbre voisin dans un grand bruit d'ailes, le fit sursauter. Il leva vivement les yeux, le cœur battant, et sourit.

« Je suis nerveux comme une vieille fille qui aurait trouvé un homme sous son lit », se dit-il et il s'approcha prudemment de la clairière. Il s'arrêta derrière un arbre et examina la baraque en bois délabrée qui se dressait devant lui.

Apparemment, Johnny était chez lui. La porte d'entrée était ouverte, et un filet de fumée s'échappait paresseusement de l'unique cheminée.

Fenner dissimula son revolver le long de sa cuisse et s'avança silencieusement dans l'herbe drue ; il atteignit le seuil de la porte, s'y arrêta et tendit l'oreille.

Il entendit Johnny marmonner tout seul, et, faisant un pas en avant, s'immobilisa sur le seuil.

Johnny lui tournait le dos. Penché au-dessus du fourneau, il faisait frire du lard dans une poêle. En sentant l'odeur du lard, Fenner fronça le nez.

Il examina rapidement la vaste pièce répugnante. Le

râtelier d'armes, qui était garni de deux fusils de chasse, se trouvait près de la porte, hors de portée de Johnny.

Fenner pénétra dans la pièce en braquant son revolver sur le vieillard.

— Salut, Johnny, dit-il d'une voix douce.

Johnny se figea, puis se mit à trembler. Il se redressa et se retourna très lentement. Sa trogne enluminée se défit à la vue de Fenner. Ses yeux troubles et larmoyants s'ouvrirent tout grands en apercevant le revolver.

— Du calme, lui dit Fenner. Vous me reconnaissez, Johnny ?

Le vieil homme semblait avoir du mal à respirer.

— Pourquoi que vous me menacez avec un pétard ? croassa-t-il.

Fenner abaissa son arme.

— Vous me reconnaissez ? répéta-t-il.

— Vous êtes le journaleux, non ?

— Tout juste, dit Fenner. Asseyez-vous, Johnny, j'ai à vous parler.

Johnny se laissa tomber sur une chaise retournée. Le fait de soulager ses jambes du poids de son corps parut le satisfaire. Il repoussa la poêle à frire et, d'une main tremblotante, gratta son menton hérissé de barbe. Il lançait à Fenner des coups d'œil furtifs.

— Dites donc, Johnny, fit Fenner, vous pourriez avoir de sérieux ennuis. Vous risquez d'aller en taule un bon bout de temps. Ça vous plairait, la taule ? Pas de gnôle, rien... Si vous êtes franc avec moi, je vous couvrirai. Tout ce que je vous demande, c'est quelques renseignements.

— Je sais rien du tout. Allez-vous-en. Vous pouvez pas me foutre la paix, non ?

— Riley et sa bande sont venus ici, il y a environ trois mois, n'est-ce pas ? demanda Fenner.

Johnny se raidit. Il regarda avec affolement autour de lui, comme s'il cherchait une issue pour s'échapper.

— Je sais rien sur Riley.

— Ecoutez-moi, vieux schnock, fit Fenner d'un ton tranchant, ça ne vous avancera à rien de mentir. La fille Blandish était avec eux. Riley a téléphoné d'ici à sa poule. Elle s'est mise à table. Elle n'a parlé qu'à moi, mais si elle va raconter ça aux flics, vous serez dans de beaux draps. Ils vous passeront à tabac, Johnny, et vous finirez par dire la vérité. Allons, accouchez... Riley est venu ici, hein ?

Johnny hésita, puis, avec une lueur rusée dans le regard, il finit par acquiescer.

— Oui, c'est vrai, il est venu avec Bailey, le vieux Sam et une gonzesse. Ils sont pas restés longtemps, pas plus de dix minutes. Je voulais pas d'eux, c'était trop dangereux. J'allais pas risquer de me foutre les flics à dos, alors je leur ai dit de décamper. Riley a téléphoné à sa poule, et puis ils sont remontés dans leur bagnole et ils se sont tirés. Je sais pas où ils sont allés.

Mais le ton de sa voix et son expression prouvèrent à Fenner qu'il mentait.

— Eh bien, c'est parfait, Johnny, dit-il avec bonhomie. Dans ces conditions, vous n'avez rien à craindre. C'est rudement dommage que vous ne sachiez pas où ils sont allés. Blandish offre une récompense à qui le renseignera. Ça ne vous tenterait pas, quinze mille dollars ?

Johnny battit des paupières. Il y avait plus de trois mois qu'il avait enterré Riley, Bailey et le vieux Sam, et quel sale boulot ! Schultz lui avait promis une part de la rançon, mais il n'avait pas touché un sou. Il savait pourtant que la rançon avait été payée. Il avait pris la peine de descendre en ville et d'acheter le journal. Johnny s'était fait rouler, et il l'avait mauvaise.

— Quinze mille dollars ? répéta-t-il. Qu'est-ce qui me prouve que je les toucherais ?

— Je veillerais à ce que vous les touchiez, assura Fenner.

« Vaut mieux pas, se dit Johnny. Trop dangereux, de doubler la bande Grisson. » A contrecœur, il secoua la tête en signe de refus.

— Je sais rien, dit-il.

— Vous mentez, fit Fenner en s'approchant du vieillard. Il faut que je cogne, Johnny ? Comme ça ? (Il gifla Johnny d'un revers de main. Le coup n'était pas bien fort, mais il suffit à déséquilibrer le vieux, qui faillit tomber de sa caisse.) Allons, parlez ! reprit Fenner en haussant le ton. Où est Riley ? Qu'est-ce que vous préférez ? Toucher quinze sacs ou vous faire casser la gueule ?

Johnny se tassa sur son siège.

— Je sais rien, moi, dit-il avec désespoir. Si vous voulez un tuyau, demandez-le à la bande Grisson. Ils étaient tous là. C'est eux qui se sont occupés de Riley...

Il s'arrêta brusquement et son visage rougeaud vira au gris.

— La bande Grisson ? fit Fenner, attentif. Qu'est-ce qu'ils ont fait à Riley ?

Mais le regard de Johnny s'était fixé sur la porte ouverte, derrière Fenner.

Fenner tourna la tête. Il vit une ombre sur le seuil, celle d'un homme armé d'une mitraillette Thompson.

Et puis tout parut se déclencher en même temps.

Fenner plongea au sol en s'écartant de Johnny. Il roula sur lui-même en direction d'un bac en tôle qui se dressait dans un coin de la pièce. C'était là que Johnny emmagasinait son avoine, du temps où il avait un cheval. Au moment où Fenner se jetait derrière le bac, la mitraillette se mit à cracher à grand bruit.

Une rafale de plomb perfora la poitrine de Johnny. Le vieil homme tomba à la renverse. Il eut quelques spasmes et s'immobilisa. Deux secondes plus tard, les balles s'écrasaient sur la tôle du bac dans un vacarme assourdissant. Fenner s'accroupit, le cœur battant, et serra les dents.

Pendant trois ou quatre secondes, les balles ricochèrent sur la paroi d'acier. On aurait cru entendre une gigantesque riveteuse automatique. La mitraillette s'arrêta, et le silence retomba aussi brutalement que la fusillade avait commencé.

D'un revers de main, Fenner essuya son visage en sueur. Il

avait compris que les nouveaux arrivants appartenaient à la bande Grisson. Si situation était on ne peut plus critique. S'il se risquait à jeter un coup d'œil, il allait se faire arracher la tête. Son seul espoir résidait en Brennan, mais arriverait-il à temps ?

Il s'allongea dans la poussière et colla son oreille contre le plancher, mais il n'entendit rien. Ces truands n'auraient certainement pas le courage de venir le chercher où il était.

Il entendit un murmure de voix. Il y eut un silence, puis un homme cria :

— Sors de ton trou ! On sait que t'es là ! Amène-toi les mains en l'air !

Fenner grimaça un sourire. « Et puis quoi, encore ? pensa-t-il. Si vous me voulez, venez me chercher. » Il attendit.

La Thompson se remit à cracher. Le fracas le fit sursauter. Quelques-unes des balles, qui avaient réussi à perforer la paroi extérieure, tombèrent à l'intérieur du bac. La mitraillette cessa le tir.

— Sors de là, salaud ! beugla une voix.

Il restait allongé, immobile et silencieux. Un instant plus tard, il entendit un des hommes dire :

— Passe-moi ça ! A plat ventre, vous deux !

Fenner se contracta. Il devinait la suite. Ils allaient le réduire en charpie à l'aide d'une grenade. Il s'aplatit au sol et protégea sa tête avec ses bras. Les quelques secondes de silence qui suivirent lui parurent durer une éternité. Puis il entendit un objet lourd tomber à terre. La grenade explosa avec un fracas assourdissant. Le souffle souleva Fenner et le plaqua contre la paroi du bac.

Etouffant, suffocant, il roula sur le dos. Pendant une fraction de seconde, tout ce qui l'entourait lui apparut avec une surprenante netteté. Au-dessus de lui se dressait le toit de la baraque, et ce toit était en train de s'affaisser. Pendant qu'il l'observait, il entendit le bois craquer, et le toit s'écroula sur lui dans un bruit de tonnerre.

Quelque chose le frappa violemment à la tempe. Une

lumière éblouissante fulgura devant ses yeux, puis il sombra
dans un gouffre noir et sans fond.

II

Soudain, une lumière chaude, aveuglante, dissipa les
ténèbres. Fenner s'entendit grogner, et leva les mains pour
se protéger les yeux.

— Vous vous portez comme un charme, assura une voix
lointaine. Allez, debout... Ne restez pas couché là à vous
attendrir sur votre sort.

Fenner fit un gros effort. Il ouvrit les yeux et secoua la tête.
Il distingua une silhouette confuse penchée vers lui. Le
visage finit par se préciser, et il reconnut Brennan. Il se mit
péniblement sur son séant.

— Et voilà, dit Brennan. Vous n'avez rien de cassé. C'est
pas la peine de faire tant d'histoires.

Fenner enfouit sa tête dans ses mains.

— Qui est-ce qui fait des histoires ? demanda-t-il.

Il grogna, car sa tête commençait à lui faire un mal de
chien. Deux mains l'empoignèrent et le hissèrent sur ses
pieds.

— Ne me bousculez pas, dit-il en s'appuyant sur le bras
du policier. Bon Dieu ! J'ai l'impression d'avoir reçu un coup
de sabot de cheval sur le crâne.

— Les chevaux n'abondent pas par ici, fit facétieusement
Brennan. Qu'est-ce qui s'est passé ?

Fenner respira à fond. Il commençait à récupérer. Il se
passa précautionneusement les doigts dans les cheveux, ce
qui lui fit mal, mais il ne repéra aucun trou dans son crâne et
réussit un pénible sourire.

— Vous avez vu quelqu'un ? demanda-t-il.

— Personne, répondit Brennan, à part vous et ce qui reste
de Johnny. Qui est-ce qui s'est amusé à flanquer une bombe
dans cette baraque ?

— Johnny est mort ?

— Et comment... plus mort qu'un hareng saur.

Fenner se retourna et contempla les ruines. Ses forces lui revenaient à vue d'œil. D'un pas un peu titubant, il alla s'asseoir à l'ombre, sur le tronc d'un arbre abattu. Il tira un paquet de cigarettes de sa poche et en alluma une, tandis que Brennan et les trois policiers l'observaient d'un air impatient.

Fenner n'était pas d'humeur à se laisser bousculer. Il réfléchissait. Brusquement, il claqua des doigts et pointa son index sur Brennan.

— Vous savez quoi ? demanda-t-il. On va trouver la solution du kidnapping Blandish ! A vous de jouer. Faites fouiller les alentours par vos hommes. Qu'ils se mettent en quête d'un coin où la terre a été récemment remuée. Grouillez-vous !

— Pour quoi faire ? s'enquit Brennan.

— On a enterré quelqu'un ici il n'y a pas longtemps. Allez, remuez-vous un peu ! Vous avez envie de liquider l'affaire, oui ?

Brennan donna des ordres aux trois policiers, qui s'éloignèrent chacun dans une direction différente, et vint s'asseoir à côté de Fenner.

— Qui a été enterré ? demanda-t-il. Allons, pied-plat, mettez-vous à table... Faites pas de mystère.

— D'après moi, déclara Fenner, Riley, Bailey et le vieux Sam sont enterrés par ici. Je peux me tromper, mais ça m'étonnerait.

Brennan le regarda avec stupeur.

— Qui a lancé la bombe ?

— Là non plus, je n'ai aucune certitude, mais je suis prêt à parier que c'était des gars de la bande Grisson.

— Pourquoi auraient-ils cherché à vous tuer ?

— Laissons ça de côté pour l'instant, Brennan. Une chose à la fois.

Brennan lui lança un regard noir, puis il alluma une

cigarette et contempla, de l'autre côté de la clairière, la
cabane démolie.

— Vous avez une sacrée veine de vous en être tiré vivant,
fit-il. J'ai bien cru que vous y étiez passé.

— Moi aussi, je l'ai cru, répliqua Fenner.

Un petit oiseau se laissa choir d'un arbre et sautilla de
branche en branche sur un buisson voisin. Fenner le suivit
distraitement des yeux. Il était en nage et il avait la bouche
sèche. Il pensait aux trente mille dollars que lui avait promis
Blandish, s'il trouvait la solution du mystère.

Soudain, un appel retentit, et les deux hommes se retour-
nèrent vivement.

— On dirait qu'on a trouvé quelque chose, fit Fenner en se
levant péniblement.

Ils se mirent en marche dans la direction de l'appel, en se
frayant un chemin à travers les broussailles. Ils furent
bientôt rejoints par deux des policiers et débouchèrent tous
ensemble dans une petite clairière ; le troisième policier
montrait le sol du doigt. Quoique recouverte de feuilles et de
branches mortes, la terre avait manifestement été retournée.

— Eh ben, y a plus qu'à creuser, dit Fenner en s'asseyant
à l'ombre.

Brennan donna des ordres et deux des policiers s'éloignèrent au pas de course. Ils revinrent peu après ; ils portaient
deux bêches qu'ils avaient trouvées dans le hangar de
Johnny. Ils ôtèrent leurs tuniques et se mirent à l'œuvre.

C'était un travail fatigant, et ils suèrent bientôt à grosses
gouttes. Brusquement, ils s'arrêtèrent de creuser. L'un d'eux
s'agenouilla dans l'herbe et plongea le bras dans le trou, qui
n'était guère profond.

Fenner se leva et vint regarder. Le policier dégageait la
terre avec sa main. Une faible odeur de décomposition
s'échappa du trou, et Fenner fit la grimace. Soudain, il vit
apparaître une tête encroûtée de boue, et il recula.

— Y a un cadavre là-dedans, capitaine, annonça le policier en se tournant vers Brennan.

— Vous allez en trouver trois, dit Fenner. Allons-nous-en, Brennan. Rentrons au Commissariat Central, il n'y a plus une seconde à perdre.

Brennan avertit les trois policiers qu'il allait leur envoyer le fourgon et le médecin légiste, puis il accompagna Fenner à sa voiture.

— La vérité se lisait en lettres de feu lorsque M'man Grisson a repris le Paradise Club, déclara Fenner en s'asseyant dans sa voiture et en faisant signe à Brennan de prendre le volant. Nous aurions dû deviner comment elle s'était procuré les fonds nécessaires. Elle a acheté le fond avec la rançon Blandish !

Brennan, qui s'apprêtait à démarrer, marqua un temps d'arrêt.

— Je voudrais bien savoir comment vous en arrivez à cette conclusion ! s'exclama-t-il.

— Elémentaire, mon cher Brennan. M'man a laissé entendre que c'était Schulberg qui lui avait avancé l'argent. Or, Schulberg est un recéleur d'argent volé. Il a dû leur racheter la rançon. Avant de se faire descendre, Johnny m'a avoué que Grisson et sa bande étaient chez lui en même temps que Riley. Grisson aura appris que Riley avait enlevé la fille Blandish. Il s'est dit que le seul endroit où Riley pouvait emmener la jeune fille, c'était chez Johnny. Il y est allé avec sa bande, a descendu Riley et ses deux complices, et il a embarqué la gosse. Blandish a versé la rançon à Grisson en croyant avoir affaire à Riley. Tout s'enchaîne. Aussitôt la rançon payée, M'man rachète le Paradise Club. Quelle magnifique couverture ! Tout le monde accuse Riley, et la bande est peinarde.

— Vous avez une preuve de ce que vous avancez ? demanda Brennan. En admettant que mes gars déterrent Riley et les deux autres, ça ne prouvera pas que c'est Grisson qui les a descendus. Maintenant que Johnny est mort, nous n'avons aucun moyen de le prouver.

— C'est exact. Il va falloir dégotter une preuve. Pas

question de s'embarquer là-dedans sans biscuit. Vous savez ce que je crois ?

— Qu'est-ce que vous croyez, Superman ? demanda Brennan d'un ton sarcastique.

Il conduisait vite, et la voiture filait comme le vent sur la grand-route.

— Je crois que la petite Blandish est au Paradise Club, déclara Fenner. (Comme Brennan, stupéfait, se tournait vers lui, il hurla :) Regardez où vous allez !

Brennan freina brutalement et rangea la voiture sur le bord de la route.

— Qu'est-ce que vous insinuez ?

— Vous vous souvenez que Doyle nous a parlé d'une chambre, au premier étage du Club, dont la porte est toujours fermée à clé ? Je parie que c'est là qu'elle est.

— On ne va pas tarder à le savoir, assura Brennan en redémarrant.

— Vous croyez ? dit Fenner d'un ton pensif. Le Club est une véritable forteresse. Ça va prendre du temps, d'entrer là-dedans en force. Lorsque nous réussirons à y pénétrer, nous trouverons la petite morte, à moins qu'ils ne l'aient emmenée ailleurs. Blandish veut la retrouver vivante. Si nous voulons l'en tirer saine et sauve, il va falloir agir avec la plus extrême prudence. Il faut faire travailler nos méninges, Brennan.

— D'accord, faisons travailler nos méninges. Qu'est-ce que ça donne ?

— Je n'en sais rien, dit Fenner en allumant une cigarette. Laissez-moi le temps d'y réfléchir.

Pendant la demi-heure qui suivit, Brennan continua à conduire à tombeau ouvert, tandis que Fenner s'efforçait d'extraire des idées valables de son crâne douloureux. Au moment où Brennan ralentissait pour traverser un village, Fenner déclara :

— On va coffrer Anna Borg. Elle sait que Grisson a rencontré Riley chez Johnny. C'est notre seul témoin, et il ne faut pas qu'elle se fasse effacer. Non seulement c'est notre seul témoin, mais elle est tout le temps fourrée au Club. Elle sait peut-être que la petite Blandish y est. Peut-être ignore-t-elle que la bande Grisson a assassiné Riley ? En le lui apprenant, nous avons une petite chance de l'amener à les donner.

Brennan s'arrêta devant un drugstore.

— Je vais mettre la machine en route, annonça-t-il.

Fenner le regarda s'enfermer dans une cabine téléphonique et consulta sa montre. Il était six heures passées, et ils étaient encore à trois heures de route de Kansas City.

Il se demanda si Miss Blandish était vraiment au Club. Dans l'affirmative, ça faisait plus de trois mois qu'elle était aux mains de la bande.

Fenner fit la grimace.

Quelle vie avait-elle menée, pendant ces trois mois ? Il songea à Slim Grisson et hocha la tête.

Brennan revint et remonta en voiture.

— J'ai donné l'ordre qu'on arrête Anna Borg, annonça-t-il, et deux hommes vont surveiller le Club.

Fenner émit un grognement indistinct.

— Grouillons-nous, dit-il.

Brennan démarra, sortit du village, et enfonça l'accélérateur au plancher.

III

Rocco sortit de chez lui un peu après cinq heures et se dirigea d'un pas vif vers le boulevard. Après le départ de Maisey, il s'était reposé une heure sur son vaste lit.

La femme mystérieuse dont lui avait parlé Maisey l'intriguait et il avait décidé de faire une petite enquête. Il savait que Slim, Flynn et Woppy ne rentreraient pas avant neuf heures, et il y avait peu de chance pour qu'Eddie Schultz fût au Club à cinq heures de l'après-midi. Il ne restait donc plus dans la place que M'man Grisson et Doc Williams. Il lui faudrait faire preuve de prudence, mais en cas de besoin, il pourrait venir à bout de Doc. M'man l'inquiétait davantage, mais avec un peu de chance, il réussirait à l'éviter.

Ce jour-là était un samedi, et l'entrepôt voisin du Club était fermé. Maisey lui avait dit qu'on pouvait accéder au Club en passant par l'entrepôt, et c'était cette entrée dérobée qu'il se proposait de découvrir.

L'immeuble contigu à l'entrepôt était un hôtel de troisième ordre dont Rocco connaissait le propriétaire, un Grec adipeux du nom de Nick Papolos. Il alla le trouver et lui dit, avec un clin d'œil complice, qu'il aimerait monter sur le toit de l'hôtel pour admirer le panorama. Nick le regarda avec curiosité, haussa les épaules et lui répondit de faire comme chez lui.

— Mais je veux pas avoir d'ennuis, hein ? dit le Grec.

Rocco lui tapota le bras.

— Tu me connais, Nick. T'auras aucun ennui.

Il prit l'ascenseur, monta au dernier étage, ouvrit un vasistas et grimpa sur le toit en terrasse. De là, il était facile de pénétrer dans l'entrepôt. Il lui fallut vingt minutes de recherches attentives pour découvrir la porte secrète qui conduisait à l'intérieur du Club, mais il lui suffit de quelques secondes pour en forcer la serrure et l'ouvrir. Revolver au poing, le cœur battant, il s'engagea dans un couloir obscur qui aboutissait à une deuxième porte fermée à clé. Il l'ouvrit sans difficulté et se trouva dans une vaste pièce bien meublée. Un gros poste de télévision lui faisait face. De l'autre côté de la pièce, il y avait une autre porte, et Rocco mit un bon moment à se décider. Il finit par s'en approcher sur la pointe des pieds et colla son oreille au panneau. N'entendant rien, il l'ouvrit et découvrit la somptueuse chambre à coucher.

Miss Blandish était assise au bord du lit ; elle regardait le plancher d'un œil éteint. Elle portait une robe de cotonnade blanche que Slim lui avait offerte. Une cigarette se consumait lentement entre ses longs doigts fuselés.

Rocco l'observa attentivement. Il n'avait jamais vu une femme d'une telle beauté. Ses traits lui parurent vaguement familiers ; il eut bientôt la certitude qu'il l'avait déjà vue quelque part.

Il entra sans bruit dans la pièce.

Miss Blandish ne leva pas les yeux. Elle laissa tomber sa cigarette sur le tapis et l'écrasa distraitement sous son pied.

— Bonjour, dit doucement Rocco. Qu'est-ce que vous faites là ?

Le lourd regard de la droguée se tourna vers lui.

— Allez-vous-en, s'il vous plaît, dit-elle.

Ses pupilles, réduites à deux minuscules têtes d'épingles, renseignèrent éloquemment Rocco.

— Comment vous appelez-vous, mon chou ? demanda-t-il.

— Comment je m'appelle ? (Elle fronça les sourcils.) Je ne sais pas. Allez-vous-en, s'il vous plaît. Il ne serait pas content, s'il vous trouvait ici.

Rocco se demandait où il avait déjà vu cette fille. Il contempla ses cheveux d'or roux et l'émotion le fit tressaillir. Il revit en pensée toutes les photos que les journaux avaient publiées de cette fille. Cette rouquine inerte, assise au bord du lit, c'était la fille de John Blandish ! Comment foutre se trouvait-elle entre les mains de la bande Grisson ? Il était dans un tel état d'excitation qu'il pouvait à peine respirer. Quelle magnifique occasion de régler ses comptes ! Et par-dessus le marché, il y avait une récompense de quinze mille dollars à la clé !

— Vous vous appelez Blandish, n'est-ce pas ? demanda-t-il en essayant de maîtriser le tremblement de sa voix. Vous avez été enlevée il y a quatre mois. Vous avez oublié ?

— Blandish ? répéta-t-elle. Ce n'est pas mon nom.

— Mais si, c'est votre nom. Ça va vous revenir. Venez, mon chou, on va aller faire une petite promenade, tous les deux.

— Je ne vous connais pas. Allez-vous-en, je vous en prie.

Rocco posa sa main sur le bras de la jeune fille, mais elle eut un mouvement de recul et prit un air terrorisé.

— Ne me touchez pas !

Sa voix perçante fit transpirer Rocco. Doc Williams ou M'man Grisson pouvaient survenir d'un instant à l'autre, mais il tenait absolument à emmener la jeune fille chez lui. Il fut tenté de l'assommer d'un coup de poing et de l'emporter sur son dos, mais il se rendit compte que c'était irréalisable en plein jour.

— Allons, venez, fit-il d'un ton plus sec. Slim vous attend. Il m'a dit d'aller vous chercher.

C'était une idée géniale. Miss Blandish se leva immédiatement et n'opposa aucune résistance à Rocco, qui la fit sortir du salon et la conduisit dans le passage qui menait à l'entrepôt. Elle marchait comme un automate.

Il la fit sortir de l'entrepôt, suivre la ruelle de derrière, et monter dans un taxi ; alors, Rocco respira plus librement. Le chauffeur regarda Miss Blandish avec curiosité. Rocco lui donna l'adresse de son appartement.

Pendant que ces événements se déroulaient, M'man Grisson parlait avec Flynn au téléphone.

— L'affaire est dans le sac, disait Flynn. On est sur le chemin du retour. Ça a marché comme sur des roulettes.

— Tous les deux ? demanda M'man.

— Ouais, tous les deux.

— Parfait, je vous attends.

M'man raccrocha.

La porte du bureau s'ouvrit et Eddie Schultz fit son entrée. Il avait une ecchymose livide au menton.

M'man lui adressa un regard venimeux.

— Toi et tes bonnes femmes ! grogna-t-elle. Cette traînée a failli foutre toute notre combine en l'air !

Eddie s'assit. Il alluma une cigarette et se tripota la mâchoire.

— C'était pas la faute d'Anna. Qu'est-ce qui s'est passé ?

— Grâce à moi, c'est réglé. Flynn vient de m'appeler. Ils ont rectifié Johnny et ce salopard de Fenner.

— C'était pas la faute d'Anna, répéta Eddie. Tout ce qu'elle a dit à ce type...

— Je veux plus la voir au Club, déclara M'man. Ici, y a pas de place pour ceux qui savent pas tenir leur langue.

Eddie fut sur le point d'ouvrir la bouche, mais la lueur meurtrière qui brillait dans les yeux de M'man l'en dissuada. Il se rappelait qu'Anna lui avait demandé qui était la fille qui habitait dans la chambre de Slim. S'il lui disait qu'elle était interdite de séjour au Club, elle pourrait devenir mauvaise et, qui sait ? se mettre à bavarder à propos de la fille. D'autre part, s'il en avertissait M'man, elle donnerait à Flynn l'ordre d'effacer Anna.

A son expression, M'man comprit que quelque chose le tourmentait.

— A quoi tu penses ? lui demanda-t-elle en le regardant dans les yeux.

— Dites, M'man, on a beau dire que le crime ne paie pas, nous, jusqu'ici, on s'en tire drôlement bien. On a le Club, du fric à pas savoir quoi en foutre, et personne nous soupçonne. Mais combien de temps ça va durer ? Il a suffit qu'Anna ouvre son bec pour que la combine manque de nous péter au nez. Il a fallu descendre Johnny et ce journaliste. On est redevenus peinards, mais jusqu'à quand, M'man ?

M'man, qui savait très bien où Eddie voulait en venir, s'agita d'un air énervé. On frappa à la porte et Doc entra. Il était très rouge, et M'man comprit qu'il avait encore bu.

— Comment ça s'est passé ? demanda-t-il en s'asseyant à côté d'elle.

— C'est liquidé, répondit M'man. Vous pouvez dormir sur vos deux oreilles.

— Jusqu'à la prochaine fois, dit Eddie. Pourquoi ne pas voir les choses en face, M'man ? Tant que la môme sera là, on sera assis sur un volcan.

— T'as la prétention de me dire ce que j'ai à faire ? rugit M'man en le regardant d'un air furieux.

— J'essaye, M'man, répondit Eddie. Sans la fille Blandish, on serait parés et on ne risquerait absolument rien. Pourquoi qu'on a été obligés de descendre Johnny ? Parce qu'on avait la trouille que les flics s'amènent et trouvent la môme. Si elle n'était pas là, on aurait pu les laisser entrer et nous payer leur tronche.

Doc tira son mouchoir et essuya son visage en sueur.

— Il a raison, M'man, dit-il. Tant qu'elle est ici, nous sommes vulnérables.

M'man se leva et se mit à arpenter la pièce. Les deux hommes ne la quittaient pas des yeux.

— Elle pourrait pas avoir une crise cardiaque ? demanda Eddie à Doc. Slim saura jamais que vous vous en êtes mêlés.

Eddie touchait au fond du problème. Il le savait, M'man et Doc avaient une peur terrible de Slim.

M'man se figea et regarda fixement Doc.

— Je pourrais lui faire une piqûre, suggéra Doc en implorant M'man du regard. C'est pas que ça me tente, M'man, mais c'est absolument impossible de la garder ici plus longtemps.

M'man hésita.

— Slim le saurait ?

— Il n'aurait aucune preuve, répondit Doc. Elle s'endormirait et ne se réveillerait pas. Il... la trouverait morte.

M'man regarda la pendulette posée sur son bureau.

— Il sera rentré dans deux heures...

Elle hésita et regarda alternativement Eddie et Doc.

— Il le faut, M'man, dit Eddie.

M'man s'assit et crispa ses énormes poings.

— Oui, il le faut. (Elle se tourna vers Doc.) Allez-y, Doc. Quand ce sera fait, allez vous balader et rentrez tard. Slim la trouvera telle quelle. Je lui dirai que je ne suis pas montée chez elle de la journée. Eddie, ne te montre pas, toi non plus.

Eddie respira un grand coup. Tout allait s'arranger.

Quand Miss Blandish serait morte, Anna pourrait revenir au Club.

Doc, le visage ruisselant de sueur, terrifié, n'arrivait pas à se décider.

— Grouillez-vous, lui dit M'man. Le plus tôt sera le mieux. Restez pas à glander comme un vieux schnock. Il fallait bien que ça arrive un jour ou l'autre. Allez-y.

Doc se leva lentement et sortit de la pièce.

— Et toi, fous le camp, dit M'man à Eddie. Je veux pas te revoir ici avant dix heures du soir. Va au ciné, fais ce que tu veux, mais qu'on ne te voie pas.

— D'accord, M'man. (Eddie se dirigea vers la porte, mais s'arrêta en chemin.) Dites, M'man, quand elle ne sera plus là... Anna pourra revenir travailler au Club ?

— Oui, elle pourra.

M'man se dirigea lentement vers son fauteuil et s'y laissa choir. Eddie l'observait.

— Va falloir que je trouve une autre fille pour Slim, dit-elle. C'est qu'il y a pris goût, aux filles.

Eddie fit la grimace.

— Ça va être coton.

Un sourire cynique plissa le visage de M'man.

— Je trouverai, déclara-t-elle. Avec du fric, y a rien d'impossible.

Eddie sortit. Doc Williams montait l'escalier. Eddie n'aurait pas voulu être à sa place. Il avait pitié de Miss Blandish. Elle n'avait vraiment pas eu de pot, la pauvre gosse. En traversant la cour pour regagner sa voiture, il songea qu'il valait encore mieux pour elle qu'elle soit morte.

Il s'installa au volant. Il y avait un film qui le tentait. Il allait aller le voir, ensuite il irait chercher Anna et l'emmènerait dîner.

Tandis qu'il s'éloignait, deux inspecteurs de police, conformément aux ordres de Brennan, vinrent se poster de façon à surveiller l'entrée du Club sans être vus.

IV

Debout au pied de l'escalier, Slim regardait M'man. Flynn et Woppy se tenaient derrière lui, à sa droite. Il y avait, sur les traits de M'man, une expression que Flynn n'y avait encore jamais vue. L'idée que M'man était vieille ne lui était encore jamais venue, mais en la regardant, il comprit brusquement que c'était une très vieille femme, et cette révélation lui causa un choc.

Slim comprit qu'un événement grave était survenu. Lui non plus n'avait jamais vu cette expression abattue, cet air vaincu, sur le visage sanguin de sa mère.

— Qu'est-ce que t'as ? lui demanda-t-il. Pourquoi que tu fais cette gueule-là ?

M'man ne répondit pas. Une de ses grandes mains était posée sur la rampe et la serrait avec une telle force que les jointures étaient toutes blanches.

— Dis quelque chose, quoi ! beugla Slim. Qu'est-ce qui t'arrive ?

« Quand il saura, se disait M'man, il me tuera. Si seulement Eddie était là ! Eddie est le seul qui ait assez de cran pour lui tenir tête. Flynn ne bougera pas. Il regardera Slim m'assassiner sans lever le petit doigt. »

Elle se surprit à dire, d'une voix froide et monocorde :

— La môme s'est tirée.

Slim se pétrifia. Il se pencha en avant, scruta le visage de sa mère, et ses lèvres minces se retroussèrent en découvrant ses dents jaunes.

— Tu mens, déclara-t-il. Tu lui as fait quelque chose, hein ?

— Elle est partie, dit M'man. Je suis montée dans sa chambre il y a deux heures... elle n'y était plus.

Slim s'élança dans l'escalier. M'man le regarda s'approcher. Lorsqu'il arriva à son niveau, elle ouvrit de grands yeux.

— Vieille salope, grinça Slim. T'essaye de me foutre les jetons, hein ? Seulement, je suis pas facile à impressionner. Si tu l'as touchée, je te tuerai. Je t'avais prévenue... si quelqu'un y touche, il aura affaire à moi.

— Elle est partie, répéta M'man.

Slim la dépassa et prit le couloir. Il poussa la porte et pénétra dans le salon. Il jeta un coup d'œil circulaire et entra dans la chambre à coucher.

M'man attendit. Son visage défait était luisant de sueur. Elle entendit Slim passer d'une pièce dans l'autre.

— Comment qu'elle a pu se tailler, M'man ? demanda Flynn.

M'man baissa les yeux sur lui et vit qu'il était terrifié.

— J'en sais rien. J'y suis allée et elle était partie.

— Où est passé Doc ? bredouilla Woppy.

— Il a mis les voiles, répondit M'man. Vous aussi, vous feriez mieux de foutre le camp. On est lessivés. On est au bout du rouleau. A l'heure qu'il est, les flics doivent l'avoir récupérée.

— S'ils la tenaient, objecta Flynn, ils seraient déjà là.

Il s'engagea dans l'escalier au moment où Slim sortait dans le couloir, son couteau à la main ; ses yeux jaunes étincelaient. Flynn s'arrêta sur une marche, les yeux fixés sur Slim qui s'approchait lentement et silencieusement de M'man.

— Tu l'as tuée, hein ? dit Slim. T'as toujours voulu te débarrasser d'elle. Bon, eh ben, tu l'as tuée. Maintenant, c'est toi qui vas trinquer. Je vais te tuer.

— Je ne l'ai pas touchée, déclara M'man, aussi immobile qu'une statue. On l'a emmenée. Elle était incapable de s'en aller toute seule. D'accord, Slim... vas-y, tue-moi, si c'est ça que tu veux. La petite est déjà partie... comme ça, je ne serai plus là non plus. Tu te défendras peut-être mieux sans nous.

Elle décela aussitôt une lueur d'incertitude dans les yeux étincelants de Slim.

— Vas-y, reprit-elle. Mais réfléchis où ça te mènera. Pense

à ta situation, quand tu seras tout seul. T'as toujours eu envie d'être le grand caïd, hein, Slim? Seulement, attention... tu ne pourras plus jamais faire confiance à personne. Faudra te cacher... tu seras forcé de trouver une planque... (Elle le regarda dans les yeux.) Où tu te planqueras, Slim?

La lame scintillante qui la menaçait vacilla. Slim hésitait. Il eut brusquement l'air perdu, son regard se détacha de M'man pour se poser sur Flynn, puis revint à M'man.

— Qu'est-ce qu'on va faire, M'man? demanda-t-il. Faut la retrouver!

M'man respira profondément. Il s'en était fallu d'un cheveu. Elle n'osait toujours pas bouger.

Soudain, un coup violent ébranla la porte du Club et ils tournèrent tous la tête. La main de Flynn se posa sur la crosse de son revolver.

Doc Williams, tout essoufflé, escalada les trois marches du porche. Il avait le visage rouge, congestionné. Il aperçut Slim, debout à côté de M'man, son couteau à la main, M'man raide comme une statue, Woppy adossé au mur, blanc comme un linge, et Flynn, son revolver à moitié sorti de son étui.

Il s'approcha de l'escalier d'un pas titubant.

— C'est Rocco qui l'a! annonça-t-il. Vous entendez, M'man? C'est cette petite ordure de Rital qui l'a enlevée!

Slim descendit l'escalier en bousculant si violemment Flynn sur son passage qu'il faillit le faire tomber. Il empoigna Doc par son plastron de chemise et le secoua comme un prunier.

— Où il est? rugit-il. Comment vous savez qu'il l'a?

M'man descendit pesamment les marches. Elle attrapa Slim par le poignet et le tira en arrière.

— Fous-lui la paix, ordonna-t-elle. (Puis, se tournant vers Doc :) Racontez. Vous êtes sûr qu'elle est avec Rocco?

Doc s'essuya le visage.

— Donnez-moi un verre, dit-il et il alla s'asseoir sur un des canapés du vestibule.

M'man fit un signe à Woppy, qui se rua vers le bar.

— Quand je vous ai quittée, M'man, dit Doc, j'étais prêt à me tirer. Je me sentais mal foutu et j'avais besoin de boire un coup. Je suis allé au petit bar du coin...

Woppy lui glissa dans la main un gobelet à demi plein de whisky, qu'il but avidement. Il reposa le verre vide par terre.

— Accouchez, bon Dieu ! rugit Slim.

— Je me suis mis à discuter le coup avec le barman. Il m'a demandé qui était la rouquine qu'il avait vu monter dans un taxi avec Rocco. Comme un abruti, je suis resté assis à picoler et à bavarder pendant une heure avant de comprendre. Je suis revenu tout droit, M'man..., Ça se tient, non ? Rocco et une rousse... c'est le moyen qu'il a trouvé pour nous rendre la monnaie de notre pièce.

Slim fonça vers la porte.

— Attends ! cria M'man. Tu ne vas pas te précipiter comme ça...

Mais Slim ne se retourna même pas. Il descendit les trois marches, ouvrit la porte d'une secousse, et sortit dans la cour obscure.

— Suis-le, ordonna M'man à Flynn. Toi aussi, Woppy.

— Qu'il aille se faire foutre, répliqua Flynn. Moi, je mets les bouts, j'en ai ma claque. Refilez-moi un peu de pognon, M'man, je laisse tomber.

— Et puis quoi encore ? rugit M'man. Où irais-tu, pauvre cloche ? T'auras pas un rond de moi ! Suis-le, je te dis, et toi aussi, Woppy !

Flynn hésita, puis, en jurant entre ses dents, fit un signe de tête à Woppy et gagna la porte.

Lorsque Woppy lui eut emboîté le pas et qu'ils eurent tous deux disparu dans les ténèbres, M'man posa la main sur l'épaule de Doc.

— Je ne m'attendais pas à vous revoir, Doc, dit-elle. Et maintenant, qu'est-ce que vous allez faire ?

Doc était un peu éméché.

— Qu'est-ce que vous voulez que je fasse ? Je voulais me

sauver, M'man, mais j'ai brusquement compris que je n'avais nulle part où aller. Slim va ramener la petite, et tout recommencera comme avant.

— Il ne la tient pas encore, dit M'man. Restez avec moi, Doc. Je trouverai un moyen de nous sortir de cette salade. Restez avec moi.

v

Miss Blandish gisait sur le vaste divan de Rocco et regardait le plafond de ses yeux vides.

En tout autre occasion, Rocco aurait estimé que la présence dans sa chambre d'une femme aussi belle était inespérée, mais en ce moment, il était affolé, et un manne-quin de vitrine lui aurait fait autant d'effet que cette rouquine aux longues jambes.

Lorsqu'il avait enfin réussi à convaincre Miss Blandish d'entrer chez lui, Rocco s'était dit qu'il s'agissait de faire preuve d'astuce. Appeler les flics ne lui rapporterait rien. Il fallait toucher Blandish directement. C'était son seul espoir de palper les quinze mille dollars. S'il s'adressait aux flics, ils trouveraient le moyen de lui rafler la récompense.

Il avait déjà consulté l'annuaire, mais Blandish n'y figu-rait pas. Il avait appelé les renseignements, mais on n'avait pas pu — ou pas voulu — lui communiquer le numéro. Quand on est millionnaire, on n'a pas son nom dans l'annuaire. C'était un détail auquel Rocco n'avait pas songé. A présent qu'il avait téléphoné sans succès aux principaux clubs et restaurants de la ville pour demander Blandish, il commençait à être inquiet. S'il ne réussissait pas à trouver rapidement Blandish, les choses pourraient se gâter. La pensée de Slim ne le quittait pas. Slim n'avait aucun moyen de deviner qu'il avait enlevé la fille Blandish, mais on ne sait jamais, si par hasard il était au courant, Rocco n'en avait plus pour longtemps.

Il avait essayé de réveiller la mémoire de la jeune fille en lui montrant de vieux journaux qui relataient le kidnapping en long et en large. Pendant qu'il téléphonait, elle les avait feuilletés distraitement, mais elle n'établissait manifestement aucun rapprochement entre elle-même et les photographies et les articles.

Il l'observa. Elle continuait à contempler le plafond de ses yeux de droguée.

— Oh! mon chou! fit Rocco qui se rendait compte qu'ils étaient là depuis plus de deux heures. Faites un effort. Comment je peux toucher votre papa? J'ai appelé tous les numéros qui me sont venus à l'esprit, mais jarrive pas à mettre la main dessus.

Elle remua ses longues jambes sans détacher son regard du plafond. Elle semblait inconsciente de la présence de Rocco.

Exaspéré, celui-ci s'approcha d'elle et posa la main sur son bras.

— Hé! Réveillez-vous!

Le contact de sa main amena une réaction qui flanqua la frousse à Rocco. Miss Blandish s'écarta d'un bond et se tassa contre le mur, les yeux dilatés d'épouvante.

— Ça va, ça va, dit Rocco d'un ton apaisant. Faut pas avoir peur de moi. Vous m'écoutez? J'essaye de trouver votre papa. Quel est son numéro de téléphone?

Miss Blandish se recroquevilla pour échapper à son contact.

— Laissez-moi, chuchota-t-elle. Ne me touchez pas!

Rocco s'efforça de dominer la panique qui le gagnait.

— Si je trouve pas votre papa, dit-il, on va avoir des ennuis, tous les deux. Vous comprenez pas? Slim va s'amener ici. Comment je peux toucher votre papa?

Brusquement, elle bondit du lit et se rua vers la porte. Elle avait posé la main sur la poignée lorsque Rocco la rattrapa.

— Allez-vous-en! glapit-elle. Laissez-moi partir!

Rocco, en nage, la repoussa sur le lit. Il s'agenouilla au-dessus d'elle et plaqua une main sur sa bouche.

— Bouclez-la ! bredouilla-t-il. Vous avez envie que Slim vous retrouve ?

Elle cessa de se débattre, et, pour la première fois depuis deux heures, son regard s'anima. Rocco ôta sa main.

— Oui, je veux voir Slim, déclara-t-elle. Je veux qu'il vienne !

— Vous ne savez pas ce que vous dites, affirma Rocco en la regardant avec stupeur. Vous ne voulez pas retourner chez vous ? Qu'est-ce qui vous prend ?

Elle secoua négativement la tête.

— Je n'ai pas de chez moi. Je n'ai personne. Je veux Slim.

Rocco se leva.

— J'appelle les flics, dit-il. J'en ai marre.

Il se dirigea vers le téléphone en se disant que ce serait évidemment terrible s'ils l'empêchaient de toucher la récompense ; mais il fallait absolument qu'ils s'amènent avant Slim.

Il commença à composer le numéro. Miss Blandish bondit, empoigna le fil du téléphone et l'arracha du mur.

Pendant un bon moment, Rocco, la main crispée sur le combiné désormais inutile, regarda fixement Miss Blandish. Il en avait froid dans le dos.

— Espèce de dingue ! gronda-t-il. A quoi ça rime, tout ça ?

Elle s'éloigna à reculons.

— Il faudra lui dire que c'est vous qui m'avez emmenée, dit-elle en se tordant les mains. Vous lui direz, hein, que je ne voulais pas vous accompagner ?

— Mais... vous... vous... (Rocco ne trouvait plus ses mots.) Qu'est-ce qui vous prend, bon Dieu ? J'essaye de vous aider. Vous ne voulez donc pas échapper à Slim ?

Elle s'appuya au mur et se mit à sangloter.

— Je ne peux pas lui échapper. Il restera avec moi jusqu'à la fin de mes jours.

— Vous êtes folle ! cria Rocco. Je vais chercher les flics.

Elle se coula le long du mur et gagna la porte, à laquelle elle s'adossa.

— Non! Il faut que vous l'attendiez! hurla-t-elle d'une voix stridente. Il faut que vous lui disiez que vous m'avez emmenée de force!

Exaspéré, Rocco l'empoigna par le bras, l'écarta brutalement de la porte et la fit choir sur le lit. Comme il se retournait pour sortir, Miss Blandish se releva, empoigna un lourd cendrier de verre posé sur la table de chevet et le lui lança à la tête. Il le reçut sur la tempe et tomba à quatre pattes, étourdi.

Miss Blandish s'adossa au mur et le regarda.

Rocco essaya de se relever, mais roula sur le flanc. Il se prit la tête à deux mains en gémissant.

Un bruit de serrure fit tourner la tête de Miss Blandish. C'était la porte de la salle de bains qui s'ouvrait. Miss Blandish se roidit. La porte s'ouvrit toute grande et Slim entra dans le studio.

Il était monté par l'escalier de secours et s'était introduit dans l'appartement par la fenêtre de la salle de bains. Ses yeux jaunes étincelants se posèrent d'abord sur Miss Blandish, puis sur Rocco qui gisait sur le sol.

Bien qu'à demi inconscient, Rocco sentit venir le danger. Son instinct l'avertit que sa vie ne tenait plus qu'à un fil. Il roula sur le dos et tendit les mains, dans un geste futile de défense.

Slim s'avança. Il souriait.

Miss Blandish aperçut le couteau luisant qu'il tenait à la main et se détourna en fermant les yeux.

Elle entendit Rocco gémir.

Les bruits qui suivirent la firent tomber à genoux, et elle se boucha les oreilles.

Le bruit sourd de chacun des coups de couteau s'enfonçant dans le corps de Rocco l'agitait d'un frisson.

VI

Depuis deux interminables heures, Anna Borg, était enfermée dans une cellule isolée, au sous-sol du commissariat central. Elle était épuisée et terrifiée. Pendant la première heure, elle avait protesté, hurlé et tempêté, mais personne n'était venu. Elle avait l'impression d'être emmurée vivante, et ses nerfs lâchaient.

Elle se demandait sans cesse la raison de son arrestation et de son incarcération. Eddie parti s'expliquer avec M'man au sujet de Johnny, Anna avait décidé de tout laisser tomber. Elle en avait par-dessus la tête d'Eddie et du Paradise Club. Elle entendit démarrer sa voiture et jeta aussitôt quelques vêtements dans une valise, empocha l'argent qu'Eddie conservait à la maison pour les cas d'urgence, et sauta dans un taxi qui la conduisit à la gare.

Elle comptait aller à New York. Elle trouverait toujours à s'y employer dans un boui-boui ou un autre, en attendnat mieux. Tout lui paraissait préférable à la vie qu'elle menait avec Eddie ; elle n'avait aucune perspective d'avenir, et elle risquait fort de se laisser embringuer dans une sale histoire, à cause de M'man Grisson et de son dégénéré de fils.

Mais au moment où elle payait son taxi, deux grands types surgirent de nulle part et la coincèrent. L'un d'eux lui colla un insigne sous le nez.

— Anna Borg ?

— Vous pouvez pas dire « Miss », non ? protesta Anna en foudroyant du regard les deux détectives.

Mais en dépit de son agressivité, elle était loin d'être rassurée. Est-ce que ces macaques allaient l'arrêter ?

— Le commissaire principal veut vous parler, mon chou, dit l'un des inspecteurs. Ça ne vous prendra pas longtemps.

Une voiture de police vint se ranger le long du trottoir. Les passants s'arrêtaient et observaient la scène avec intérêt.

— J'ai un train à prendre, déclara-t-elle d'un ton acerbe. Dites à cette face de lune d'aller se faire voir.

Une large main se posa sur son bras.

— Allons, mon chou, fit le policier d'un ton persuasif. Vous ne courez pas après les ennuis, pas vrai ? Ce ne sera pas long.

Elle hésita un instant, mais comme les deux policiers la serraient de près, elle monta dans la voiture.

— Vous me le paierez, tous les deux, menaça-t-elle. Mon avocat s'occupera de vous ! Vous allez vous retrouver en uniforme et sur le bitume en moins de deux, moi, je vous le dis !

Le plus âgé des deux inspecteurs ricana.

— Faites pas l'enfant, mon chou. Du calme !

Anna l'injuria, puis elle se réfugia dans un silence boudeur. La panique la gagnait. Auraient-ils réussi à l'impliquer dans le meurtre d'Alvin Heinie ? Le jour où elle avait découvert qu'Heinie habitait le même hôtel qu'elle et que c'était lui qui avait mouchardé Riley lui semblait tellement lointain ! Une flambée de fureur irraisonnée l'avait poussée vers la chambre d'Heinie, et elle l'avait abattu lorsqu'il lui avait ouvert sa porte. Depuis, elle n'avait cessé de regretter son geste, mais elle était certaine de n'être pas soupçonnée. A présent, elle commençait à en être moins sûre.

Au commissariat central, elle demanda à parler à son avocat, mais l'inspecteur de garde se contenta de la regarder d'un air excédé et de faire signe à une gardienne au visage rébarbatif. Celle-ci l'empoigna par le bras et la traîna, malgré ses cris et ses protestations, dans une cellule. La porte claqua sur elle et la clé tourna dans la serrure.

Au bout de deux heures, Anna finit par se calmer. Lorsque la serrure grinça de nouveau et que la porte s'ouvrit, elle sauta sur ses pieds avec anxiété.

La gardienne lui fit signe de la suivre.

— Amenez-vous, le capitaine va vous recevoir.

— Je vous fiche mon billet qu'on me le paiera ! fit Anna, sans grande conviction.

La gardienne lui fit monter l'escalier et traverser la salle de garde, et la conduisit dans le bureau de Brennan. Anna s'arrêta pile sur le seuil en apercevant Fenner, assis sur l'appui de la fenêtre. Brennan était assis derrière sa table de travail et deux inspecteurs s'adossaient nonchalamment au mur. Elle écarquilla les yeux et regarda Fenner avec stupeur.

La gardienne la poussa sans douceur et Anna fit quelques pas nonchalants. La porte se referma derrière elle.

— Je vous garantis que cette petite plaisanterie va vous coûter cher! lança-t-elle à Brennan. Je veux voir mon avocat!

— Asseyez-vous, Anna, fit Brennan d'un ton placide. J'ai à vous parler.

— Qui c'est qui vous a permis de m'appeler Anna? Miss Borg, si ça vous fait rien.

— Assieds-toi et boucle-la! gronda l'un des inspecteurs.

— Espèce de gorille! glapit Anna, mais elle s'assit et regarda alternativement Brennan et Fenner avec inquiétude.

— Nous avons de bonnes raisons de croire que Miss Blandish, la jeune fille enlevée il y a quatre mois, est séquestrée au Paradise Club, exposa Brennan.

Anna parut suffoquée.

— Non, mais vous êtes tombés sur la tête? Tout le monde sait que c'est Frankie Riley qui l'a kidnappée. A quoi ça rime, ce vanne?

— C'est également ce que nous supposions, répondit Brennan, mais nous savons maintenant que c'est faux. La bande Grisson a repris la jeune fille à Riley. Nous sommes pratiquement certains qu'elle se trouve actuellement au Club.

— C'est un coup monté contre Eddie, hein? fit Anna d'un air soupçonneux. Comptez pas sur moi pour vous donner un coup de main, flicard. J'ai jamais entendu parler d'aucun kidnapping.

— L'heure tourne, Brennan, intervint Fenner. Faites-lui donc voir nos preuves à conviction. Si ça ne la fait pas changer d'avis, c'est qu'elle n'en changera jamais.

Brennan acquiesça et fit signe à un des inspecteurs, qui s'approcha d'Anna.

— Venez, mon chou, je vais vous montrer quelque chose.

Anna regarda Brennan avec inquiétude.

— Je veux mon avocat. Vous n'avez pas le droit...

— Causez donc pas tant et amenez-vous, dit l'inspecteur.

Anna se leva et sortit du bureau avec le policier. Fenner et Brennan se regardèrent.

— J'ai l'impression qu'elle ne sait rien, dit Brennan. Nous sommes peut-être en train de perdre notre temps.

— On peut toujours essayer, répondit Fenner en allumant une cigarette.

Ils attendirent.

Au bout d'une dizaine de minutes, la porte se rouvrit; l'inspecteur ramenait Anna. Il la soutenait. Le visage de la jeune femme était livide et ses yeux avaient une expression horrifiée. Elle s'effondra sur une chaise et enfouit son visage dans ses mains.

— Vous avez pu l'identifier? lui demanda Brennan. C'est bien Riley?

Elle frissonna.

— Bande de salopards! Comment avez-vous pu me faire ça?

Fenner s'approcha d'elle.

— Il n'est pas beau à voir, hein? C'est la bande Grisson qui l'a mis dans cet état-là. Nous les avons retrouvés tous les trois: Riley, Bailey et le vieux Sam. M'man Grisson avait bien goupillé son coup, et Eddie a dû bien rigoler lorsque vous vous êtes imaginée que Riley vous avait plaquée. Riley a passé pour le responsable, alors qu'il était mort et enterré. Et l'argent de la rançon? Vous en avez vu la couleur? Je parie que non. Tout ce que ça vous a rapporté, c'est votre petit numéro d'effeuillage au Club et les parties de jambes en l'air avec Eddie. Eh bien, voilà l'occasion d'égaliser la marque. Qu'est-ce que vous en dites, mon petit ?

— Laissez-moi ! hurla Anna. Je ne sais rien !

— Un peu de bon sens, dit Fenner. Jusqu'ici, on ne vous reproche rien... arrangez-vous pour que ça continue. Si vous êtes gentille avec nous, on sera gentils avec vous. Maintenant, écoutez-moi bien. Nous voulons savoir si la petite est au Club. Nous le pensons, mais il nous faut une certitude. Elle est au premier, dans la chambre fermée à clé, n'est-ce pas ?

Blême et tremblante, Anna le dévisagea avec fureur.

— Débrouillez-vous tout seul !

— Essayez de vous mettre à la place de cette jeune fille ! fit Brennan en se penchant vers elle. Ça vous plairait, d'être enfermée avec un dégénéré comme Grisson ? Allons, Anna, si vous savez quelque chose, dites-le. Il y a une récompense de quinze mille dollars à la clé, et je veillerai à ce que vous la touchiez.

— Allez vous faire foutre ! J'ai jamais affranchi un flic, et c'est pas aujourd'hui que je vais commencer.

— Puis-je parler en tête à tête avec cette jeune personne pendant cinq minutes ? demanda Fenner.

Brennan hésita, mais finit par se lever. Le temps pressait. Il sortit de la pièce en faisant signe aux deux inspecteurs de le suivre.

Anna défia Fenner du regard.

— Gaspillez pas votre salive, j'ai rien à vous dire.

— Je crois que si, répliqua Fenner. Moi, en tout cas, j'ai quelque chose à vous dire. J'ai fait une petite enquête sur votre compte, Anna. Brennan ignore que vous habitiez le Palace Hôtel, la nuit où Heinie s'est fait descendre. Il ne sait pas que vous possédez un automatique calibre 25, mais il sait qu'Heinie a été abattu avec un 25. Si je le lui racontais, il n'en aurait pas pour longtemps à additionner deux et deux, et à vous coller une inculpation de meurtre sur le dos. Vous aviez le mobile, l'occasion et l'arme. Vous m'aidez et je la boucle, sinon, je dis à Brennan que vous étiez à l'hôtel ce soir-là et je vous laisse vous dépatouiller.

Anna détourna son regard.

— Qu'est-ce que vous décidez? demanda Fenner. Nous perdons du temps. La petite Blandish est au Club?

Anna hésitait. Elle finit par déclarer :

— J'en sais rien, mais y a une fille dans cette pièce. Je l'ai pas vue et je sais pas si c'est la fille Blandish.

Fenner ouvrit la porte et appela Brennan.

— Elle a changé d'avis, annonça-t-il. Elle sait qu'il y a une femme dans la chambre fermée à clé, mais elle ne l'a jamais vue.

— Comment savez-vous qu'il y a une femme dans cette pièce, si vous ne l'avez pas vue? demanda Brennan.

— J'ai entendu les gars en discuter, répondit Anna d'une voix morne. J'ai vu M'man y monter le linge que ramenait la blanchisseuse. J'ai vu Slim y entrer avec des paquets achetés dans des magasins de mode.

— Et maintenant, réfléchissez bien, dit Brennan. Comment pénétrer dans le Club et parvenir à cette jeune fille avant qu'elle n'attrape un mauvais coup?

Anna haussa les épaules.

— Ça, j'en sais rien. C'est pas moi qui dirige votre foutue police. C'est votre boulot, ça.

— Pendant les heures d'ouverture du Club, est-il possible de le prendre d'assaut? demanda Fenner.

— Absolument impossible. Ils ont pris toutes leurs pré- cautions de ce côté-là. Tous les membres du Club sont connus, et on n'ouvre jamais la porte avant de savoir à qui on a affaire.

— Et il n'y a pas d'autre entrée?

— J'en connais pas.

Fenner croisa le regard de Brennan et haussa les épaules.

— Bon, fit Brennan. (Il ouvrit la porte et appela la gardienne.) Conduisez cette jeune fille dans le bureau de Doyle, et surveillez-la.

— Hé ! s'exclama Anna en bondissant de son siège. Vous n'allez pas me garder ! Ecoutez...

— Vous resterez ici tant que nous n'aurons pas récupéré la jeune fille, décréta Brennan. Emmenez-la.

On l'entraîna en dépit de ses protestations véhémentes. Ses hurlements s'éteignirent ; Brennan constata :

— Elle ne nous a strictement rien appris.

— Si. Il y a effectivement une femme dans la chambre fermée à clé, rétorqua Fenner, et qui voulez-vous que ce soit, sinon la petite Blandish ? Mais comment allons-nous la sortir de là ?

— Si nous décidons d'entrer en force, dit Brennan, il faut commencer par nous assurer qu'il n'y aura pas de clients. La première chose à faire, c'est d'encercler la baraque et d'empêcher les gens d'y pénétrer. Le Club ouvre vers dix heures. (Il consulta sa montre.) Il n'est pas encore huit heures. Si nous pouvions mettre la main sur un des gars de la bande Grisson, nous arriverions peut-être à le faire parler. Cette porte d'acier n'est peut-être pas la seule voie d'accès. (Il décrocha son téléphone.) Allô, Doyle ? Il me faut un des truands de la bande Grisson, et vite... Non, n'importe lequel. Coffrez-les tous si vous pouvez, mais il m'en faut au moins un immédiatement... D'accord. (Il raccrocha.) Si un de ces salopards traîne en ville, on le pincera. Je ne vois guère autre chose à faire en attendant.

— Il faudrait mettre Blandish au courant, suggéra Fenner. Après tout, c'est sa fille.

Brennan hésita, puis finit par acquiescer. Il désigna le téléphone.

— D'accord. Allez-y.

VII

Eddie Schultz se rendit compte qu'il n'était pas aussi endurci qu'il se plaisait à le croire. Le film était passionnant, mais il n'arrivait pas à s'y intéresser.

Il ne cessait de penser à Miss Blandish. Elle devait être morte, à présent. Qu'est-ce que M'man allait faire du corps ? Une corvée de plus en perspective pour Eddie et Flynn. Comment réagirait Slim ? Eddie n'aurait pas voulu être à la place de M'man pour tout l'or du monde.

Brusquement, l'obscurité de la salle de cinéma lui devint insupportable. Il se leva, bouscula les trois spectateurs qui le séparaient du couloir et sortit de la salle. Il était huit heures trois minutes. Eddie éprouva le besoin de boire un bon coup. Il traversa la rue, entra dans un bar et commanda un double scotch. Puis il s'enferma dans la cabine téléphonique et composa le numéro de son appartement. Il allait proposer à Anna de venir le rejoindre dans ce bar, et ils iraient dîner ensemble. Il en avait assez de sa solitude.

Personne ne répondit, ce qui l'irrita. D'habitude, Anna ne sortait jamais avant neuf heures. Où était-elle allée ? Il retourna au bar, expédia son verre, paya et sortit. Il décida de faire un saut chez lui en voiture. Peut-être Anna ne s'était-elle absentée que pour quelques minutes et serait-elle de retour.

Arrivé devant chez lui, il gara sa voiture et pénétra dans le hall.

Le concierge, un grand Noir costaud, assis dans sa loge, était plongé dans les pronostics hippiques.

— Salut, Frisé, dit Eddie en s'arrêtant devant la loge. T'as vu sortir Miss Borg ?

— Pour sûr, monsieur Schultz. Elle est partie dix minutes après vous. (Il lança à Eddie un coup d'œil furtif et intrigué.) Même qu'elle portait une valise.

Eddie fronça les sourcils.

— Merci, Frisé.

Il prit l'ascenseur, monta chez lui, ouvrit sa porte et entra. Il se dirigea tout droit vers la chambre à coucher. Les portes du placard étaient béantes, et il vit au premier coup d'œil que la plupart des vêtements d'Anna avaient disparu.

Il jura entre ses dents. Alors, elle s'était tirée ! Allait-il avertir M'man ? Il hésita. Il fallait pourtant qu'elle soit prévenue. Il se dirigeait vers le téléphone lorsque la sonnette de la porte retentit.

Qui cela pouvait-il bien être ? se demanda-t-il avec inquiétude. Il glissa une main sous son veston et la referma sur la crosse de son automatique. Il s'approcha de la porte.

— Qu'est-ce que c'est ? cria-t-il.

— C'est un message de Miss Borg, monsieur Schultz, répondit la voix du concierge.

Eddie se hâta de tourner la poignée de la porte, qui s'ouvrit et le repoussa violemment. Il recula en vacillant. Il n'eut pas le temps de recouvrer son équilibre : deux malabars s'étaient introduits dans l'appartement et le menaçaient de leurs revolvers.

— T'excite pas, Schultz, dit l'un d'eux. Pas de gestes inconsidérés.

Le concierge, qui ouvrait de grands yeux, jeta un coup d'œil et s'éclipsa en toute hâte.

Eddie affronta les policiers. Une sensation de froid désagréable l'assaillit au creux de l'estomac.

— Vous n'avez rien contre moi, fit-il. Qu'est-ce qui vous prend d'entrer chez moi comme dans un moulin ?

Un des malabars passa derrière lui et le soulagea de son automatique.

— T'as un permis de port d'arme, Schultz ?

Eddie ne répondit pas.

— Amène-toi sans faire d'histoire. Si tu cherches du suif, t'en auras tant que t'en voudras, mais à quoi ça t'avancera ?

— J'irai pas avec vous, grogna Eddie. Vous avez rien à me reprocher.

— Toujours la même rengaine, dit le policier. Allez, viens.

Eddie hésita, mais finit par se laisser pousser dans l'ascenseur. Ils montèrent dans une voiture de police garée devant l'immeuble et, dix minutes plus tard, Eddie se trouvait devant Brennan et Fenner, dans le bureau de Brennan.

— Qu'est-ce que c'est que cette salade ? fanfaronna Eddie. Vous avez pas le droit de m'amener ici. Je veux parler à mon avocat.

— Montrez-lui les preuves à conviction, dit Brennan, et ramenez-le.

Eddie sortit avec les deux inspecteurs en haussant les épaules, mais il était beaucoup moins rassuré qu'il ne voulait le paraître. Pourquoi avaient-ils arrêté Anna ? Qu'est-ce qu'elle savait, au juste ? Avait-elle parlé ?

Cinq minutes plus tard, il était de retour, blanc comme un linge et tremblant comme une feuille.

— Nous savons que c'est toi et tes copains qui avez descendu ces types, déclara Brennan. Johnny a parlé, avant de se faire buter. Nous savons que c'est toi et tes copains qui avez enlevé la petite Blandish. Tu as encore une chance de sauver ta peau d'hareng, Schultz. Nous voulons sortir la petite du Club. Dis-nous comment on y entre, et je t'éviterai la chambre à gaz. Tu tireras dix ou quinze ans, mais tu sauveras ta peau. D'accord ?

— Je sais pas de quoi vous parlez, flicard, répondit Eddie, dont le visage ruisselait de sueur. J'ai pas enlevé la fille... j'ai pas rectifié ces types... Je veux mon avocat.

— Je n'ai pas le temps de discuter avec toi, Schultz, dit Brennan. Ton seul espoir, c'est de te mettre à table, et tu ferais bien de t'y mettre tout de suite, sinon tu vas regretter d'être né.

— Puisque je vous dis que je sais rien ! Je veux mon avocat.

Brennan décrocha le téléphone.

— Envoyez-moi immédiatement O'Flagherty et Doogan, dit-il. (Il raccrocha et expliqua à Eddie :) Ces deux gars-là se font salement amocher par des arsouilles de ton espèce. O'Flagherty a passé quatre mois à l'hôpital, et Doogan a perdu un œil. Nous les avons gardés, ils n'auraient pas su quoi faire dans le civil, mais ils ne sont plus bons à grand-

chose pour le service actif. Ils ont quand même leur utilité.
Ils haïssent les gangsters. Il m'arrive de tomber sur un
coriace dans ton genre, qui refuse de collaborer. Je le confie
à ces deux gars-là, et ça les fait bicher. Je ne cherche pas à
savoir ce qu'ils lui font, mais invariablement, il se met à
table quand il a passé deux heures — ou même moins — en
leur compagnie. Quand il revient ici pousser sa chanson-
nette, il est toujours dans un état pitoyable, mais ça ne me
dérange pas, parce que mes gaillards aussi étaient dans un
état pitoyable lorsque nous les avons retrouvés, le jour où les
gangsters se sont fait la main sur eux.

Eddie avait entendu parler d'O'Flagherty et de Doogan.
Des copains à lui avaient passé les deux policiers à tabac, et,
à l'époque, cette nouvelle l'avait rempli d'aise ; mais à l'idée
d'avoir affaire à ces deux gorilles, il était terrifié.

— Vous pouvez pas me faire ça ! s'exclama-t-il en reculant
et en s'arrêtant le dos au mur. J'ai des relations ! si on me
touche, je vous fais casser !

Brennan eut un sourire meurtrier.

— Vous dites tous la même chose, bande de fumiers...
N'empêche que je suis toujours là.

La porte s'ouvrit brusquement et deux hommes entrèrent
dans le bureau. Eddie n'avait jamais vu des balaises d'un tel
gabarit, en dehors des poids lourds professionnels. Ils
portaient des sweat-shirts et des pantalons d'uniforme. En
contemplant les muscles énormes qui roulaient sous leurs
tricots et leurs gueules de brutes impitoyables, Eddie eut
une sueur froide.

Ils s'arrêtèrent près de la porte et le regardèrent. Doogan,
dont l'orbite rose et vide semblait dévisager Eddie, serra ses
poings monstrueux. O'Flagherty, le visage couturé de cica-
trices, le nez écrasé, lança à Brennan un coup d'œil plein
d'espoir.

— Mes enfants, dit Brennan, je vous présente Eddie
Schultz. Nous savons qu'il a trempé dans l'enlèvement de la
fille Blandish. Il prétend que, dans la police, nous sommes

tous des mauviettes, et que personne ne sera capable de le faire parler. Vous voulez essayer ?

O'Flagherty sourit et découvrit ses dents cassées. Il regarda Eddie de l'air d'un tigre qui contemple une chèvre bien dodue.

— Et comment, capitaine, qu'on aimerait essayer ! Il a pas l'air tellement coriace.

Doogan s'approcha d'Eddie.

— Alors, mon mignon, t'es un dur ? lui demanda-t-il en le foudroyant de son œil unique.

Sa main droite fendit l'air et s'abattit ur le visage d'Eddie comme un marteau-pilon. Eddie fut catapulté à l'autre bout de la pièce et atterrit à quatre pattes, la tête bourdonnante, le visage en feu.

— Eh ! là ! Pas dans mon bureau ! protesta Brennan. Je ne tiens pas à ce qu'il y ait du sang partout. Emmenez-le !

Eddie se remit péniblement debout. Ses nerfs lâchèrent lorsque Doogan et O'Flagherty l'encadrèrent.

— Arrêtez-les ! cria-t-il. Je vais parler ! Les laissez pas me toucher !

— Une minute, les enfants, dit Brennan en se levant.

Les deux policiers s'écartèrent en regardant Eddie d'un air à la fois surpris et déçu.

— Je vais parler, répéta Eddie, en posant une main sur sa joue tuméfiée. Les laissez pas me toucher.

— Ça, alors, c'est une surprise ! s'exclama Brennan. Ça va, les enfants, attendez dans le couloir. Si j'ai l'impression qu'il a beosin d'encouragements, je vous appelle.

Doogan s'essuya le nez d'un revers de main, en signe de mépris.

— Je peux y filer encore un gnon, capitaine ? Rien qu'un ? implora-t-il en serrant les poings.

— Pas pour l'instant, répondit Brennan. Tout à l'heure peut-être.

Les deux policiers sortirent à contrecœur.

— Assieds-toi, dit Brennan.

Eddie s'écroula sur une chaise, en face du capitaine.

— La petite Blandish est au Club ? demanda Brennan.

Eddie se passa la langue sur les lèvres.

— Ça tient toujours, votre proposition, capitaine ? Vous vous arrangez pour que je passe pas à la chambre à gaz ?

— Ça tient toujours. Elle y est ?

— Ouais.

— Comment peut-on entrer ?

Eddie hésita une seconde, puis se jeta à l'eau.

— Elle est morte, capitaine. J'ai rien pu faire pour l'empêcher. C'est M'man... Elle a obligé Doc à la liquider.

Fenner et Brennan sautèrent sur leurs pieds.

— Est-ce que tu mens, par hasard ? demanda Brennan d'une voix glaciale.

— Je vous dis que j'y suis pour rien, bredouilla Eddie. M'man a toujours voulu se débarrasser d'elle, mais Slim en pinçait pour elle. Quand on a appris que ce type-là (montrant Fenner) allait chez Johnny, M'man a ordonné à Slim et aux autres de descendre le vieux. Comme Slim était plus là, M'man a décidé de rectifier la gosse. J'ai essayé de l'en empêcher, mais quand M'man s'est fourrée une idée dans la tête, c'est macache pour l'en faire démordre. Elle a dit à Doc de lui faire une piquouse.

Brennan tourna les yeux vers Fenner, qui eut un geste d'impuissance. Depuis le début de l'enquête, il s'attendait à apprendre la mort de Miss Blandish, et la nouvelle ne le surprenait pas.

— En dehors de la porte d'acier, y a-t-il un autre moyen de pénétrer dans le Club ? demanda Brennan.

— Par l'entrepôt d'à côté, répondit Eddie. Y a une porte dans le mur, à gauche en entrant.

Brennan appela Doogan.

— Colle-moi ce coco-là au placard, dit-il lorsque Doogan entra, mais ne le secoue pas, compris ?

Doogan empoigna Eddie par un bras et le fit sortir.

— C'est peut-être mieux comme ça, dit Fenner. Son père

lui-même la souhaitait morte. Il vaut mieux que je le
prévienne.

— Oui... Elle va le payer, la vieille salope. Vous nous
accompagnez ?

— J'appelle Blandish et je vous rejoins.

Tandis que Fenner décrochait le téléphone, Brennan sortit
en trombe et hurla ses ordres au sergent de l'équipe de choc.

CHAPITRE V

I

Miss Blandish s'adossa au mur en se mordant les poings.
Elle aurait voulu hurler, mais elle ne pouvait pas. Elle
regardait d'un œil horrifié la forme prostrée de Rocco, sur le
tapis de haute lice. Le sang coulait de ses nombreuses
blessures et dégoulinait en serpentant sur le sol.

Slim, debout au-dessus de lui, haletait : son couteau plein
de sang semblait prêt à s'échapper de ses doigts gourds. Il se
pencha et nettoya la lame en l'essuyant sur le veston du
mort.

— Il t'embêtera plus, déclara-t-il en souriant à Miss
Blandish. Tant que je serai là, personne t'embêtera.

Il s'approcha de la fenêtre et regarda dans la rue. La
circulation était intense, et le flot des piétons qui rentraient
chez eux, leur journée finie, encombrait les trottoirs. Slim
comprit qu'il n'était pas question de se montrer dehors avec
la jeune fille. Elle risquait trop d'être reconnue. Il se
demanda ce que M'man ferait à sa place. Il jeta un coup
d'œil sur Rocco ; il lui vint brusquement une idée dont il se
félicita. Il allait montrer à M'man qu'elle n'était pas le seul
cerveau de la bande.

Il gagna la penderie et en tira un des complets de Rocco. Il trouva également une chemise et une cravate, et lança le tout sur le lit.

— Mets ça, ordonna-t-il à Miss Blandish. Faut que je me débrouille pour te ramener chez nous. Vas-y, enfile ce costard.

Miss Blandish secoua la tête en signe de refus et battit en retraite. Slim la poussa impatiemment vers le divan.

— Fais ce que je te dis ! fit-il en lui pinçant le bras. Enfile ça !

Terrifiée, elle retira sa petite robe de cotonnade en la faisant passer par-dessus sa tête et la laissa choir à terre. Puis elle se hâta d'empoigner la chemise, consciente que Slim ne la quittait pas des yeux.

Leurs regards se croisèrent. Dans celui de Slim brillait une lueur qu'elle connaissait bien ; elle recula en serrant la chemise contre elle.

— Non... je vous en prie...

Slim s'avança lentement et lui arracha la chemise. Il avait les lèvres serrées, la respiration haletante et le regard fixe.

Frissonnante, Miss Blandish se laissa pousser sur le divan sans résister.

Sur la cheminée, la pendule faisait entendre son tic-tac affairé, et la grande aiguille se déplaçait lentement sur le cadran enluminé. Une grosse mouche bleue bourdonnait avec entrain sur la tâche de sang qui souillait le veston de Rocco. Dans la rue, les voitures freinaient, s'arrêtaient, repartaient en faisant grincer leurs vitesses, s'arrêtaient de nouveau.

Miss Blandish poussa un brusque cri perçant.

Le temps passa, et, dans le studio, les ombres s'allongèrent. Dans l'appartement du dessous, on brancha la télévision. Une voix impersonnelle se mit à expliquer à tue-tête la façon de faire cuire un gâteau, et son verbiage tonitruant finit par réveiller Slim, qui ouvrit lentement les yeux. Il tourna la tête pour regarder Miss Blandish, étendue sur le dos à côté de lui. Elle contemplait le plafond.

— Tu l'entends, cette cloche ? dit Slim. On dirait qu'y a rien de plus important au monde que sa saloperie de gâteau.

Il leva la tête pour regarder la pendule. Il était huit heures vingt. Il en fut surpris. Il ne croyait pas avoir dormi aussi longtemps. Il se leva. La circulation s'était ralentie. L'heure de la sortie des bureaux était passée.

— Faut qu'on se taille, dit-il. M'man doit se demander où on est passés. Allez, poupée, enfile ce costard.

La jeune fille se leva ; elle se mouvait comme une somnambule. Elle mit la chemise et le complet de Rocco. Le nœud de cravate lui donna du mal. Slim, assis au bord du lit, la regardait faire avec un air de satisfaction infantile.

— C'est pas commode, hein ? Moi aussi, j'avais du mal à mettre ma cravate, mais on s'y fait. T'es drôlement chouette, en garçon. (Il jeta un coup d'œil au cadavre de Rocco.) Dans le temps, il était jockey. J'ai jamais pu encadrer les mecs qui perdent leur temps avec les bourrins. (Il le poussa du pied). Il a eu ce qu'il méritait.

Miss Blandish était habillée. Le costume de Rocco lui allait parfaitement, et Slim la regarda en hochant la tête d'un air approbateur.

— Tu fais un bath garçon, déclara-t-il. (Il fouilla dans la penderie et en tira un des chapeaux de Rocco.) Mets ça, et cache tes beaux cheveux dessous. On va te prendre pour mon petit frère.

Sans plus bouger qu'un mannequin sans vie, elle laissa Slim la coiffer du chapeau. Chaque fois que ses doigts chauds et moites touchaient sa peau, elle tressaillait imperceptiblement.

— Bon, fit Slim, allons-y.

Il la poussa dans la salle de bains, se pencha à la fenêtre, et examina minutieusement la cour. Il s'assura qu'elle était déserte, aida la jeune fille à enjamber la fenêtre pour passer sur l'escalier de secours.

Il la prit par le bras et la fit descendre rapidement. Un

homme mit le nez à sa fenêtre au moment où ils atteignaient le dernier palier. Il était gros, vieux et chauve.

— Qu'est-ce que vous foutez là, tous les deux ? demanda-t-il.

Slim tourna la tête vers lui et le vieux battit précipitamment en retraite, terrifié par son visage blafard et décharné, sa bouche molle, ses yeux jaunes étincelants, et les longues mèches grasses qui pendaient sous son chapeau.

Slim avait garé la Buick au bout du passage. Il y poussa Miss Blandish, fit le tour de la voiture et s'installa au volant. Avant de démarrer, il sortit du casier à gants le 45 qu'il y gardait en permanence. Il glissa le revolver sous sa cuisse droite, démarra et déboucha sur le boulevard.

Il approchait du Club lorsque le mugissement d'une sirène de police l'alerta. Il regarda dans son rétroviseur ; les voitures qui le suivaient se rangeaient sur la droite pour dégager le milieu de la chaussée. Trois voitures de police arrivaient à toute allure, Slim serra également à droite, et les trois voitures le doublèrent en trombe. Il les suivit. Vaguement inquiet, il se demanda où elles allaient. Quelques instants plus tard, il se rendit brusquement compte qu'elles ralentissaient et s'arrêtaient devant la cour du Paradise Club.

Affolé, Slim lança la Buick dans une rue latérale. Une voiture qui s'apprêtait à le doubler freina dans un hurlement de pneus. Il se rangea le long du trottoir et regarda derrière lui ; une douzaine de policiers jaillirent des voitures et traversèrent la cour au pas de course, en direction du Club.

Son front se couvrit de sueur. Que faire ? Où aller ? Il lança un coup d'œil à Miss Blandish ; l'air absent, elle regardait droit devant elle. Sans M'man, sans la porte d'acier et les volets blindés du Club, Slim se sentit perdu, terrifié. Son cerveau atrophié essayait désespérément de faire face à la situation.

— Hé ! Vous !

Il se retourna. Un flic examinait l'intérieur de la voiture ;

son regard passa de Slim à Miss Blandish. Slim le reconnut. C'était l'agent de ronde du quartier, un grand vachard d'Irlandais qui ne ratait jamais une occasion de chercher des crosses à la bande Grisson.

— Descendez, dit le flic en tendant la main vers son étui à revolver.

En un éclair, Slim dégagea le 45 caché sous sa cuisse, le souleva et tira. La balle atteignit l'agent en pleine poitrine et l'abattit sur le trottoir.

Miss Blandish hurla. Slim sursauta et la gifla d'un revers de main. Le coup l'atteignit sur la bouche et la rejeta brutalement contre le dossier du siège.

Plusieurs passants se jetèrent à plat ventre.

Jurant comme un possédé, Slim lança son revolver sur la banquette et démarra. On l'interpella ; il accéléra à fond.

La peur le rendait frénétique. Il n'avait qu'une idée : sortir de la ville. Une fois sur la route, il allait faire donner toute sa puissance à la Buick.

Au moment où Slim abattait l'agent, Fenner et Brennan descendaient d'une voiture de police qui venait de se ranger le long du trottoir. En entendant la détonation, les deux hommes se figèrent. Ils virent la Buick s'éloigner à toute vitesse en se faufilant entre les autres voitures.

Fenner courut vers le policier abattu, tandis que Brennan faisait signe à trois motards de prendre la Buick en chasse. Ils se lancèrent à ses trousses dans un rugissement de moteurs. Brennan rejoignit Fenner, qui secoua la tête.

— Il a foutu le camp, dit-il. Qui ça pouvait-il bien être ?

— Un des truands de la bande Grisson, répondit Brennan d'un air farouche. Venez, on va s'occuper des autres. Ce salopard-là n'ira pas loin.

Les policiers continuaient à arriver. La rue se peuplait d'une foule de badauds.

A l'intérieur du Club, M'man Grisson observait le monde extérieur par une des meurtrières ménagées dans les volets d'acier qui fermaient la fenêtre de son bureau.

Flynn regardait par une autre meurtrière. Woppy se faisait tout petit contre le mur. Doc Williams était assis près du bureau de M'man. Il tenait un verre à demi plein de whisky pur. Son visage luisait de sueur et ses yeux étaient vitreux.

M'man se retourna lentement et regarda Doc, puis Woppy. Flynn s'écarta de la fenêtre et tourna ses yeux vers elle.

— Eh bien, ce coup-ci, ça y est, fit M'man d'une voix dure et glaciale. On est au bout de notre rouleau. J'ai pas besoin de vous dire ce qui nous attend.

Flynn avait gardé son calme. Ses petits yeux méchants remuaient sans cesse, mais il ne semblait pas avoir peur. Woppy, lui, paraissait prêt à tourner de l'œil. Il roulait des yeux terrorisés. Doc but une gorgée de whisky et haussa les épaules. Il était trop saoul pour éprouver le moindre sentiment.

M'man traversa lentement la pièce, ouvrit un placard et en sortit une mitrailleuse Thompson.

— Faites ce qui vous plaira, les gars, dit-elle. Moi, j'ai mon idée. La flicaille ne m'aura pas vivante. Ça me fera vachement plaisir d'emmener quelques-uns de ces fumiers avec moi.

Flynn s'approcha et prit une mitraillette dans le placard.

— Je reste avec vous, M'man, dit-il. Va y avoir du sang, et pas plus tard que tout de suite.

Des coups sourds ébranlèrent la porte d'acier. Une voix amplifiée par un haut-parleur tonitrua :

— Sortez de là ! Les mains en l'air !

— Il va leur falloir un moment pour entrer, dit M'man. (Elle alla s'asseoir derrière son bureau, sur lequel elle posa la Thompson, braquée sur la porte.) Bon. Vous autres, laissez-moi. Je suis chez moi, ici, et c'est ici que je veux mourir. Planquez-vous ailleurs. Allez, du vent !

— Et si on les laissait entrer ? suggéra Doc. (Il finit son whisky et posa le verre vide sur le bureau.) Nous sommes riches, M'man. On pourra s'offrir les meilleurs avocats. On a encore une chance de s'en tirer.

M'man eut un sourire méprisant.

— Vous croyez ça? Pauvre andouille! Vieux saoulard! Faites, si c'est votre idée. Trouvez-vous un avocat, et vous verrez où ça vous mènera. Moi, je sais à quoi m'en tenir. Sortez d'ici et laissez-moi seule.

Flynn avait déjà quitté la pièce. Il traversa la salle de restaurant obscure, courut vers l'escalier. Des coups violents ébranlèrent la porte d'acier; il s'arrêta dans le vestibule. Il jeta un coup d'œil autour de lui et se glissa derrière le comptoir qui interdisait l'accès de l'escalier. Il y posa sa Thompson et attendit; son cœur battait, ses lèvres minces se retroussaient en un mauvais rictus.

Woppy fit irruption dans le vestibule, tel un lapin poursuivit par un renard. Il fonçait sur la porte d'entrée.

— Fais pas ça, beugla Flynn, ou je te fous les tripes à l'air! Woppy pivota sur ses talons et regarda Flynn d'un air épouvanté.

— Faut que je sorte d'ici! hurla-t-il. J' veux pas me faire tuer! J' veux m'en aller!

— Tu peux plus aller nulle part, déclara Flynn. Ton avenir, il est derrière toi. Arrive ici.

Un revolver aboya derrière Flynn et le visage de Woppy se mua brusquement en un magma écarlate. Il tomba la tête la première et roula sur lui-même en griffant l'air de ses doigts.

Flynn s'accroupit et se retourna. Au-dessus de lui, sur le palier du premier, deux flics venaient d'apparaître, revolver au poing.

Il appuya sur la détente de la Thompson et comprit que les policiers avaient réussi à s'introduire dans le Club en passant par l'entrepôt; à présent, la partie était jouée.

Le martèlement de la Thompson fit entendre son message de mort. Les deux flics parurent se dissoudre sous la rafale de plomb. Puis une autre mitraillette se mit à cracher, au premier.

Flynn s'aplatit pour éviter une giclée qui lui frôla la tête.

Ruisselant de sueur, le sourire aux lèvres, il se dit que c'était la meilleure façon de mourir : tuer et se faire tuer.

Il pivota, leva le canon de son arme et risqua un œil hors de son abri. La Thompson du premier étage rugit. Quatre balles lui firent sauter le sommet du crâne. Il tirait encore lorsqu'il s'écroula sur la moquette, dans une flaque de sang mêlée de matière cervicale.

Quatre policiers s'avancèrent prudemment sur le palier et examinèrent le vestibule. Brennan les rejoignit.

— Il ne reste plus que Doc, la vieille et Slim, annonça Brennan à Fenner qui arrivait.

— L'un d'entre eux s'est enfui dans la Buick, lui rappela Fenner. Ça pourrait être Slim.

Brennan se risqua à découvert, mit les mains en porte-voix et cria :

— Hé ! vous autres ! Sortez de là ! Vous êtes cuits ! Amenez-vous, les mains en l'air !

Doc Williams se leva tant bien que mal.

— Eh bien, M'man, ce coup-ci, on est vraiment au bout du rouleau, comme vous le disiez tout à l'heure. Je ne suis pas un homme d'action. Je me rends.

Assise derrière son bureau, ses grandes mains posées sur la mitraillette, M'man sourit en montrant ses dents jaunes.

— Comme vous voudrez. Vous aurez droit à la perpète, ou peut-être même à la chambre à gaz... Vaudrait mieux en finir rapidement.

— Je ne suis pas un homme d'action, répéta Doc. Adieu, M'man. Ça se présentait pourtant bien, hein ? Mais rappelez-vous, depuis le début, j'ai toujours dit que je n'aimais pas le kidnapping. Vous voyez ce que ça nous a rapporté.

— Sortez, là-dedans ! gueula Brennan. C'est la dernière fois que je vous le dis ! Sortez, sinon c'est nous qui entrons !

— Adieu, Doc, dit M'man. Sortez lentement, les mains en l'air. Ces gars-là seraient trop contents de vous flinguer.

Doc se retourna et se dirigea lentement vers la porte. Il l'ouvrit et s'arrêta sur le seuil.

— Je sors, cria-t-il. Ne tirez pas.

M'man eut un sourire méprisant. Elle leva la Thompson et la pointa sur le dos de Doc.

Doc s'avança dans la salle de restaurant à peine éclairée. M'man appuya sur la détente. La mitraillette cracha une courte rafale qui catapulta Doc. Il s'effondra. Il mourut avant d'avoir touché terre.

— Vaut mieux que tu sois mort, pauvre vieux schnock, murmura M'man en se levant.

Elle prit sa mitraillette à deux mains, marcha silencieusement et calmement vers la porte, où elle s'arrêta.

— Venez me chercher ! hurla-t-elle. Amenez-vous, bande de foies blancs ! Venez me chercher !

II

Slim, penché en avant, se cramponnait à son volant. Le regard fixe et tendu, il avalait l'avenue à une vitesse folle et s'éloignait du centre. Sa bouche molle pendait et son visage maculé et blafard luisait de sueur. Dans son dos retentissaient les sirènes des motards lancés à ses trousses. Plus qu'un kilomètre, et ce serait l'autoroute. S'il y parvenait, le moteur gonflé de la Buick lui permettrait de distancer ses poursuivants.

Une voiture déboucha à vive allure d'une rue adjacente. La collision semblait inévitable. Miss Blandish poussa un cri et se cacha le visage entre ses mains. Slim eut un rictus et appuya à fond sur l'accélérateur, tandis que l'autre conducteur freinait désespérément. La Buick passa de justesse.

Cent mètres plus loin, il rencontra un croisement important et les feux passèrent au rouge au moment où la Buick arrivait en grondant.

Slim appuya sur l'avertisseur. Les motards, voyant qu'il ne s'arrêtait pas, déclenchèrent leurs sirènes pour dégager la route.

La Buick déboucha au croisement à toute allure. Les autres voitures s'arrêtèrent pile. Mais un des conducteurs manqua de réflexe. La Buick lui emboutit l'aile et pulvérisa son phare.

Slim jura et manœuvra furieusement son volant pour redresser la Buick. Il poursuivit son chemin. Brusquement, il fut sur l'autoroute. Il se détendit un peu, écrasa le champignon. La grosse voiture fit un bond en avant.

La nuit tombait. Dans quelques minutes, il ferait noir. Le hurlement des sirènes l'énervait ; cependant, maintenant qu'il pouvait faire donner toute sa vitesse à la voiture, il était à peu près sûr qu'on ne le rattraperait plus. Il jeta un coup d'œil dans le rétroviseur. A deux cents mètres derrière lui, deux des motards, courbés sur leur guidon, ne le lâchaient pas. Le troisième avait disparu. Slim aperçut un éclair lumineux, suivi d'un choc sur la carrosserie. Un des flics lui tirait dessus. Slim jura entre ses dents.

— Plaque-toi au plancher, dit-il à Miss Blandish. Allons... fais ce que je te dis !

Toute tremblante, elle se laissa glisser de la banquette et s'accroupit sur le plancher de la voiture. Slim alluma ses phares. Les sirènes des motards avaient au moins l'avantage de dégager la route. Les voitures se dirigeant vers la ville ralentissaient et se rangeaient sur le bas-côté. Il jeta un nouveau coup d'œil dans le rétroviseur. Un des flics avait perdu du terrain, mais l'autre ne décollait pas.

Slim leva le pied. La Buick perdit de la vitesse. Dans le rétroviseur, il vit le dernier motard approcher. Il l'attendit ; un mauvais sourire lui vint. Le policier remonta le long de la voiture et cria quelques mots que le bruit de la moto rendit indistincts. Slim ricana et donna un brusque coup de volant. Le flanc de la voiture heurta la moto et il se cramponna au volant pour éviter l'embardée. Du coin de l'œil, il vit la moto traverser la chaussée en diagonale, à toute vitesse. Elle percuta le fossé et disparut dans un nuage de poussière.

Slim redressa la Buick et accéléra. La voiture fonça dans la nuit tombante. Le bruit des sirènes s'était éteint et il put réfléchir à la conduite à tenir.

Il songea qu'il était un fugitif. Aucun abri ne s'offrait à lui. La jeune fille allait le gêner considérablement, mais il n'envisagea pas une seconde de s'en débarrasser.

Il consulta la jauge d'essence : le réservoir était à peu près plein. Mais où aller ? Il ne connaissait personne qui puisse lui offrir une planque. Il tendit le bras et toucha Miss Blandish à l'épaule.

— Tu peux te rasseoir, y a plus de danger.

Miss Blandish se hissa sur la banquette, à côté de lui. Elle se rencogna contre la portière et porta son regard, à travers le pare-brise, sur la large route qui se déroulait à l'infini devant la voiture.

Il y avait maintenant quinze heures qu'elle n'avait pas pris de drogue et ses idées s'éclaircissaient peu à peu. Elle s'efforçait de se rappeler pourquoi elle se trouvait dans cette voiture qui fonçait dans la nuit. Elle revoyait confusément l'image d'un petit homme brun au veston ensanglanté.

— Ils vont nous cavaler après, dit Slim. Ils vont nous traquer. Toi et moi, on est dans le bain, ensemble, jusqu'au bout. On peut pas se planquer.

Miss Blandish ne comprit pas le sens des mots, mais le ton de la voix lui donna le frisson.

Slim haussa les épaules. Il était habitué au silence de la jeune fille, mais, à cet instant, il aurait bien voulu qu'elle lui réponde. Si seulement elle avait pu l'aider ! La police n'allait pas tarder à établir des barrages, et la route nationale deviendrait dangereuse. Il allait falloir l'abandonner et s'enfoncer dans la campagne. Si seulement M'man avait été là ! Elle aurait su quoi faire.

Quelques kilomètres plus loin, ils arrivèrent à un croisement, et Slim quitta l'autoroute. Il suivit une route secondaire pendant un certain temps ; à un croisement, il aperçut un chemin de terre. Quittant la route goudronnée, il lança la

Buick sur le chemin tortueux et accidenté, et pénétra bientôt dans une région boisée.

Il faisait maintenant nuit noire, et Slim remarqua qu'il avait faim. Au bout de quelques kilomètres, il aperçut les lumières d'une ferme. Il ralentit, et voyant que le portail était ouvert, il engagea la Buick dans le sentier creusé d'ornières qui menait à la ferme.

— Je vais chercher quelque chose à bouffer, annonça-t-il. Attends-moi dans la bagnole. (Il posa sa main chaude et moite sur le poignet de Miss Blandish.) Te sauve pas, mon chou. Maintenant, faut plus qu'on se quitte, tous les deux. Reste là et bouge pas.

Il arrêta la voiture et descendit. Il sortit son revolver, s'avança silencieusement vers la fenêtre éclairée et jeta un coup d'œil à l'intérieur.

Trois personnes étaient assises autour de la table : un gros homme d'une cinquantaine d'années, en blue-jeans et chemise à carreaux, une femme au visage mince qui était probablement son épouse, et une jolie blonde dans les vingt ans qui devait être sa fille. Ils étaient en train de dîner, et la vue des plats étalés sur la table mit l'eau à la bouche de Slim.

Il s'approcha de la porte, empoigna le bouton et tourna lentement. La porte céda.

Il l'ouvrit toute grande. Les trois dîneurs levèrent la tête. La frayeur qui se peignit aussitôt sur leurs visages le fit sourire. Ses yeux jaunes étincelèrent ; il leur montra son revolver.

— Bougez pas et je vous ferai pas de bobo, annonça-t-il.

Il entra dans la pièce, l'homme se leva à moitié, mais se rassit immédiatement lorsque Slim tourna son arme vers lui.

— Je prends ça, déclara Slim en raflant un pâté de viande entamé. Vous avez le téléphone ?

L'homme tourna la tête vers l'appareil posé sur une table, le long du mur. Slim s'en approcha en reculant, posa le pâté et arracha le fil du mur.

— Pas besoin de vous affoler, dit-il. Oubliez que vous m'avez vu. (Il se tourna vers la jeune fille et l'examina. Elle était à peu près de la taille de Miss Blandish.) Vous, là ! (Il braqua le revolver sur elle.) Donnez-moi votre robe. Grouillez-vous !

La jeune fille devint blanche comme un linge. Elle regarda son père.

— Y en a un qu'a envie de se faire descendre ? aboya Slim.

— Fais ce qu'il te dit, conseilla l'homme.

La jeune fille se leva, fit glisser sa fermeture Eclair et retira sa robe. Elle tremblait tellement qu'elle tenait à peine sur ses jambes.

— Lancez-la-moi, ordonna Slim.

Ce qu'elle fit. Il attrapa la robe au vol et la fourra sous son bras.

— Et vous excitez pas, hein ? fit Slim.

Il prit le pâté, regagna la porte à reculons et disparut dans la nuit. Il courut à la Buick.

Lorsqu'il posa la robe sur ses genoux, Miss Blandish se rétracta.

— C'est pour toi, dit-il. (Il posa doucement le pâté entre eux deux et démarra.) Elle t'ira sûrement. Quand on sera un peu plus loin, tu la mettras. J'en ai marre de te voir dans le costard de ce minable.

Deux kilomètres plus loin, il arrêta la voiture. Il scruta les ténèbres derrière eux, mais ne vit aucun phare suspect et ne décela aucun bruit inquiétant.

— Allons-y, on bouffe, décréta-t-il. Ça sent rudement bon, ce truc-là.

Il détacha un morceau de pâté avec ses doigts sales et se mit à manger. Miss Blandish s'était assise le plus loin possible de lui.

— Vas-y ! fit-il d'un ton impatient. C'est bon.

— Non.

Il haussa les épaules et continua à bâfrer. Il termina son repas en cinq minutes et jeta le plat vide par la portière.

— Ça va mieux. (Il essuya ses doigts gras sur la jambe de son pantalon.) Mets-la, cette robe. Allons... grouille-toi !

— Je ne veux pas.

Il l'empoigna par la nuque et la secoua.

— Fais ce que je te dis ! glapit-il d'une voix que la colère rendait suraiguë. Mets cette robe !

Sans relâcher sa prise, il la força à descendre de voiture.

— Tu veux que je t'arrache tes frusques ?

— Non.

Il la lâcha.

— Alors, magne-toi !

A la lueur du plafonnier de la Buick, il la regarda retirer le complet de Rocco et enfiler la robe. Il ramassa le complet, le lança à l'arrière de la voiture, et fit brutalement rasseoir Miss Blandish.

Elle baissa la tête et enfouit son visage dans ses mains. Elle tremblait. Tout son corps réclamait maintenant impérieusement le bienheureux engourdissement que lui procurait la drogue régulièrement administrée par Doc. Les images floues qui l'avaient hantée pendant les quatre derniers mois se précisaient petit à petit.

Slim l'observait avec inquiétude. Il devinait ce qui se passait en elle. En prison, il avait vu des camés en proie au manque piquer des crises terribles. Si seulement il pouvait en toucher un mot à M'man ! Elle le conseillerait. Puis une pensée déplaisante lui vint. Qu'est-ce qui était arrivé à M'man ? Est-ce qu'elle s'en était tirée ? Avait-elle été coincée dans le Club ? Depuis toujours, il la croyait indestructible. Il ne pouvait imaginer qu'une tuile vraiment grave pût jamais lui arriver.

Le chemin de terre déboucha brusquement sur une départementale, et Slim se retrouva sur une route fréquentée. Ça l'inquiéta. Il n'y avait pas beaucoup de circulation, mais il doublait de temps en temps un camion ou une voiture, et la Buick risquait d'être reconnue.

Un peu après, il arriva devant une petite station-service

qui s'élevait à l'embranchement d'un nouveau chemin de terre. Il y engagea la voiture et s'arrêta. Par la vitre arrière, il observa le poste d'essence. Dans le bureau éclairé, un homme assis lisait son journal. Cette station devait avoir le téléphone. Il voulait avoir des nouvelles de M'man. A qui en demander ? Le nom de Pete Cosmos lui vint à l'esprit. Cosmos avait toujours été très copain avec Eddie Schultz. Il saurait peut-être quelque chose.

— Je vais téléphoner, dit-il à Miss Blandish. Attends-moi ici... compris ? Tu m'attendras dans la bagnole.

Elle ne bougea pas ; elle était pliée en deux, la tête dans ses mains. Elle tremblait violemment. Il comprit que, dans l'état où elle était, elle ne pouvait tenir debout, ni, à plus forte raison, se sauver.

Il descendit de voiture, glissa le 45 dans sa ceinture et gagna rapidement le poste d'essence. Il entra dans le bureau. Le pompiste, un gros type costaud, leva les yeux lorsqu'il poussa la porte. A la vue de Slim, la surprise et l'inquiétude se peignirent sur ses traits. Il se leva.

— J'ai un coup de fil à donner, mon pote, lui dit Slim. Pas d'objection ?

Slim fit peur au pompiste.

— Allez-y, répondit-il. Vous voulez aussi de l'essence ?

— Non... juste le téléphone. (Il s'approcha de la table.) Du balai, mon pote.

L'homme sortit du bureau et alla se promener du côté des pompes. Son regard inquiet passait de Slim, qu'il surveillait par la fenêtre, à la longue route obscure, sur laquelle il guettait l'arrivée problématique d'une voiture.

Il fallut plusieurs minutes à Slim pour trouver le numéro du Cosmos Club dans l'annuaire. Il n'avait pas l'habitude de s'en servir ; il finit par trouver le numéro ; il était en nage et jurait comme un forcené.

Pete répondit lui-même au téléphone.

— C'est Grisson, Pete, annonça Slim. Dis-moi vite ce qui se passe.

— La catastrophe, répondit Pete, qui se remit de la surprise que lui causait la voix de Slim. Ils ont coffré Eddie. Ça a drôlement bardé, au Club. Woppy, Flynn et Doc se sont fait descendre pendant la bagarre.

L'estomac de Slim se noua. Des gouttes de sueur glacée dégoulinèrent de son front sur ses mains.

— Je me fous pas mal de ces lavettes, gronda-t-il. Qu'est-ce qui est arrivé à M'man ?

Il y eut un silence à l'autre bout du fil. Slim entendait le swing endiablé de l'orchestre du Cosmos Club et la respiration haletante de Pete.

— Réveille-toi, beugla-t-il. Qu'est-ce qui est arrivé à M'man ?

— Elle est morte, Slim. Désolé, mon vieux. Tu peux être fier d'elle. Elle a descendu quatre flics avant de se faire avoir. Elle s'est battue comme un homme !

Un flot de bile monta à la bouche de Slim. Ses genoux fléchirent. Il lâcha le combiné, qui tomba sur le sol.

M'man était morte !

Il ne pouvait le croire. Il se sentit brusquement abandonné, sans défense, pris au piège.

Il se roidit en entendant approcher une moto et jeta un coup d'œil par la fenêtre. Un motard de la milice ralentit en passant devant le poste d'essence ; il se dirigeait vers la Buick.

Slim bondit à la porte et l'ouvrit. Le milicien s'arrêta à côté de la Buick, descendit de sa machine et s'accouda à la portière.

Slim tira son 45.

A la vue du revolver, le pompiste, que Slim avait oublié, poussa brusquement un cri d'avertissement.

Le milicien se redressa et jeta un coup d'œil autour de lui. Il voulut sortir son revolver, mais c'était trop tard.

Slim visait et appuyait sur la détente. Dans le silence de la nuit, le 45 fit un bruit assourdissant. Le milicien s'écroula et entraîna la moto dans sa chute...

Slim fit volte-face en ricanant, mais le pompiste avait disparu. Après un instant d'hésitation, Slim courut à la Buick. Il enjamba le corps du milicien et monta en voiture au moment où Miss Blandish ouvrait sa portière et s'apprêtait à descendre. Slim l'empoigna par le bras et la tira en arrière. Il se pencha par-dessus elle et claqua la portière.

— Tiens-toi tranquille ! beugla-t-il d'une voix tremblante de rage et de peur.

Il démarra et se lança sur le chemin de terre, en direction des bois.

Le pompiste sortit de derrière un fût d'huile. Il courut vers le milicien, se pencha sur lui, puis il fit demi-tour et, toujours courant, se précipita dans son bureau et empoigna le téléphone.

III

Brennan et Fenner étaient penchés sur une carte à grande échelle étalée sur une table, dans la salle des transmissions du commissariat central, lorsqu'un agent s'approcha d'eux.

— M. Blandish vous demande, capitaine.

Brennan eut un geste d'impatience.

— Je vais m'occuper de lui, dit Fenner.

Il sortit de la pièce et suivit l'agent qui le conduisit à une salle d'attente.

John Blandish, debout devant la fenêtre, contemplait la ville illuminée. Il se retourna en entendant entrer Fenner.

— On m'a transmis votre message, dit-il d'un ton brusque. Qu'est-ce qui se passe ?

— Nous sommes à peu près certains que votre fille est vivante, répondit Fenner en s'approchant de lui. Elle était séquestrée au Paradise Club depuis trois mois. Nous avons pénétré dans le Club il y a moins d'une heure, et nous y avons trouvé des preuves qu'on l'y gardait prisonnière.

— Quelles preuves ?

— Un appartement... une porte verrouillée... des vêtements féminins...

— Alors où est-elle ?

— Grisson l'a fait sortir du Club juste avant l'attaque.
Elle était habillée en homme. On nous a signalé un peu plus
tard que Grisson avait attaqué une ferme et emporté une
robe de femme. Depuis, nous avons perdu sa trace, mais
nous avons une idée approximative de la direction qu'il a
prise. Il ne peut plus nous échapper. Toutes les routes sont
barrées. Dès qu'il fera jour, nous le ferons rechercher par la
voie aérienne. Ce n'est plus qu'une question de temps.

Blandish se détourna et regarda par la fenêtre.

— Vivante... après tout ce temps... murmura-t-il.
J'espérais pour elle qu'elle était morte.

Fenner ne répondit pas. Il y eut un long silence, puis
Blandish demanda sans se retourner :

— Vous avez autre chose à me dire ?

Fenner hésita à répondre et Blandish se retourna. Son
regard était glacé.

— Ne me cachez rien, dit-il âprement. Vous avez encore
quelque chose à m'apprendre ?

— Ils la droguaient, dit Fenner, et Grisson vivait avec elle.
Cet homme est un cas pathologique. Elle aura besoin de
soins particuliers lorsque nous la retrouverons, monsieur
Blandish. J'en ai parlé au médecin de la police. Il veut
l'examiner avant qu'on lui permette de renouer avec son
passé. Je vous explique ça très mal. Il vaudrait peut-être
mieux que vous lui parliez directement. Selon lui, il serait
préférable que vous ne soyez pas présent lorsqu'on va la
récupérer. Vous feriez mieux d'attendre chez vous que nous
vous la ramenions. Sa liberté va la bouleverser, et il lui
faudra quelques heures pour s'y retrouver. Il vaudrait mieux
qu'elle en fasse l'expérience parmi des étrangers. Autre
chose... Grisson ne se rendra pas. Il va falloir l'abattre. Ça ne
va pas être commode, à cause de la présence de votre fille.
Vous comprenez...

— Ça va, ça va, coupa impatiemment Blandish. J'ai compris. Je l'attendrai à la maison. (Il se dirigea vers la porte, mais s'arrêta en chemin et revint sur ses pas.) Il paraît que c'est vous qui avez découvert la piste qui aboutit à l'homme que vous pourchassez. Je n'oublie pas notre marché. Dès que ma fille sera de retour, vous toucherez votre argent. Je ne bougerai pas de chez moi. Arrangez-vous pour me tenir au courant des recherches, et prévenez-moi lorsqu'on aura retrouvé ma fille.

— Comptez sur moi, monsieur Blandish.

Blandish fit un signe d'assentiment et sortit.

Fenner hocha la tête et attendit quelques secondes avant de retourner dans la salle des transmissions, pour laisser à Blandish le temps de s'éloigner.

Il raconta leur conversation à Brennan, et le commissaire l'approuva.

— Vous avez bien fait. Nous venons d'avoir des nouvelles de ce salopard. (Il posa un doigt sur la carte.) Il y a dix minutes, voici où il se trouvait avec la gosse. Il a grièvement blessé un milicien qui avait repéré la petite, et qui lui a même parlé. Ils se sont enfuis, mais nous connaissons leur direction. Nous avons resserré le cordon et demandé l'aide de l'armée. Ça ne sera plus très long. J'ai persuadé les émetteurs de radio et de télévision locaux d'interrompre leur programme pour demander à tous les habitants de la région d'essayer de repérer la voiture.

Fenner s'assit sur le coin de la table. Il était surpris du peu d'effet que lui produisait la perspective de toucher trente mille dollars. Il ne pouvait détourner ses pensées de Miss Blandish et du traitement qu'avait dû lui infliger Grisson.

— C'est un fameux petit boulot qui vous attend, une fois que vous aurez coincé cette vermine, dit-il. La petite est avec lui et vous aurez du mal à le descendre.

— Eh bien, quand on l'aura coincé, il sera toujours temps que je me casse la tête à ce sujet, répondit Brennan.

Un agent apporta du café, et Brennan en prit une tasse.

— Et Anna Borg, vous la gardez ? demanda Fenner en prenant une tasse sur le plateau.

— Tant que je n'aurai pas Grisson. Après, je la relâche. Nous n'avons rien contre elle. N'empêche qu'on a drôlement nettoyé la bande Grisson. Pouah ! Cette vieille femme ! Je m'en souviendrai jusqu'à la fin de mes jours. J'ai cru qu'on n'arriverait jamais à la descendre. Elle avait cinq balles dans le corps et elle a continué à tirer jusqu'à épuisement de son chargeur. Heureusement que Slim n'est pas de la même trempe. Je suis sûr que quand il se verra perdu il se dégonflera. C'est là-dessus que je compte.

Fenner s'assit et posa les pieds sur la table.

— Cette gosse me hante, déclara-t-il, les sourcils froncés. C'est effroyable, ce qui lui est arrivé. Vous vous rendez compte ? Enfermée avec ce dégénéré pendant quatre mois !

— Ouais... (Brennan finit son café.)... mais la drogue qu'ils lui refilaient a dû en faire un zombie. C'est surtout maintenant que j'ai pitié d'elle. Les effets de la drogue doivent commencer à se dissiper. Après une expérience comme celle-là, je doute qu'elle redevienne absolument normale.

— Son père est du même avis, dit Fenner. Je l'ai compris en lui parlant. Il vaudrait mieux pour elle qu'elle soit morte.

Les deux hommes continuèrent à bavarder dans la salle bourdonnante d'activité. Le temps passa. A minuit vingt, un des agents qui écoutaient le flot ininterrompu de renseignements transmis par les postes à ondes courtes se mit brusquement à griffonner sur un bloc et tendit le message à Brennan.

— Ils ont retrouvé la voiture de Grisson, annonça Brennan. Il l'a abandonnée à Pin Hill. On dirait qu'il a gagné les bois. (Il se pencha sur la carte. Fenner se leva d'un bond et s'approcha. Ils étudièrent la carte.) Oui... tout le coin est boisé, et il y a deux fermes dans les parages. (Il se tourna vers un de ses hommes.) Tâchez de savoir si ces deux fermes ont le téléphone. Si oui, appelez-les et prévenez les propriétaires que Grisson se dirige peut-être vers leurs baraques.

L'agent empoigna un téléphone et composa le numéro des renseignements.

Un moment plus tard, il annonça :

— La ferme des Hammond n'a pas le téléphone : c'est la plus éloignée. Les Waite ont le téléphone.

— Appelez Waite et prévenez-le.

— Si on y filait tout de suite ? demanda Fenner. J'en ai des fourmis dans les jambes, de rester assis sans rien faire.

— J'ai près de deux cents hommes à cet endroit, répondit Brennan. A quoi servirions-nous ? Dès que je saurai où il s'est planqué, on y fonce.

Mais ils durent attendre cinq heures du matin et le lever du jour pour que l'appel tant attendu leur parvienne.

— On a repéré Grisson à la ferme Waite, capitaine, annonça précipitamment l'agent. Il y a dix minutes, Waite a vu Grisson sortir d'une de ses granges pour chercher de l'eau. Il n'y a aucun doute : il s'agit bien de Grisson.

— Et la gosse ? demanda Brennan en s'approchant. Passez-moi ce téléphone. (Il prit le combiné.) Capitaine Brennan à l'appareil. Je vous écoute.

— Sergent Donaghue, capitaine, répondit une voix. Aucune trace de la jeune fille jusqu'ici. Nous avons complètement encerclé la ferme. Il ne peut pas s'échapper. On va le chercher ?

— Attendez-moi, dit Brennan. Abattez-le s'il essaie de fuir, sinon, ne vous montrez pas et attendez mon arrivée. Je serai là dans une heure. (Il raccrocha brutalement et se tourna vers l'agent.) Alertez l'hélicoptère, je pars. (Il lança un coup d'œil à Fenner.) Vous venez avec moi ?

— Essayez seulement de m'en empêcher, répliqua Fenner, qui fut le premier à sortir.

IV

Slim se réveilla en sursaut et fut immédiatement sur le qui-vive. Son revolver jaillit dans sa main tandis qu'il se redressait. Un pâle rayon de soleil, passant par une des nombreuses fissures des murs de la grange, le fit cligner des yeux. Pendant un instant, il se demanda où il était, puis il se rappela le long cheminement à travers bois, dans le noir, la vision des lumières de la ferme et l'arrivée dans cette grange. Trop fatigué pour aller plus loin, il avait eu du mal à y faire pénétrer Miss Blandish. Elle était dans un tel état d'épuisement qu'elle pouvait à peine marcher. Il l'avait hissée au grenier et poussée sur le plancher couvert de paille. Il avait ensuite fermé la trappe et il y avait tiré une lourde balle de paille.

Il avait mis un certain temps à s'endormir. Il se dressa, tout courbatu d'avoir dormi à même le sol ; il avait faim et soif. Il regarda sa montre : il était près de cinq heures du matin. Ils allaient peut-être être obligés de passer la journée dans ce grenier. Il leur fallait de l'eau. Il jeta un coup d'œil sur Miss Blandish endormie, repoussa la balle de paille. souleva la trappe et descendit rapidement l'échelle. Il s'approcha de la porte, revolver en main, et observa la ferme qui s'élevait à cinquante mètres de là.

Rien ne bougeait. Des rideaux de tulle grisâtres voilaient les fenêtres. Slim resta plusieurs minutes aux aguets. Persuadé que personne n'était encore réveillé, il se glissa prudemment au-dehors.

Le vieux Waite et ses deux fils, embusqués derrière leurs rideaux de tulle, avaient fait le guet toute la nuit ; ils se figèrent à la vue de la longue silhouette mince en costume noir tout fripé qui sortait de leur grange, revolver au poing.

— C'est lui, chuchota Waite. Appelle les flics, Harry. Grouille-toi !

Slim avait empoigné un seau; il gagna la citerne. Il remplit son seau d'eau et rentra rapidement dans la grange, ignorant que l'alarme était donnée et que des voitures bourrées de policiers armés jusqu'aux dents fonçaient déjà sur la ferme isolée.

Il monta le seau au grenier et referma la trappe. Il aurait bien voulu trouver de quoi manger. Il avait faim. Il but un peu d'eau et se recoucha.

Il se mit à contempler le toit de la grange et s'efforça de prendre une décision. Il regrettait d'avoir abandonné la voiture, mais, sur le moment, ça lui avait paru la seule solution logique, puisque tout le monde recherchait cette Buick. Mais les huit kilomètres à pied qu'il avait parcourus à travers bois l'avaient fait réfléchir : il avait absolument besoin d'une voiture. Il y avait peut-être, dans cette ferme, un véhicule dont il pourrait s'emparer. Il se demanda combien de personnes y habitaient. Si ces gens allaient aux champs, il pourrait la voler, cette voiture. Il ferma les yeux. Une heure s'écoula lentement. La panique le gagnait insidieusement. Il se demanda quel effet ça faisait de mourir. Qu'est-ce qu'il lui arriverait quand il serait mort? Ça dépassait son entendement. Il n'arrivait pas à croire à l'anéantissement pur et simple. Il était persuadé qu'il se passait quelque chose, mais quoi?

Il entendit remuer Miss Blandish et se dressa sur un coude. La jeune fille marmonnait des mots indistincts en émergeant du sommeil.

Tandis qu'elle ouvrait les yeux, il entendit au loin, sans y prêter autrement attention, un bruit d'avion.

Leurs regards se croisèrent. Les yeux de Miss Blandish s'agrandirent, elle eut un mouvement de recul et porta une main à sa bouche.

— Fais pas de bruit, grogna Slim, instinctivement certain qu'elle allait hurler. Tu m'entends? Fais pas de bruit! Je te toucherai pas... Reste tranquille.

Elle le dévisagea sans bouger, tandis que le bruit de

l'avion se rapprochait ; l'appareil parut survoler le toit de la grange.

Le cœur de Slim s'arrêta de battre. Il comprit soudain la signification de ce bruit. Il sauta sur ses pieds, repoussa la balle de paille et souleva la trappe.

Il fit signe à la jeune fille de ne pas bouger, descendit rapidement l'échelle, courut à la porte et regarda au-dehors.

Un hélicoptère, portant l'étoile blanche de l'armée de l'air, se posait dans le champ, derrière la ferme.

Il comprit immédiatement que sa cachette était découverte, et son revolver surgit dans sa main. Il ferma la porte de la grange et glissa la lourde barre dans ses crochets. Par une fente entre deux planches, il observa la cour de la ferme.

Ce n'était pas une ferme très bien tenue, il y régnait un certain désordre. Deux vieux tracteurs, une charrette et un gros camion encombraient la cour ; ils constituaient d'excellents abris pour qui voulait s'approcher de la grange.

Tout à coup, il aperçut un policier en uniforme. L'homme jaillit silencieusement de derrière le camion et disparut derrière un des tracteurs. Ce fut si rapide que Slim n'eut pas le temps de viser, et il comprit parfaitement que c'était la fin.

Derrière la ferme, Brennan et Fenner descendirent de l'hélicoptère. Un gros sergent joufflu de la police et un fringant lieutenant de l'armée les accueillirent.

— Il n'est pas encore sorti de son trou, capitaine, annonça le sergent Donaghue. Nous le tenons. La ferme est encerclée. Voici le lieutenant Hardy.

Brennan serra la main du lieutenant.

— Où est-il planqué, exactement ? demanda-t-il.

— Par ici, capitaine, dit Donaghue   .

les quatre hommes traversèrent le champ et gagnèrent la ferme. Brennan nota avec satisfaction des hommes bien dissimulés, à plat ventre dans l'herbe, fusil en main ; ils encerclaient le périmètre de la ferme.

— A partir d'ici, faut faire attention, capitaine, avertit Donaghue en s'arrêtant au coin du bâtiment principal. (Il se faufila le long du mur ; ils aperçurent la grange, à cinquante mètres devant eux.) Il est là-dedans.

Brennan étudia le terain. Les trente premiers mètres offraient d'excellents abris, mais les vingt derniers étaient complètement à découvert.

— Vous ne savez pas s'il a une mitraillette, sergent ?

— Non, capitaine.

— S'il en a une, il risque de faire du dégât. Et la jeune fille ? Elle n'a toujours pas donné signe de vie ?

— Non, capitaine.

— Je vais parler à Grisson. Vous avez un camion à haut-parleur ?

— Il arrive, capitaine.

Les quatre hommes regagnèrent la ferme. Quelques minutes plus tard, le camion à haut-parleur arriva en cahotant dans le champ et s'arrêta à côté d'eux. Brennan empoigna le microphone.

— Vous pouvez placer quelques-uns de vos hommes derrière ces deux tracteurs et ce camion, lieutenant ?

— Bien sûr, répondit Hardy. Je voulais le faire plus tôt, mais Donaghue m'a dit d'attendre.

Il se tourna vers un de ses subordonnés et lui donna des ordres.

— Défense de tirer, dit Brennan. Si la petite est là-dedans, nous ne devons prendre aucun risque.

— Compris, capitaine.

Dix soldats débouchèrent silencieusement du coin de la maison. Ils se couchèrent à plat ventre et se mirent à ramper vers les tracteurs et le camion.

Slim, qui suait à grosses gouttes et tremblait comme une feuille, les aperçut au moment où ils passaient à découvert. La vue des uniformes kakis, des casques d'acier et des mousquetons le rendit malade de frousse. Il leva son revolver et essaya d'ajuster un des soldats, mais son arme était secouée de soubresauts, et il tira au jugé, fou de terreur et bredouillant de rage impuissante. La poussière vola à un mètre du soldat le plus proche, qui sauta sur ses pieds et, plié en deux, disparut d'un bond derrière le camion. Les autres soldats foncèrent également vers leurs objectifs et disparurent à sa vue.

Brennan poussa un grognement.

— S'il avait une Thompson, il s'en serait servi, dit-il au lieutenant. Reste à savoir combien il lui reste de balles. Je m'en vais lui parler. (Il approcha le microphone de sa bouche.) Hé ! Grisson ! Vous êtes cerné. Sortez, les mains en l'air ! Grisson ? vous n'avez aucune chance de vous en tirer ! Sortez de là !

La grosse voix métallique retentit dans l'air frais du matin. Slim l'écouta ; ses lèvres molles et humides se tordirent en une moue hideuse. Si seulement il avait eu une Thompson ! Il se traita de tous les noms pour s'être laissé prendre au piège aussi bêtement. Il pensa à M'man. Pete avait dit qu'elle s'était battue comme un homme. Lui aussi, il allait se battre comme un homme. Il regarda son revolver : plus que cinq balles ! Eh bien, cinq de ces salauds y passeraient avec lui. Ils ne l'auraient pas vivant.

Dans le grenier, Miss Blandish entendit d'abord le coup de feu, puis la voix métallique, et elle comprit que l'instant qu'elle n'avait cessé d'appréhender confusément depuis quatre mois approchait. Elle allait recouvrer la liberté, et c'est alors que son aventure deviendrait véritablement un enfer.

Elle rampa jusqu'à la trappe et observa ce qui se passait dans la grange. Slim lui tournait le dos. Il surveillait la cour par une fente de la porte. Son maigre dos noir était tendu, sa main crispée sur son revolver. Elle l'entendit grommeler entre ses dents. Dehors, tout était maintenant silencieux.

Slim sentit le regard insistant de Miss Blandish posé sur sa nuque et se retourna lentement. Ils se regardèrent, lui debout près de la porte, ruisselant de sueur et secoué de tremblements, elle à plat ventre sur le plancher du grenier, la tête et les épaules encadrées par la trappe, les yeux baissés vers lui. Ils se contemplèrent longuement. Le visage de Slim luisait dans la pénombre. Ses lèvres se retroussèrent et il injuria Miss Blandish. Affolé et terrifié, il lui jeta à la figure les obscénités les plus immondes.

Elle l'écouta sans broncher, en espérant qu'il allait finir par la tuer. De toute la force de ses pensées, elle essaya de l'inciter à lever son arme et à lui loger une balle dans le corps, mais il se contenta de l'injurier en la transperçant de ses yeux jaunes et brillants de fièvre.

Un bruit à l'extérieur le fit pivoter. Il aperçut un mouvement derrière la charrette et tira. La détonation se répercuta dans le silence ; un petit nuage de poussière s'envola, ainsi que des éclats de bois arrachés au flanc de la charrette.

Une fois de plus, la puissante voix métallique lui ordonna de se rendre.

— Grisson ! Nous vous attendons ! Vous ne pouvez pas nous échapper ! Sortez de là, les mains en l'air !

La panique le submergea. Ses jambes fléchirent. Son visage maigre de bête sauvage se crispa comme celui d'un enfant qui va pleurer. Il tomba à genoux et lâcha son revolver.

Miss Blandish l'observait. Elle crut d'abord qu'il avait été touché, mais lorsqu'il commença à geindre tout bas, elle s'éloigna de la trappe et enfouit son visage dans ses mains.

Brennan, qui avait hâte d'en finir, donna des ordres à ses hommes. Plusieurs soldats accompagnés de deux policiers, allèrent se placer derrière la charrette. S'en servant comme d'un rempart mobile, ils se mirent à la pousser à travers la cour, en direction de la porte de la grange.

Slim vit la charrette approcher. Il se releva en titubant et ramassa son revolver. Complètement affolé de désespoir, il souleva la barre de fermeture, ouvrit la porte et se rua au-dehors. Il se dressa dans le chaud soleil, le visage convulsé de terreur et déchargea aveuglément son arme sur la charrette qui s'avançait.

Deux mitraillettes ouvrirent le feu. La chemise blanche

maculée de Slim se couvrit brusquement de sang. Son revolver glissa de ses doigts et tomba à terre. La fusillade s'arrêta aussi brusquement qu'elle avait commencé.

Brennan et Fenner le regardèrent s'écrouler. Ses jambes maigres s'agitèrent convulsivement pendant quelques instants. On aurait dit un serpent à l'agonie. Son dos se cambra, ses mains griffèrent la poussière, il se tendit comme un arc, puis s'affaissa.

Les deux hommes traversèrent la cour, revolver au poing. Avant de l'avoir atteint, Fenner sut que Slim était mort. Il s'arrêta un instant près de lui. Les yeux jaunes le regardaient sans le voir. Le petit visage livide tourné vers lui avait un air inoffensif et stupéfait. La bouche molle pendait, grande ouverte. Fenner se détourna avec un grognement de dégoût.

— Liquidé, dit Brennan. Bon débarras.

— Oui, acquiesça Fenner.

Il respira un bon coup et gagna lentement la grange.

v

Miss Blandish était descendue du grenier. En entendant les deux brèves rafales de mitraillette, elle avait compris que Grisson était mort. Complètement désemparée, elle alla se réfugier dans le coin le plus sombre de la grange et s'assit sur un tonneau retourné, le plus loin possible de ces voix d'hommes qui retentissaient au-dehors. Elle redoutait le moment tout proche où elle devrait sortir en pleine lumière et affronter les regards curieux de ses libérateurs.

Fenner ne l'aperçut pas tout de suite. Il s'arrêta sur le pas de la porte et fouilla la grange des yeux, mais il ne découvrit Miss Blandish que lorsqu'il se fut accoutumé à la pénombre. A son attitude roidie, il sut à quel point cet instant lui était pénible. Il entra dans la grange et s'arrêta à quelques mètres de la jeune fille.

— Bonjour, fit-il d'une voix tranquille. Je m'appelle Dave

Fenner. Votre père m'a demandé de vous ramener chez vous lorsque vous y serez disposée, mais rien ne presse. Vous êtes libre, à présent. Dites-moi ce que vous voulez faire et je m'en occuperai.

Il la vit se détendre légèrement. Il se garda bien de s'approcher davantage. Elle lui faisait penser à un petit animal traqué, terrifié, prêt à paniquer au moindre geste imprévu.

— A mon avis, le mieux, ce serait peut-être que je vous conduise dans un hôtel tranquille, pour que vous puissiez vous reposer un peu, reprit Fenner. Vous pourriez vous changer, et ensuite, si vous en avez envie, je vous reconduirai chez vous. Je vous ai retenu une chambre dans un hôtel, pas loin d'ici. Personne ne vous y dérangera. Les journalistes ne sont pas au courant de ce qui s'est passé. On ne vous ennuiera pas. Vous pourrez entrer par la porte de derrière et monter directement dans votre chambre. Ça vous plairait ?

Elle le regarda intensément pendant quelques secondes, puis murmura :

— Oui.

— Il y a un docteur dehors, continua Fenner. C'est un très chic type. Il aimerait faire votre connaissance. Je peux vous l'amener ?

Elle se contracta immédiatement et ses yeux se dilatèrent d'effroi.

— Je ne veux pas de docteur ! fit-elle violemment. Pourquoi voulez-vous que je voie un docteur ? Je ne veux voir personne !

— Entendu, dit Fenner. Rien ne vous oblige à voir des gens, si vous n'en avez pas envie. Vous voulez bien que je vous conduise à cet hôtel ?

Elle le regarda de nouveau intensément, hésita un instant, puis finit par acquiescer.

— Je vais chercher une voiture, dit Fenner. Attendez-moi là, et surtout, ne vous inquiétez pas. Vous ne verrez personne et personne ne vous ennuiera.

Il sortit de la grange et rejoignit Brennan qui l'attendait. Une foule de soldats et de policiers regardaient la grange avec curiosité. Le vieux Waite et ses deux fils, plantés sur le seuil de leur ferme, observaient la scène en ouvrant des yeux ronds. Quatre soldats portaient le corps de Grisson à un camion.

Fenner s'approcha de Brennan ; le médecin de la police vint les rejoindre, suivi d'une infirmière.

— Elle est au bord de la crise de nerfs, fit Fenner. Elle ne veut voir personne et refuse d'être examinée par un docteur. L'idée d'aller dans un hôtel lui plaît, mais il faut que ce soit moi qui l'y conduise.

Le médecin haussa les épaules.

— D'accord, dit-il. Elle est certainement très éprouvée. Il vaut mieux la laisser faire à sa guise. Je vais partir en avant et retenir une chambre à l'hôtel Bonham. Quand elle se sera habituée à la liberté, je la verrai. Si vous emmeniez l'infirmière ?

— J'aimerais bien, répondit Fenner, mais je doute qu'elle l'accepte. Elle a réagi violemment lorsque je lui ai suggéré de vous voir.

— D'accord. Je pars. L'infirmière restera à l'hôtel, au cas où vous auriez besoin d'elle. Le temps que vous arriviez, j'aurai tout arrangé. Il ne faut absolument pas que les journalistes puissent l'approcher. Dès que cette histoire va transpirer, il va y avoir une invasion.

— Je veillerai à ce qu'ils ne l'approchent pas, fit sombrement Brennan.

Le médecin de la police s'éloigna rapidement.

— Pouvez-vous éloigner tous ces hommes et amener une voiture devant la porte de la grange ? demanda Fenner.

— Je m'en occupe, répondit Brennan. Retournez auprès d'elle et ne la quittez pas.

Fenner attendit que Brennan eût renvoyé soldats et policiers pour rentrer dans la grange.

Miss Blandish était toujours assise sur son tonneau. Elle leva les yeux lorsque Fenner s'approcha d'elle.

— Tout est arrangé, lui dit-il en sortant son paquet de cigarettes. Vous n'avez pas à vous tracasser. (Il lui offrit une cigarette. Elle la prit après un instant d'hésitation et accepta du feu.) Votre père a jugé préférable de vous attendre à la maison... (Il alluma une cigarette pour lui-même.)... mais si vous voulez le voir, je peux le faire venir.

La terreur réapparut brusquement dans ses yeux.

— Je ne veux pas le voir, murmura-t-elle sans regarder Fenner. Je veux rester seule.

— Entendu. Quand vous aurez envie de le voir, il viendra. (Il s'assit sur une balle de paille, à quelques mètres d'elle.) Vous vous demandez probablement qui je suis, reprit-il en sachant pertinemment qu'elle ne se demandait rien de semblable. (Mais il fallait à tout prix donner à la situation une apparence aussi ordinaire que possible.) De mon métier, je suis détective privé. Votre père est venu me trouver...

Il continua à deviser familièrement en observant discrètement Miss Blandish. Elle ne manifesta d'abord aucun intérêt, mais lorsqu'il lui parla du temps où il était journaliste, de Paula, et de certaines affaires dont il s'était occupé, il la vit se détendre, et, au bout de vingt minutes de bavardage ininterrompu, elle l'écoutait. Il finit par juger que le médecin de la police avait eu le temps de retenir une chambre à l'hôtel.

— Eh bien, dit Fenner, je ne veux pas vous ennuyer plus longtemps avec mes histoires personnelles. Je crois que maintenant, nous pouvons y aller. Ne vous inquiétez pas, il n'y a personne au-dehors. Vous êtes prête à partir ?

Une fois de plus, il vit ses yeux s'emplir d'épouvante, mais il se leva et ouvrit toute grande la porte de la grange, devant laquelle une Oldsmobile était garée. Il n'y avait personne en vue.

— Tout va bien, annonça-t-il sans regarder Miss Blandish. Allons-y.

Il ouvrit la portière de droite, qu'il laissa ouverte, puis s'installa au volant. Il attendit. Au bout de quelques minutes, Miss Blandish s'approcha peureusement du portail. Fenner évita de la regarder. Elle vint s'asseoir dans la voiture et claqua la portière.

Fenner suivit le sentier défoncé de la ferme et emprunta le chemin de terre. Miss Blandish était assise à l'autre bout de la banquette ; ses grands yeux vides regardaient droit devant elle.

Il leur fallut près de trois quarts d'heure pour atteindre l'hôtel de Pin Hill. Fenner, qui connaissait l'établissement, en fit le tour et gagna la porte de service. Il n'y avait personne aux alentours. Il s'arrêta et descendit de voiture.

— Attendez-moi là, j'en ai pour deux secondes.

Il gagna rapidement le hall, où le médecin l'attendait.

— Chambre 860, annonça celui-ci en tendant une clé à Fenner. C'est au dernier étage. L'infirmière lui a apporté quelques vêtements. Comment va-t-elle ?

Fenner haussa les épaules.

— Elle ne dit pas grand-chose. Elle est terriblement nerveuse, mais elle semble quand même m'avoir accepté. Ne vous montrez pas, docteur. Je vais la conduire à sa chambre.

— Tâchez de la faire consentir à me recevoir, dit le médecin. Il faut absolument que je la voie le plus vite possible.

— D'accord. Je verrai ce que je peux faire.

Fenner retourna à la voiture.

Miss Blandish y était toujours assise ; parfaitement immobile, elle regardait ses mains. Elle leva vivement les yeux lorsque Fenner s'approcha d'elle.

— Tout est prêt, annonça-t-il. Personne ne vous ennuiera.

Elle descendit de voiture et ils entrèrent ensemble dans le hall de l'hôtel. Ils prirent l'ascenseur.

En arrivant au dernier étage, elle déclara brusquement :

— J'ai entendu la fusillade. Il est mort, n'est-ce pas ?

— Oui, répondit Fenner, pris au dépourvu. Il ne faut plus penser à lui. Tout ça, c'est fini.

Ils n'ajoutèrent pas un mot. Il la conduisit, le long du couloir désert, à la chambre 860, ouvrit la porte et s'effaça. Elle entra. Le médecin avait bien fait les choses. La pièce était pleine de fleurs. Il y avait une table roulante chargée de plats froids et de boissons variées. La fenêtre était grande ouverte et le soleil dessinait des motifs lumineux sur le tapis bleu.

Miss Blandish se dirigea lentement vers un grand vase de roses. Elle s'arrêta devant et toucha du bout des doigts les boutons d'un rouge sombre.

Fenner referma la porte.

— Le docteur Heath aimerait faire votre connaissance, dit-il. Vous voulez bien ?

Elle tourna les yeux vers lui ; il s'aperçut avec soulagement que le désarroi en avait disparu.

— Je ne veux voir personne pour l'instant, répondit-elle. Il ne peut rien pour moi.

— Vous savez ce que je ferais, si j'étais à votre place ? fit Fenner d'une voix posée. Je prendrais une bonne douche et je me changerais. Vous trouverez d'autres vêtements dans le placard. (Il ouvrit la penderie et en tira les vêtements qu'avait apportés l'infirmière. Il les tendit à Miss Blandish.) Allez prendre une douche. Je vous attends ici et j'empêche les gens d'entrer. D'accord ?

Elle lui jeta un regard inquisiteur. Elle paraissait intriguée.

— Vous vous conduisez toujours de cette façon-là avec les gens ? demanda-t-elle.

— Je n'en ai pas souvent l'occasion, répondit Fenner en souriant. Allez prendre votre douche.

Elle entra dans la salle de bains et referma la porte à clé derrière elle.

Fenner s'approcha de la fenêtre et regarda les voitures qui passaient lentement dans la rue, tout en bas. On aurait dit des jouets. Devant l'entrée de l'hôtel, un groupe d'hommes, dont plusieurs portaient des appareils photo et des flashes, discutaient avec les trois policiers qui gardaient la porte. Ainsi, la nouvelle avait transpiré. Les difficultés allaient commencer. D'ici peu, la ville grouillerait de journalistes.

Fenner se retourna et alla ouvrir la porte du couloir. Trois policiers flânaient sur le palier. Brennan s'était engagé à tenir la presse à distance et il tenait sa promesse, mais tôt ou tard, lorsque la jeune fille sortirait de l'hôtel, les journalistes lui tomberaient dessus comme une horde de chacals.

Un quart d'heure plus tard, la porte de la salle de bains se rouvrit et Miss Blandish en sortit. Elle avait mis la robe à fleurs apportée par l'infirmière, qui lui allait très bien.

Fenner songea qu'il n'avait jamais vu une femme aussi ravissante.

— Je parie que vous vous sentez mieux à présent, pas vrai ? dit-il.

Elle s'approcha de la fenêtre avant qu'il ait pu l'en empêcher et regarda au-dehors. Elle recula vivement et se tourna vers lui avec un regard terrifié.

— Tout va bien, fit-il d'un ton apaisant. Vous n'avez pas besoin de vous inquiéter. Ils ne monteront pas ici. Allons, installez-vous dans ce fauteuil et détendez-vous. Vous voulez manger quelque chose ?

— Non.

Elle s'assit et cacha son visage dans ses mains.

Fenner, embarrassé, l'observa un bon moment. Soudain, elle dit d'une voix désespérée :

— Mais qu'est-ce que je vais devenir ?

— N'y pensez pas pour l'instant, fit doucement Fenner. Vous verrez que ça s'arrangera. Les gens oublient vite. Pendant trois ou quatre jours, ils ne vont parler que de ça, et puis ils penseront à autre chose. L'épreuve que vous venez de traverser est une nouvelle toute fraîche, mais elle ne sera bientôt plus d'actualité, et, d'ici quelque temps, vous-même finirez par l'oublier. Vous êtes jeune... vous avez toute votre vie devant vous.

Il parlait pour parler, car il fallait à tout prix dire quelque chose, mais il ne croyait pas à ce qu'il disait, et il était certain qu'elle n'y croyait pas non plus.

— Vous avez dit qu'il était mort, mais ce n'est pas vrai. (Elle frissonna.) Maintenant, il vit en moi. (Elle eut un geste d'impuissance.) Je ne sais pas ce que décidera mon père. Au début, je me disais que c'était impossible, que ça ne pouvait pas m'arriver à moi, mais maintenant, je sais que c'est vrai. Mais qu'est-ce que je vais devenir ?

Le front de Fenner se couvrit d'une sueur froide. C'était une complication qu'il n'avait pas prévue, dont il n'avait même jamais envisagé la possibilité : la situation le dépassait complètement.

— Et si j'envoyais chercher votre père ? proposa-t-il d'un air embarrassé. Jamais vous ne vous en sortirez toute seule. Laissez-moi l'appeler.

Elle refusa d'un signe de tête.

— Non. (Elle leva les yeux. On aurait dit deux trous percés dans un linge blanc.) Il ne pourrait rien pour moi. Il serait bouleversé, voilà tout, affreusement gêné. Il faudrait que j'arrive à m'en sortir toute seule, mais l'ennui, c'est que je n'étais pas préparée à affronter les situations graves. Je n'ai jamais eu à me battre. Jusqu'à cette histoire, toute ma vie n'a été qu'une longue partie de plaisir. Je n'ai jamais eu aucun sens des valeurs. C'est l'occasion ou jamais de montrer ce dont je suis capable, n'est-ce pas ? Mais, j'ai l'impression que c'est un piège et non une épreuve, et je ne sais pas si je serai de taille à m'en sortir. J'ai honte de moi. Je n'ai aucun fond, aucun caractère, aucune foi. Il y a des gens qui peuvent lutter parce qu'ils croient en Dieu. Je n'ai jamais cru en rien, sinon à me payer du bon temps. (Elle serra et desserra ses petits poings, et releva la tête. Son sourire figé navrait Fenner.) Il vaudrait peut-être mieux que je voie ce docteur. Il me donnera quelque chose. Ensuite, comme vous le dites, d'ici quelques jours, je serai capable de regarder les choses en face. (Elle détourna les yeux, et poursuivit comme pour elle-même.) Voyez comme je suis lâche. Il faut que je m'appuie sur les autres. Je n'ai pas le courage de m'en sortir seule. C'est parce qu'on m'a appris à toujours compter sur les autres. Mais c'est ma faute. Je ne critique personne, que moi.

— Je vais le chercher, dit Fenner. Ne soyez pas aussi dure pour vous-même. Après ce que vous avez traversé, c'est naturel que vous ayez besoin d'un coup de main, au début. Ça s'arrangera très bien. Le tout, c'est que vous teniez le coup pendant les quelques jours à venir.

Le sourire de Miss Blandish devint une grimace.

— Pouvez-vous vous dépêcher, s'il vous plaît ? demanda-t-elle poliment. J'ai besoin de... quelque chose. Il saura quoi me donner. Ça fait des mois que je n'arrête pas de me droguer.

— Je vais le chercher, répéta Fenner en se dirigeant rapidement vers la porte.

Il laissa la porte grande ouverte, s'avança dans le couloir et héla un des policiers.

— Hé, vous ! Allez chercher le toubib, voulez-vous ! Et au trot !

La porte claqua derrière lui et il pivota sur ses talons. Il entendit la clé tourner dans la serrure.

Une terreur irraisonnée s'empara de lui ; il frappa sur le panneau à coups redoublés, mais Miss Blandish n'ouvrit pas. Il recula de quelques pas, se jeta sur la porte, l'épaule en avant ; mais la porte résista.

Les deux agents arrivaient en courant.

— Défoncez cette porte ! rugit Fenner, le visage baigné de sueur. Grouillez-vous !

Comme la porte s'ouvrait sous le poids conjugué des deux hommes, Fenner entendit un petit cri plaintif et loin-tain.

Dans la rue, tout en bas, des clameurs s'élevèrent et les voitures s'arrêtèrent brutalement dans un gémissement de pneus.

Désemparé, Fenner se figea sur le seuil de la porte et contempla la chambre vide.

Impression B.C.I.
à Saint-Amand-Montrond (Cher),
le 21 mars 1995.
Dépôt légal : mars 1995.
Numéro d'imprimeur : 1/438

ISBN 2-07-049518-3./Imprimé en France.

72105